ぜえろく武士道覚書

一閃《いっせん》なり 上

御所の朱塗りの御門は政宗様にとって遠い記憶と常に重なるそうでございます。それは優雅《たおやか》な足音であったり温《あたた》かで優《やさ》し気な人影であったりすると申されます。然《しか》しそれはいつも『形』も『音』も『色』もない不思議な茫洋《ぼうよう》としたものであるらしいのでございます。

写真・文／編集部

政宗様の御屋敷は質素清貧な造りで京人《みやこびと》に親しまれてございます。ただ庭だけは御自身の手で大変苦労してお造りになられて見事に仕上がり緑に覆われる頃には小鳥も蝶もトンボも訪れてその賑わいの中で政宗様はしばしば自作の和歌《うた》を詠《よ》まれたり致します。

御屋敷は秋には政宗様が好んで植えられた高雄《たかお》楓や大《おお》紅葉《もみじ》そして小羽団扇楓《こはうちわかえで》や野村《のむら》（古名は武蔵野）などが真紅に染まり、日常的教育に大変厳しいお母上様とその中でひっそりと簡素にお暮らしで京人《みやこびと》はこの御屋敷を『紅葉《もみじ》屋敷』と呼び見守っております。

徳間文庫

ぜえろく武士道覚書

一閃なり 上

門田泰明

徳間書店

目次

第一章

一

「無礼《ぶれい》者っ」

「ぎゃあ」

昼どきの京都三条 通《みやこさんじょうどおり》、老舗《しにせ》の菓子舗「春栄堂」の店先で突然、怒声と女の悲鳴が前後して生じた。絶品の大福《だいふく》や葛餅《くずもち》、麦代餅《むぎてもち》などで客の出入りが絶えることのない春栄堂の内と外で、人の動きが一瞬とまってシンとなる。

だが直ぐにそれは、怯《おび》えたようなざわめきに変わった。

「旦那《だんな》様、旦那様……」

店先に掛かった黒艶《くろつや》のある「春栄堂」の大きな彫《ほ》り看板を手拭《てぬぐい》で磨《みが》いていた小僧が、その手拭を放り捨て甲高《かんだか》い声と共に店の中へ駈け込んだ。

身なり整った白髪《しらが》頭の小柄な老人が、顔色を変えて店の外に出ていく。

「こ、これは酷《ひど》い……ヨネや……ヨネ」

下働きらしい年若い娘――まだ十二、三だろうか――が、右の肩口から血を噴き出して仰向《あおむ》けに倒れていた。そばに柄杓《ひしゃく》と水桶《みずおけ》が転がっている。

娘は死んだのか、気を失っているだけなのか、両目を見開いてはいるがピクリとも動かない。

「番頭さん、医者だ。早く医者を呼んで来なさい」

主人《あるじ》らしい老人は、店に向かって大声を出した。急激に広がっていく血の海に足元を飲み込まれて、小娘のそばにしゃがむ老人のうろたえは極まっていた。

その彼の背に、野太い男の声が掛かった。穏やかな口調であった。

「お前さんが、この店の旦那かね」

「は?」と、顔を振り向けた老人の前に、二人の男が立っていた。一人は両刀を腰にし切袴《きりばかま》をはいた三十過ぎに見える侍。もう一人は二十四、五かと思われる町人態《てい》で、小綺麗《こぎれい》な着流しの腰へ白昼堂堂と長短刀《ながどす》を帯びる姿は、明らかに裏街道を行く者と思われた。

「は、はい。春栄堂の主人《あるじ》、徳兵衛《とくべえ》と申しますが」と老人は、おずおずと腰を上げた。

「その小娘は店の者《もん》ですかい」と、長短刀《ながどす》を帯びた男は訊《たず》ねた。やはり穏やかな喋《しゃべ》り様《よう》だった。

「さ、左様ですが……」

答えながら徳兵衛は小さく腰を折った。怯《おび》えが老いた顔に広がり出していた。

「旦那は往来へ水を撒《ま》く時の注意作法を常日頃から、店の者《もん》へきちんと教えていなさるのかえ。ご覧なせえ。このお侍様のお膝《ひざ》が、びしょ濡《ぬ》れでさあ」

長短刀《ながどす》を帯びた男の口調は、どうやら江戸者《もん》であった。

「あああ……こ、これはとんだ無作法を致しました。お許しくださいませ」

「と言われても、お侍様はこれから二条のお城で大事な人とお会いなさるんだ。身嗜《みだしな》みの乱れや到着の遅れによっては、お腹を召されることにもなりかねねえ。お供をさせて戴《いただ》いているあっしとしては〝お許しくださいませ〟と言われたからと言って素直に退《さ》がる訳にはいかねえんで」

「少し……少しお待ちくださいますか」

徳兵衛は店へ取って返そうとして、二度大きくよろめき、そのまま泳ぐようにして店の中へ入っていった。

むっつりとして一言も吐かない侍と長短刀《ながどす》の男は顔を見合わせたが、お互《たが》いに無表情だった。侍は眉《まゆ》が濃く、細い目はやや吊り上がり気味で、口元はひきしまっていた。腰の二刀は茶色の柄に黒鞘《くろざや》で、汚れ、傷《いた》み、色褪《あ》せなどは見られず、また綺麗に整えられた月代《さかやき》、鬢《びん》、髷《まげ》、髻《もとどり》などから察するに、いささか身分ある者と思われた。

徳兵衛が店から出てきた。顔色がなかった。袱紗《ふくさ》で包まれたものを手にしている。

「私ども商売人の手元には、お侍様の御登城にふさわしい着替えの用意がございません。誠に不作法なお詫《わ》びの仕様でございますが、これで御許し戴けないものでしょうか」

徳兵衛は腰を低くして、袱紗に包まれたもの――たぶん金――を、侍にではなく長短刀《ながどす》の男に差し出した。

男は、また侍と顔を見合わせると、目と目でお互いの肚《はら》の内を通じ合ったのか小さく頷《うなず》いて、徳兵衛へ視線を戻した。

「よござんす。遠慮なく頂戴《ちょうだい》致しやしょう」と、男は袱紗の包みを受け取った。

「恐れ入ります。店の者へは往来での作法を、更に厳しく教え込みますゆえ」

「そうしなせえ。それから、その娘っ子の命は心配しなくてよござんす。血の流れはひどく見えるが、肩口の薄皮一枚を斬《き》ったに過ぎねえ」

「は、はあ……」

「斬ったあっしが言ってるんだ。この腕は鈍《にぶ》っちゃあいねえよ。安心しなせえ」

男がそう言った時にはもう、侍は男から離れてゆったりと歩き出していた。

徳兵衛が、ヨネを斬ったのは侍ではなく長短刀《ながどす》の男、と知ったのはこの時になってからだった。

男は袱紗の包みを懐に入れると、侍の後を少し早足で追い肩を並べた。

店から小僧たちが駈け出てきて、血まみれのヨネを店の中へ運び込んだ。

徳兵衛は、足を止め不安そうに見守っている周囲《まわり》の誰彼に、今にも泣き出しそうな顔で、然《しか》し商人らしく二、三度頭を下げ下げ、小僧たちの後に続いた。

「番頭さん。誰かを医者へ走らせてくれましたか」

「はい。足の速い手代の芳造《よしぞう》を、順庵《じゅんあん》先生の所へ……」

「あ、外科をなさる順庵先生なら心強い。念のために、もう一人、誰かを走らせなさい。早駕籠《はやかご》を伴《ともな》ってな」

「芳造には、順庵先生に乗って戴く早駕籠を忘れないように、と言ってありますが」

「そうかえ……ともかくヨネの血を早く止めてやらないと」

徳兵衛は初老の番頭安之助《やすのすけ》と肩をぶっつけ合いながら、廊下を台所奥の女中部屋へあたふたと急いだ。

ヨネは青畳の上に横たえられ意識を取戻し目を弱弱しく動かしていたが明らかに虫の息だった。

「お前さん。早く何とか……」

徳兵衛の一つ年上の妻梅代《うめよ》が、黄色い声を出した。いつもは気丈でしっかり者の梅代であったが、顔色がない。ヨネの右肩口を着ている物の上から両手で押さえているが、その十本の指の間から血泡が噴き出し、みるまに青畳の上に広がっていく。

「ヨネや。しっかりおし。直ぐに名医の順庵先生が来てくれるからね」

へたりこんだ徳兵衛は、ヨネの耳元に口を近付け、大きな震え声を出した。

「旦那……さま……」と、ヨネが左手を力なく宙に泳がせた。

「ん？　なんだね、なんだね」と、その手を徳兵衛が握りしめる。

「私が……水を撒《ま》いていたら……お侍様……が自分の方から……」

「えっ」

「畳……ありが……とう……ござい……」

ヨネが静かに瞼《まぶた》を閉じ、まだどこか幼さを残している顔がコトリと小さく横に振れた。

「これ、ヨネ。死んじゃあ駄目だよ。ヨネ、答えておくれ」

梅代が、そう叫んだあと血まみれの両手を顔に当て、「わあっ」と泣き出した。

徳兵衛は、息を止めたヨネを茫然《ぼうぜん》と見つめ、その直ぐ後ろや廊下で番頭や女中や小僧たちが嗚咽《おえつ》をもらした。

店で働く者を大事にしてきた徳兵衛夫婦は、小間使《こまづか》いであれ丁稚《でっち》であれ、起居するそれぞれの小部屋には板敷きではなく畳を敷いてやっている。

ヨネが寝起きする三畳の小部屋も、畳の表裏がかなり傷んできたので、四、五日前に真新しい青畳に替えてやったばかりだった。

陰日向《かげひなた》なくよく働く気性の優しいヨネを、徳兵衛と梅代はとくに可愛がった。

自分の娘が十二になったとき、流行《はや》り病《やまい》で亡くなっているからだ。だからヨネの無残な死は、夫婦にとって二度目の大きな衝撃だった。

どれほどか経《た》って徳兵衛が、泣き腫《は》らした真っ赤な目を番頭の安之助に向けて、立ち上がった。

「番頭さん。すまないが後のこと任せましたよ」と、キッとした目つきになる。

「お出かけですか」

「ヨネは嘘《うそ》を吐《つ》くような子じゃない。お侍は自分の方から、ヨネが撒《ま》く水を浴びる動きを取ったんです。このままじゃあ、ヨネが浮かばれない」

「それじゃあ……」

「蛸薬師《たこやくし》の三次《さんじ》親分を訪ねて事情を話し、東町奉行所の常森源治郎《つねもりげんじろう》様のところへ一緒に行って貰《もら》います。泣き寝入りは出来ない」

言うなりヨネの小部屋から飛び出した徳兵衛の勢いに、廊下にいた小僧や女中たちが弾《はじ》かれた。

だが徳兵衛の動きは、そこで止まった。台所の向こう、店の方へ真っ直ぐに伸びている廊下に、手代の芳造と医師の順庵が姿を見せたからである。

「順庵先生……順庵先生……ああ」と、徳兵衛は体の力が抜けたのか、また、へたり込んでしまった。

順庵は徳兵衛に言葉をかけることもなく、厳《きび》しい顔つきでヨネの小部屋へ頭から突っ込むようにして入った。梅代は、順庵が見えたのにも気付かぬほど、肩を落とし泣き崩れたままだった。

順庵は梅代と向き合う位置に腰を下げるや、先ずヨネの首筋に手を触れ、次いで手首の脈の有無を確かめた。

「遅かったか……」と呟《つぶや》きながら、彼はヨネの血まみれの着物の胸元をそっと開いて、右肩口に顔を近付けた。

噴き出る血泡は、弱まってはいたが、まだ続いていた。

「これは非道《ひど》い……」と小声をもらしながら、順庵は脇《わき》に控えている若い助手に右手を差し出した。

助手が、順庵の手に大き目の白布を手渡し、それを用いて順庵は噴き出る血泡を二度、三度と手早く拭《ぬぐ》った。顔は傷口に近付けたままだ。険《けわ》しい目つきをしている。

息絶えたヨネに対して開始した順庵の外科手術は、針先ほどの迷いも見せずに半刻《はんとき》ほどで終った。

周囲《まわり》の誰もが、全身を硬直《かたく》させて身動《みじろ》ぎも出来ない、半刻だった。誰の素人目にも、丁重で鮮《あざ》やかな外科手術と判る順庵の手指の動きであった。

「順庵先生……」と、徳兵衛が躙《にじ》るようにして順庵との間を詰め、事《こと》の経緯《いきさつ》について、唇をわなわなと震わせながら訴えた。

「なにが〝薄皮一枚を斬っただけ〟なものか。肩の骨が断ち割られ、その奥の太い血の道までが切られておったわ」と、順庵が憮然《ぶぜん》たる口調で答える。

「な、なんと……」

徳兵衛が絶句し、梅代が身をよじって「可哀そうに……痛かったろうに……」と泣き悶《もだ》えた。

「誠でございますか順庵先生」

「それも手加減を知らぬ力任せの、乱暴な斬り様《よう》じゃ」

「先生、これはもう黙ってはおれません。この徳兵衛、自ら蛸薬師《たこやくし》の三次親分のもとへ走って、事の経緯《いきさつ》を訴えて参ります」

「そうなされるべきじゃ。今の話だと、長短刀《ながどす》の男はその口調《くちぶり》から江戸者《もん》らしいとのこと。その江戸者《もん》が京の都で、このような乱暴狼藉《ろうぜき》を働けば、生っ粋《きすい》の京目明しである三次親分は黙ってはいるまい」

「はい。それじゃあ、私はこれで……」

「気を付けなされや。まだその辺りに長短刀《ながどす》男と侍が息を潜めて様子を窺《うかが》っているかも知れんからの」

「用心いたします」

徳兵衛は立ち上がって、ふらりとよろめいた後、青畳の小部屋から出て長い廊下を店の方へ向かった。

先程まで客で立て込んでいた店は、静まり返っていた。ヨネの不幸を知りつつ、客相手のために店の内外《うちそと》にいた丁稚《でっち》たちが、「あ、旦那さま……」と徳兵衛のそばに集まってくる。

「私はこれから、蛸薬師の三次親分のところへ行ってくるからね。皆、お客様には上手に接しなされや。それから店先では、往き来《ゆき》する人様《ひとさま》にはよく注意を払って迷惑を掛けぬようにな」

そう言い残して店を出ようとした徳兵衛であったが、思い直して木立《こだち》豊かな庭へ回り、敷き詰められた四角い飛び石伝いに裏口へ足を向けた。他人目《ひとめ》につかぬよう、裏口から出る積もりなのだ。裏口とは言っても、控え目で小さな四脚門《しきゃくもん》となっている。

その裏口門の前で、竹箒《たけぼうき》を手にした髪《かみ》の薄い老爺《ろうや》が、真っ白な髪の老婆と額《ひたい》を寄せ合うようにして何やら話していた。長年に亘《わた》って、庭や建物まわりの維持を任されている耕作《こうさく》、タキ夫婦であった。

「これ、裏口門を開《あ》けておくれ」

「旦那様、おヨネちゃんの具合《ぐあい》、どうですか」と、待ち構えていたように耕作が不安顔で訊ねる。

「駄目じゃった。息を引き取った」

「ええっ……」と、老夫婦が老いて小さくなった体を、思わずのけぞらせた。

「私はこれから、蛸薬師の三次親分のところへ訴えに行く。早く裏口門を開けておくれ」

「は、はい……」

耕作は竹箒をタキに預けて、小さな裏口門の閂《かんぬき》をはずし、両袖《そで》扉を内側へ開いた。

とたん、耕作は「あ……」と後退《あとずさ》った。目の前に編《あ》み笠《がさ》をかぶり、道中合羽《がっぱ》で身を包んだ一本差しの男たち七人が、ずらりと横になって並んでいた。

背丈のある中央の男が一歩前に進み出て、腰の長短刀《ながどす》を左手で少し後ろ腰へ回し、地に片膝ついた。即座に、あとの六人も、それを見習う。

「突然に驚かせまして申し訳ござんせん。ひらに御容赦くださいやし」

一本差しの歯切れのよい挨拶《あいさつ》に、おののいた耕作とタキは我知らず徳兵衛の後ろへ、逃げ退《さ》がっていた。

背丈のある一本差しが左手で少し編み笠の先を上げて、無言のまま徳兵衛と視線を合わせた。

徳兵衛が「うっ」という顔つきになる。

彼は後ろを振り向いて言った。

「耕作もタキも、大広間の側の庭を綺麗にしてきておくれ。ここは大丈夫じゃ」

「で、ですが旦那様……」と、耕作の顔色はなかった。

「心配ない。大丈夫じゃ。ここは私に任せて、さあ、屋敷の反対側へ回っておくれ」

「番頭さんに、お伝えしなくても宜《よろ》しゅうございましょうか」

「伝えなくともよい。私ひとりで何の心配もない」

「そ、そうですか……」

耕作とタキは顔を見合わせてから、心配そうに徳兵衛から離れていった。

二人のその後ろ姿が建物の向こう角に消えてから、徳兵衛は目の前の一本差しに切り出した。

「この店は都《みやこ》では知られた京菓子の名家。人の往き来が少ない裏路地通りとは言え、お前様たちが誰かの目にとまれば春栄堂が大変迷惑します。さ、中へ入りなされ」

言われて男たちは素早く庭内へ身を移し、一人が裏口門をそっと閉じた。

彼等は再び横に並び、徳兵衛の前に片膝ついた。無駄のない、きびきびとした七人のその動きに、徳兵衛は〝息の合った結束力〟のようなものを感じた。商売で苦労をしてきた者の目——眼力——が、そう捉《とら》えていた。しかし徳兵衛は、ひどい顰《しか》めっ面だった。

「お久し振りです。お父っつあん」

「お前に、お父っつあんと呼ばれる筋合《すじあい》はない」

「充分に承知しておりやす。あっしの度の過ぎた飲む打つ買う、の道楽が原因《もと》で、お父っつあんが信用を失い江戸の大店《おおだな》を畳んで京へ逃《のが》れなさったこと、この仙太《せんた》郎《ろう》、西の空へ両手を合せ片時も忘れることなく詫《わ》び続けて参りやした」

「ふん。口では何とでも上手が言える」

「おっ母《か》さんは、お達者でいましょうか」

「達者だ。この十九年、勘当したお前のことなんぞ、思い出しもせん程《ほど》にな」

「それを聞いて、安心いたしやした。江戸を離れた商売上手のお父っつあんが、商《あきな》いの傾いた京名菓の老舗へ大番頭として請《こ》われ、見事に立て直したこと、旅《たび》鴉《がらす》たちの噂《うわさ》で知りやした。それを今日この目で確かめることが出来、嬉《うれ》しい限りでござんす」

「すでに亡くなった春栄堂の先代には生憎《あいにく》、後継《あとつ》ぎがいなかったのでな。店の全てが先代の意思で私に託されたんじゃ。だからと言って、飲む打つ買うの一本差しに恵《めぐ》んでやる金など、鐚《びた》一文ないぞ」

「そのような積もりで参ったのではござんせんよ、お父っつあん。あっしも今じゃあ江戸は深川《ふかがわ》の富岡八幡《とみおかはちまん》そばに、百人を超える一家を構える立場でございやす」

「なに、百人……」と、徳兵衛は顰《しか》めっ面のまま驚いた。

「お世話になっていた親分の一人娘に見初《そ》められ、女房にしたのが縁で……今じゃあ、三歳の子の父親でござんす」

「子がいるのか」

「はい。お父っつあんの孫《まご》でございますよ」と、仙太郎の口元が僅《わず》かに緩《ゆる》んだ。

孫と聞いた途端、老いた徳兵衛の顔が、くしゃくしゃになった。

「お、お前……幾つになった」

「三十六になりやした。お父っつあんに迷惑を掛けた飲む打つ買うは、もうすっかり鎮まっておりやす。どうか御安心なすって」

「で、京へは何の用で？」

「なあに。堅気の世には縁のねえ、ちょいとした野暮《やぼ》用でして……それじゃあ、お父っつあん、あまり長居をして御店《おたな》に迷惑が掛かっちゃあなりませんので、これで失礼いたしやす。一本差しの身で二度とお訪ねすることはないと思いやす。くれぐれも、おっ母《か》さんに宜しくお伝えくだせえまし……おい、行くぜ」

言葉の最後《おわり》の部分に低いドスを含ませて仙太郎が立ち上がると、慇懃《いんぎん》に片膝ついて頭《こうべ》を下げていた六人の一本差したちも、一斉《いっせい》に立ち上がった。

徳兵衛が声を掛ける間もなく、男たちが道中合羽を翻《ひるがえ》して裏口門から出ていく。

一歩を踏み出すことすら忘れて、ただ唖然《あぜん》と立ち竦《すく》むしかない徳兵衛であった。

二

京都東町奉行所の事件取締方同心、常森源治郎はヨネが右肩口に受けた斬り傷を検《み》てスウッと息を止めた。

「こいつあ凄《すご》い。余程に喧嘩《けんか》馴《な》れした野郎の斬り方だ」

「あ、あの、常森の旦那。どっから、そうと判りますねん?」

常森源治郎と向き合う位置に腰を落とし、ヨネの傷口を見ていた生《き》っ粋《すい》の京目明し〝蛸薬師の三次〟が、首をひねった。年齢《とし》は源治郎同心と同じ四十前後というところか。

「ここだよ三次。名医順庵先生の手で縫い合わされたという、斬《き》り筋《すじ》のこの終りの部分を見てみねえ」と、常森源治郎は十手の先を、静かに〝そこ〟へ近付けた。

「あ、魚の釣《つ》り針《ばり》のように、はね上がってますわ」

「そのはね上がった斬り方で、喧嘩相手に大きな打撃を与えるのよ。江戸北町奉行所にいた頃は、博徒たちの争いの後始末《あとしまつ》の際に何度か検《み》たことがあるが、京では初めてだな」

「そしたら旦那。ヨネに長短刀《ながどす》を振るった野郎は、はじめから殺す積もりで……」

「いや、そうとも言えめえ。博徒同士の喧嘩に馴れた野郎だとすれば、咄嗟《とっさ》のこと思わずそういう斬り方をしてしまった、ということも考えられる」

常森源治郎はそう言ってから、部屋の片隅で番頭と並び肩を落し座っている徳兵衛と、目を合わせた。

「その下手人の野郎、間違《まちげ》えなく江戸者《もん》の喋り方でしたかい」

「はい。京に二十年近くもいるこの徳兵衛も、本を正《ただ》せば江戸者《もん》でございますから、聞き誤ることはありません」

「そうでしたな。で、そいつが博徒であることも間違《まちげ》えねえと？」

「博徒と言ってよいかどうかは判りませんが、裏街道を行く日陰者という印象が強うございました。ただ、連れの御侍様は何やら御身分ありそうで」

「うむ。問題《もんでえ》はそれだあな。これから二条のお城を訪ねる、とか言ってたんですね？」

「そう言ったのは、ヨネを斬った男の方ですが……」

「いずれにしろ、のちほど順庵先生にも、傷の奥深くの診立《みた》てについて詳しく訊《き》かなきゃあなりますめえ。いま此処で立ち会《お》うて下さりゃあ、大助かりだったんだが」

「忙しい順庵先生のことゆえ〝常森様にくれぐれも宜しくお伝えしてくれ〟と私に言い残され、次の診立てのため中長者町通《なかちょうじゃまちどおり》の水戸徳川様の御屋敷へ、早駕籠で向かわれました」と、答えたのは番頭の安之助だった。

「貧乏人も御大名家《おだいみょうけ》も別《わ》け隔《へだ》てなさらねえ順庵先生だから、そりゃあ忙しいわさ」

常森源治郎が頷きつつ言ったとき、店の方で騒がしい気配がし、それが廊下を踏み鳴らす複数の者の足音となって、次第にこちらへ近付いてきた。

「藤浦兵介《ふじうらひょうすけ》、遅くなりました」

やや黄色い声を発しつつ、常森源治郎の配下の同心藤浦兵介が先ず、三畳の小部屋に入ってきた。その直ぐ後《あと》に、帯に房なし十手を差し込んだ目つきの鋭い大柄な町人態《てい》と、その下っ引らしいのが二人続き、三畳の小部屋はたちまち手狭《てぜま》となった。

「凶賊女狐《めぎつね》の雷造《らいぞう》一味を追って大忙しのところ、すまねえな兵介、得次《とくじ》よ。ま、事件の経緯《いきさつ》は後で話すから、ともかくこの可哀そうな骸《むくろ》を検《み》てくんねえ」

源治郎がそう言って腰を上げ、彼等に場所を空《あ》けた。遺体を挟《はさ》んで源治郎と向き合う位置にいた蛸薬師の三次が、目つきの鋭い大柄な十手持ちと顔を合わせ、「よ、得《とく》さん……」と、小さく頷く。相手が「検《み》せて戴きやすぜ、三次親分」と応じて、静かに腰を落とした。どことなく〝貫禄風《かんろくふう》〟だ。年齢《とし》は三十半ば前、というあたりか。

と、部屋の片隅で小さくなって座っていた番頭の安之助が、隣の徳兵衛の耳元で何事かを囁《ささや》いた。

「そうだね」と、徳兵衛が小声で答え、二人は腰を浮かした。

「常森様。私と番頭の安之助は、お邪魔になってはいけませんので、台所へ退《さ》がっております。何かありましたら、呼びつけて下さいまし」

「そうかえ。じゃあ、そうしておくんなさい。訊きたいことがあれば、こちらから足を運ぶから」

「恐れ入ります。それでは……」

徳兵衛と安之助が三畳の小部屋から出ていった。

同心藤浦兵介よりも先に、目つきの鋭い〝貫禄風〟の目明し——得次——が、ヨネの傷口へ顔を近寄せていく。

「さっき常森の旦那から教えて貰《もろ》たんやけどな、問題はこの斬り方や得《とく》さん」

得次と向き合う位置の三次親分が、左手人差し指の先で、斬り筋の終りの部分、釣《つ》り針《ばり》状にはね上がっているその部分を、そっと指し示した。

得次が「ちっ」と、舌を打ち鳴らした。

「江戸の馬鹿野郎どもの喧嘩剣法が、とうとう京の都まできやがったか」

「うん、そう言うこっちゃ。江戸者《もん》の博徒野郎とかに京の都を荒らされたとなると、この蛸薬師の三次、黙ってへんで。力貸してくれるやろな、得さん」

「へい。もちろんで……それよりも三次親分、この酷《むご》い事件の経緯《いきさつ》を聞かせておくんない」

「よっしゃ……」と、三次は後ろを振り向いた。

「常森の旦那。儂《わし》から話しても宜しいでっか」

「おうよ」と、常森源治郎が打てば響くように承知した。

三次から京人《みやこびと》には珍しい急ぎ調子で打ち明けられた事件の経緯《いきさつ》に、得次の目が怒りでギラつき出した。

「しかし身分の高そうな侍が絡《から》んでいるようだとなると、ちょいとばかし厄介ですぜ三次親分」

「そこよ得さん……」

「その侍野郎、贋《にせ》侍であってくれると有難《ありがて》えんだが」

「儂《わし》もそう思《おも》てんねんけどなあ」と、三次は腕組をした。

「ところが徳兵衛から話を聞く限り、そ奴の風格はどうも贋侍ではなさそうでなあ」

常森源治郎が横合から、そう口を挟《はさ》んだ。

「じゃあ常森の旦那。その侍は二条の御城へ上がって誰か偉い人に会う予定があったらしいですさかい、京都所司代で身分素姓を調べて貰えまへんやろか。二条の御城を押さえているのは、京都所司代ですよって……あきまへんか」

「いや。やってやれない事はねえ。だがな三次、相手の身分素姓によっては、こちとらの首が吹っ飛び兼ねないぜ。町奉行所同心の意見でもって所司代の上層部へそれを頼み込むには、その覚悟がなくちゃあ出来ねえ」

「けど旦那。悪いのは、その侍の方でっせ。ヨネの撒《ま》き水へ自分の方から態《わざ》と飛び込んだんでっさかいな。いくら身分ある侍でも、理不尽な理由を振り翳《かざ》して町人を斬れば、御天道様《おてんとうさま》が許しまへん。そうでっしゃろ」

「ヨネが死んでしまっては、侍が撒き水へ自分から飛び込んだことを確実に証《あか》すのは難しいな」

「ですが旦那あ……」

「まあ待て三次。この常森源治郎にも少し考えさせてくんねえ。二条の御城の偉いさんと言やあ御門番頭《ごもんばんがしら》、御殿預役《ごてんあずかりやく》、鉄砲奉行《てっぽうぶぎょう》と言ったところで、いずれも三百石から四百石てえ位《くらい》だ。それだけに、その水浴び侍が、幕府の御用で二条の御城を訪ねるとなると、こいつあ用心して掛からなきゃあならねえ」

「幕府の御用で二条の御城を訪ねる侍が、博徒野郎を従えて東海道五十三次を旅するなんて、変でっせ。やっぱり贋侍と思いたいでんな」

「ところがな三次よ。地に落ちた江戸侍ってえのが案外に少なくねえんだ。表と裏の二つの顔を持ちゃあがって、裏の顔で江戸の闇《やみ》とつながって荒稼ぎしたりな」

「へええ。将軍様のお膝元や言うのに、そんな事もありまんのか」

三次が眉をひそめ、「やりきれねえ」といった表情をつくった。

三

常森源治郎が、二条城の直ぐ南に位置する京都東町奉行所の玄関口をむつかしい顔つきで出たとき、京の街《まち》は日が落ち濃い闇に包まれていた。

「どうでございました？」

足元提灯《ちょうちん》を下げた目明しの得次が、玄関口の脇に聳《そび》える大銀杏《いちょう》の陰から現われ、源治郎に小声をかけた。

黙って首を横に振った源治郎が、得次を従え奉行所門を出てから、溜《た》め息《いき》まじりに口を開いた。

「ヨネに長短刀《ながどす》を振るった博徒野郎とかを先に捕縛《ほばく》しろ、ってえのが御奉行宮崎《みやざき》若狭守《わかさのかみ》様のお言い付けだ」

「やっぱりねえ。その野郎を取っ捕まえて問い詰めりゃあ、水浴び侍《ざむれえ》がどういう形で関《かかわ》ったか恐らく見えてきましょうから」

「藤浦兵介と蛸薬師の三次は？」

「へい。女狐の雷造一味の探索で、他の同心の皆さん方と四条の方へ……あっしは常森様をお待ちするように、と藤浦の旦那から言われましたもんで」

「そうか……それにしても藤浦兵介は育ったな。若《わけ》えが、あいつはモノになる」

「そりゃあ大江戸で〝検視の源治〟と言われてきた常森様に直《じか》に鍛え込まれりゃあ、育ちもしまさあ。身のほど知らずな言い方を許して戴きやすと、あっしが、そうでござんしたから」

「お前《めえ》の藤浦兵介に対する、それとなくの意見や忠告も彼には役に立っていようぜ。これからも陰になり日向《ひなた》になって面倒見てやんねえ」

「面倒だなんて……恐れ多い事でござんす」

「いや。若《わけ》え同心てえのは、お前《めえ》のように凄腕の目明しと組んでこそしっかりと育っていくもんだ。藤浦兵介は誰の意見や忠告にも、素直に耳を傾ける性格だから、それがいい」

「まことに……」と、得次が真顔で頷いた。

二人は二条城の濠《ほり》に沿って東——堀川通《ほりかわどおり》——の方へゆっくりと足を向けていた。

常森源治郎は、実は〝江戸北町奉行所事件取締方同心〟が本来の身分であった。二年ほど前の寛文《かんぶん》八年に京都町奉行所が創設された際、教育権限を有する「事件取調べ教育方同心」として筆頭同心格で京へ出向を命ぜられたのである。江戸では〝検視の源治〟の異名をとる腕利《き》き同心として知られ、闇社会から甚《いた》く煙たがられる存在だった。

「ともかく俺達も四条辺りへ行ってみなきゃあなるめえ」

「常森様はここ数日不眠不休。お疲れじゃあござんせんか」

「俺が不眠不休なら、お前《めえ》も不眠不休だろうが。そんな泣きごと言ってられるけえ」

「へい……」

足元提灯を下げた得次は、源治郎の足元を照らすかたちで、やや腰を低くした姿勢で一歩半ばかり前を歩いていた。その姿勢に、源治郎への忠誠さが表れているかのようだった。

堀川のほとりに設けられた高さ六尺ばかりの〝辻灯籠《つじどうろう》〟のぼんやりとした明りが、少し先に見え出した。京の町中を南北に流れるこの堀川に沿った堀川通に面して、二条城は広壮な東大手門を設けている。

二条城の東南角、東南隅櫓《すみやぐら》が聳《そび》えている真下辺りまで来たとき、「常森様……」と囁くなり得次の足が一歩退《さ》がった。

「どうした？」

「いま二条の御城の東大手門から出てきた一人の侍《さむれえ》を、両手に足元提灯を下げた一本差しが腰を低くしいしい出迎えやした」

「なに」

源治郎は得次と位置を入れ替わって、用心深く半歩体を前に出した。見えた。間違いなく、きちんとした身形《みなり》の侍と、着流しの一本差しであった。足元提灯の一つはすでに侍の手に渡っていて、二人の足はこちらへ向かいつつある。

「提灯明りの中に浮かんだ二人の身形風態《みなりふうてえ》が、春栄堂の徳兵衛や小僧たちから聞いたのと似ているぜ得次」

「つけますかえ」

「そうよな」

「念のため常森様はあっしから半町《はんちょう》ばかり離れて、ついて来ておくんなさいやし」

「わかった。用心しな」

「大丈夫で」

得次が手に下げていた足元提灯を、顔に近付けて吹き消した。

闇に溶《と》けた二人が、濠端《ほりばた》の桜の木にスウッと体の線を合わせる。

その二人の目と鼻の先と言ってもいい程の近くを、侍と一本差しはゆったりとした足取りで通り過ぎた。

「侍《さむれえ》の横顔は三十一、二といったところだな」と、得次の耳元で源治郎が囁く。

「一本差しは、二十六、七といった感じでござんすね」と、得次が小声で応じた。

彼等の提灯明りがかなり遠ざかってから、得次は「それじゃあ……」と源治郎のそばから離れた。

大江戸の表社会裏社会でその名を知られた〝検視の源治〟こと常森源治郎が絶大な信頼を置いて使ってきたのが、〝鉤縄《かぎなわ》の得〟の異名で江戸の凶賊《きょうぞく》たちに真っ向から対峙《たいじ》してきた捕縄《とりなわ》の名手《めいしゅ》得次であった。縄の先に鋭い鉤の付いたものを自在に操り、江戸のワルたちはそれを恐れた。

〝検視の源治〟も〝鉤縄の得〟も共に、江戸に妻子を残しての単身赴任である。もっとも、与力や同心の手先に過ぎぬ、つまり幕府組織の枠内に正式に位置せぬ目明しに対しては、身分手当などを保証した出向命令など出る筈《はず》もない。だから得次は、「常森様以外の御役人と組んでの仕事など退屈しまさあ」とばかり、勝手に京までついて来たのだった。幸いなことに、江戸に残った得次の女房は、神《かん》田紺屋町《だこんやちょう》の金山神社そばで小間使い二人を雇って一膳飯屋《いちぜんめしや》をやり、しっかりと小《こ》金《がね》を得て生活の不安はない。

やがて侍と一本差しの二人連れは、堀川通を東へ――紀伊徳川家の京屋敷がある誓願寺《せいがんじ》通の角を左へと入った。そのまま真っ直ぐに進めば、徳川屋敷の前を過ぎて浄土宗西山深草《せいざんふかくさ》派総本山誓願寺という大寺院に突き当たる。

「一体《いってえ》どこへ行きやがる……」

得次は呟《つぶや》いて、建物の陰から陰へと巧みに足を運んだ。京へ来て二年が過ぎたこの凄腕江戸目明しの頭の中には、京の町が粗方《あらかた》入っていた。誓願寺の界隈《かいわい》と言えば、四条通を間に挟むかたちで、大小数十の寺院が存在している。

「どうも嫌《いや》ぁな予感がするなあ」

闇に溶け込んでいる前方の得次を辛《かろ》うじて捉《とら》えながら、源治郎も呟いていた。

ときおり得次の影が、その先にある侍と一本差しの提灯の明りを、見えなくする。

「それにしても何者だ、あの侍《さむれえ》……剣術《やっとう》も相当やれそうな面構えだったが」

源治郎は、嫌な予感を振り払うようにして足を早め、得次との間を詰めにかかった。

通りに沿って並ぶ町家も商家も寺院も武家屋敷も、表をしっかりと閉ざして往き交う人の姿は絶えて見当たらない。ふた月ほど前の夜から降って湧いたようにして出現し出した凶賊女狐の雷造一味の残忍非道な押し込み強奪に、日暮れた後の京の町はいま震えあがっていた。

源治郎の目に、彼方の辻灯籠の明りが見え出した。誓願寺から二つ手前の辻角にある明りで、京では最大の両替商「伊勢屋」の西角に当たった。

「ん?」

源治郎は、思わず足を止めた。見失なわぬよう用心しつつ捉えていた目明し得次の影が、辻灯籠の明りを左肩に触れるかたちで動きを止めている。

「いけねえ」

源治郎は次の瞬間、走り出していた。辻灯籠の明りを受けて、侍と一本差しの二つの顔がこちら——得次の方——を窺《うかが》っていると判った。

一本差しが提灯を足元へ置く。

「戻れ、得次」

源治郎は叫び走りながら十手ではなく、刀の柄に手をかけた。剣術に自信がある訳ではなかった。同心としての本能が、刀の柄に手をかけさせた。

一本差しの抜刀を見た源治郎が、「戻れえっ」と再度叫ぶ。絶叫だった。脳裏に、江戸は神田の紺屋町で一膳飯屋をやっている得次の女房とその子の顔が、浮かんでいた。

だが得次は退がらず、右半身で房なし十手を身構えた。やる気だ。辻灯籠の明りを浴びてその十手が、一瞬光る。

「うぬぬ……」

源治郎は、なんてえ遅い足だと歯ぎしりして全力で走りつつ、（くそっ）とばかり抜刀した。

と、突如——。

通りの両側からバラバラと人影が現れて、得次の前方を塞《ふさ》いだ。

ふた呼吸ほど遅れて得次の背後に迫った源治郎が、息荒く彼の左肩をわし摑《づか》みにして引き戻す。

得次の前方を塞いだ人影は合せて七つ。いずれも源治郎と得次に背を向け、三《さん》度笠《どがさ》と道中合羽で身を包んだ一本差しであった。

源治郎が御役目の声を発するより先に、七つの三度笠が辻灯籠の明りの中、うす暗がりの宙へ一斉《いっせい》に舞い上がった。

待ち構えていたように、雲間《くもま》から満月が出る。

野郎どもの七本の長短刀《ながどす》が音立てて鞘《さや》走り、中央にいた男の啖呵《たんか》が静まり返った京の夜陰に響きわたった。

「片盛清吾郎《かたもりせいごろう》に潮鳴《しおな》りの岩松《いわまつ》。江戸を後《あと》に必死で追うこと二百と十日、ようやく見つけたぜ。道中合羽で身を隠し、重《おめ》え長短刀《ながどす》頼りに旅疲れたこの七人面《ななにんづら》を、よもや忘れちゃあいめえ。京の都の夜の下《もと》、てめえら二人の極悪命《ごくあくいのち》を抉《えぐ》ってやるから覚悟しやがれ」

「おうおう、ようやく追いつきやがったか、江戸は深川の七人衆よ。結構じゃござんせんか。旅疲れたその七つ首、この岩松の長短刀《ながどす》がそっくり叩き落としてやるから、てめえらこそ覚悟しやがれ」

返す啖呵で岩松とやらが、七人衆の中央に位置した男に勢いよく斬りかかった。鋼《はがね》と鋼が打ち合って鳴り、青白い火花が散る。喧嘩馴れしていると判る、二人の目にもとまらぬ速い激しいぶつかり合いだった。

源治郎が刀を鞘に収めて「よさんかあっ」と叫ぼうとした時、彼と得次の肩を後ろから軽く叩く者があった。

振り返った二人が、「こ、これは……」と、驚き腰を低くした。足元提灯の代わりに五合徳利を右手にぶら下げた背丈ある二本差しの若侍——とは言っても二十八、九か——が、目の前の争いごとなどには余り関心なさそうに、着流しでにこやかに立っていた。

「博徒の縄張り争いかな源《げん》さん」

「あ、いや、その。それがよく判りませぬので」

「こちらに背を向けている道中合羽の太刀筋《たちすじ》は念流のようだな」

「え……」

と、源治郎も得次も争っている二人へ視線を戻した。

「それも、相当やる」

「ま、まことで？……」

「向こう側の男は、喧嘩馴れしたような威勢のよい剣法だが、まもなく利《き》き腕を落とされよう」

聞いて源治郎が思わず息を殺した途端、岩松の口から「ぎゃあっ」と悲鳴があがった。

肘《ひじ》の上から断ち切られた岩松の右腕が、長短刀《ながどす》を握りしめたまま辻灯籠の明りの中を、低く舞う。五合徳利を下げた若侍の予想が的中した。

地面で転げまわる岩松への用は済んだとばかり、七本の長短刀《ながどす》の先を片盛清吾郎とやらに向けた野郎どもが、地面をザッと摺《す》り鳴らして相手を囲んだ。

清吾郎が無言のまま左脚を引いてやわらかく腰を下げ、右手を刀の柄に触れた。

「源さん。この争いだが、どちらが悪で、どちらが善だ」

徳利侍《とっくり》が穏やかな口調で訊ねた。

「はい。いま相手の利き腕を斬り落とした男が〝てめえら二人の極悪命《ごくあくいのち》を抉《えぐ》ってやる〟と、先に啖呵を切ったのですが」

「極悪命か……じゃあ、その啖呵を切った側を善と見て、早く争いを止めてやらぬと七人皆殺しにされるぞ」

「なんと……」

「引いた左足を爪先《つまさき》立てているあの侍の見事な構えは、滝口流居合術だ。抜き放った刃《やいば》は稲妻状に半弧を描き、一瞬のうちに二人を叩っ斬る。道中合羽の念流では、いささか歯が立つまい」

徳利侍の言葉が終るか終らぬうちに、道中合羽の念流が滝口流居合術の刀の柄を狙《ねら》うかのようにして斬り込んだ。

徳利侍が「うまい」と呟くのと、滝口流居合術の抜刀とが同時であった。

一本差しの斬り込みが、居合抜刀を半ば押さえるかたちとなって、双方の刃がガチンと打ち鳴る。

月下に火花が散り、一本差しと侍が二合、三合と猛烈に渡り合った。

「やめい、やめーい。京都東町奉行所の同心、常森源治郎だ。双方ともに、やめーい」

源治郎が喉《のど》に痰《たん》を絡ませたようにして怒鳴り、争いの場へ飛び込む勢いで、足を踏み出した。

七人が潮が引くように退がり、片盛清吾郎とやらが鮮やかに刀を鞘に収める。

その直後に、何を思ったか得次が呼び子を吹き鳴らした。

一寸《いっすん》の静けさを取り戻した月下の都に、その刺激的な音が響きわたった。源治郎に、もしもの事があってはならない、との得次の機転であったのだろうか。

と、滝口流居合術が、身を翻《ひるがえ》し脱兎《だっと》の如く駈け出した。速い！

「お待ちなさいっ。話をお聞きしたい。戻りなさいっ」

源治郎が大声を発したが、滝口流居合術の足は止まらなかった。みるみる夜の彼方へと溶け込んでいく。

「韋駄天《いだてん》の政《まさ》、居合《いあい》の五郎造《ごろぞう》、奴の行き先を突き止めろい。渡り合うんじゃねえぞ。突き止めたら急ぎ引き返せ」

念流の凜《りん》とした指示を受けて、二人の一本差しが長短刀《ながどす》を鞘に収め「へい」とばかり走り出した。道中合羽が大鷹《たか》の翼《つばさ》の如くに舞い上がる。

源治郎が制止しようとするよりも先に、「お許しなすっておくんなさい」と念流がまだ抜身の長短刀《ながどす》を腰の後ろへ隠し彼の前に片膝ついて頭を下げた。他《ほか》の四人が、素早く念流を見習う。その彼等の脇で、潮鳴りの岩松はもう息を弱めていた。

念流がよく通る声で言った。

「逃げやした片盛清吾郎てえ侍と、此処に転がっておりやす潮鳴りの岩松てえ野郎は、あっし達にとっては金輪際許すことの出来ねえ極悪人でござんす。天子様《てんし》の在《お》わします京の都を騒がす不届きな考えなど、あっし達七人には毛頭ござんせん。なれど極悪人二人を見つけたからにゃあ、ひと太刀《たち》浴びせぬ訳にはいかねえ事情を抱えておりやして」

「詳しくは奉行所で聞くとして、その事情とやらを、とも角この場で手短かに話してみよ」

「はい。承知いたしやした」

と、念流が下げていた頭を上げた。

満月の下でその一本差しの目が源治郎と、呼び子を吹き終えた得次の目と真っ直ぐに出合った。

「あ」「お」と小さな叫びが三人の間から漏れ、ピンとくるものがあったのか徳利侍が「おやおや」と苦笑しながら現場から飄然《ひょうぜん》と離れ出した。

「あの、ど、どちらへ……」と、源治郎の声が少し慌て気味に徳利侍の背中を追う。

「空《から》の徳利を手に、ここまで来た私の行き先など、橋《はし》向こうに一つしかないよ源さん」

「そ、それじゃあ私も後《のち》ほど伺《うかが》いますので」

「わかった」

「暗《くろ》うござんす。足元にお気を付けなさいまし」

得次も慇懃《いんぎん》に声をかけた。

徳利侍は答える代わりに、ゆっくりとした足取りで現場から遠ざかった。

五人の一本差しは、神妙で身じろぎ一つしない。

満月が雲に隠れて、濃い闇が広がった。

四

寺院が建ち並ぶ寺町《てらまち》通を南へ下って四条通へ入った辺りで、左腕を懐《ふところ》にしている徳利侍の口から漢詩であろうか、静かに朗朗《ろうろう》と流れ出した。

〽月下に剣《つるぎ》舞いたる君、盛者必衰《ひっすい》の理《ことわり》を不知《しらず》
ただ哀《あわ》れなり必然の運命《さだめ》、淡雪《あわゆき》のごとく命散る
諸行《しょぎょう》は無常《むじょう》にして、留《とど》まること不在《あらず》茫漠なり

徳利侍は高瀬川を渡ったところで立ち止まり、暗い空を仰いだ。

雲が僅かに切れて、かぼそい月明りが地上に降りこぼれ、すぐに消えた。

その短い仄明《ほのあか》るさの中で、徳利侍は川端の柳に優しい口調で話しかけていた。

「今宵《こよい》も辛《つら》さを背負うのか」

「辛いと思うては、母と子が生きてはいけませんよって」

柳の陰で、女のかすれた声がした。

「体を労《いた》わることを忘れてはならぬぞ。わが子のためにもな」

「勿体《もったい》ないお言葉でございます」

「これで滋養《じよう》をとりなさい」

徳利侍が柳の木のそばへ近付くと、また雲間から一瞬月明りがこぼれて、明らかに夜鷹《よたか》の身形《みなり》と判るやつれた女の姿が浮き上がった。京では辻君《つじぎみ》とも呼ばれている、街娼だ。

その女に、徳利侍は左手を差し出していた。

「滅相もありません。もう幾度となく御言葉に甘え、頂戴いたしております」

「いいから」

徳利侍は夜鷹に小粒を握らせると、何事もなかったかのようにその場を離れた。

柳の陰で闇に溶けている女が、もの悲し気に深深と腰を折った。

徳利侍は鴨川に架かった四条河原仮橋を渡り、芝居小屋、出合茶屋、小料理屋、居酒屋などが増え出して次第に花街《かがい》の姿を整えつつある、祇園《ぎおん》新地へと入っていった。

この界隈だけは芝居小屋を除いて、なんと凶賊女狐の雷造一味の出現に逆らうかのようにして夜の商いを続けている店が少なくない。「お客はんが来てくれんでも、血腥《ちなまぐさ》い騒動にびびって店を閉ざしていては、夜の祇園は花街として成り立ちまへん」という、いわゆる〝祇園気《き》っ風《ぷ》〟がじわりと台頭しつつあったのである。が、さすがにどの店も息を潜め静まりかえっている。

雲が流れ去って、皓皓《こうこう》たる月明りが祇園新地の頭上に降り注いで、通りも建物も青白く染まった。

徳利侍は彼方に祇園社の黒黒とした森を認めながら、小料理屋の角を右に折れた。

人影絶えたその彼の行く手に、不意にヌッと現われたものがあって徳利侍の動きが、ふわりとした感じで止まった。

「ほほう……」

「斬る」

「そのために待ち構えていたのか、それとも偶然の出会いかな」

徳利侍の口ぶりは、涼《すず》し気だった。

「どちらでもよいわ。好きにとれい」

「なるほど私に見つめられていたことが、それほど目障《めざわ》りであったか」

「抜けい、青侍《あおざむらい》」

滝口流居合術の片盛清吾郎であった。軽く腰を下げ左足を引いて爪先《つまさき》立てた抜刀の構えに、徳利侍は「惜《お》しいな」と呟き手に下げていた空の徳利を、相手の顔の高さに静かに突き出した。

それだけだった。「ま、酒でも飲まんか」とでも言っている風だった。

満月の明りの下《もと》、「き、貴様……」と清吾郎の顔つきが眦《まなじり》を吊り上げ鬼のようになる。二条城東大手門から出てきた、何様《なにさま》侍とは思えぬ凄まじい形相だった。

双方の間は、およそ一間と少し。

その間を清吾郎はジワリと詰めたが、徳利侍は相手の目を見つめたまま動かない。

「抜けい、青侍」

清吾郎が、再び言った。右肩に力みが生じていた。いよいよ抜刀する気か。

「必要ない」

と、徳利侍が返す。飄然《ひょうぜん》無想であるかの態だった。

「おのれ」

清吾郎の激情が破裂して、腰の刃《やいば》がまさに放たれようとしたとき、「此処《ここ》にいやがったか清吾郎」という叫びが彼の背後で生じた。

反射的に清吾郎が体の向きを変え、徳利侍に背中を見せる。

駈けつけた二つの影が息荒く、清吾郎に対峙《たいじ》した。「……奴の行き先を突き止めろ。渡り合うんじゃねえぞ。突き止めたら急ぎ引き返せ」と命じられて清吾郎の後を追っていた、韋駄天《いだてん》の政《まさ》と居合《いあい》の五郎造《ごろぞう》とかであった。

その二人のうちの一方――ぎょろ目に団子鼻の男――が、

「徳利の御侍様。この凶暴侍《きょうぼうざむれえ》が迷惑をお掛け致しましたようで申し訳ござんせん。この凶暴野郎は江戸では名の知れた滝口流居合抜刀《いあいばっとう》の手練《てだ》れでござんす。差し出がましい事を申しやすが、どうかこの場はあっし居合の五郎造と、韋駄天の政にお任せ下さいやし」

と清吾郎の肩越しに徳利侍を捉えて口早く仁義を切った。流れるような調子だった。

徳利侍は黙って頷くと、すぐ脇の辻角を右へゆっくりと入っていった。

直後、片盛清吾郎は身を翻し、徳利侍とは逆の方角へ駈け出した。俊足だ。

「あっ、待ちやぁがれ。仇野郎《かたきやろう》が」

居合の五郎造と韋駄天の政が、怒声を発して慌て気味に追った。

「仇《かたき》?……」と呟いた徳利侍が、足を止め振り向いた。逃げる者、追う者の影が次第に遠ざかっていく。

「とんだ事でございましたね政宗様《まさむねさま》」

横合から物静かな声が遠慮がちにかかって、姿勢を改めた徳利侍が「おっ貴行《たかゆき》か」と微笑《ほほえ》んだ。

目つきの鋭い、しかし表情柔和な三十半ばくらいの男が徳利侍に近寄った。

「見ていたのか、今の一部始終……」

「はい。事と次第によってはこの藤堂《とうどう》貴行、政宗様と相手の間に割って入る積もりでおりました」

「博徒は侍のことを、江戸では名の知れた滝口流居合抜刀の手練れ、とか申しておったが、その方、江戸詰《えどづめ》の頃、見かけたことはないかな」

「いいえ。見知らぬ顔でございました」

「そうか」と、徳利侍は歩き出し、藤堂貴行とやらも肩を並べた。

「徳利、お預かり致します」

「うむ。伏見は淀屋《よどや》の銘酒〝紅桜〟が店に入るのは、今宵《こよい》に相違なかったな」

「はい。日暮と共に伏見より運び込まれましてございます。客の入りが増え出しておりますので、まもなく樽《たる》の口を開けることになりましょうか。香り高い一番酒をこの徳利に詰めさせて戴きますので、私ひと足お先に店へ戻らせて戴きます」

「それで迎えに来てくれたのか。すまぬな」

「早苗《さなえ》様が御出《おいで》をお待ちでございます。裏口より離れの方へ、お回り下さいまし」

「いや、表口から入ると女将《おかみ》に伝えてくれ。普通の客としてな」

「そうでございますか。承知いたしました」

「それにしても、女狐の雷造一味が夜の京に出回っているというのに、料理茶屋〝胡蝶《こちょう》〟は今宵も賑《にぎ》わっておるのか」

「はい。相も変わらず」

「結構なことだ。やはり女将の人柄が、客を引き付けるのだな」

「そうかも知れませぬ。それでは政宗様、私はひと足お先に……」

藤堂貴行とやらが、徳利侍――政宗――に向かって丁寧に腰を折り、足早に離れていった。

普通の歩き方ではなかった。いや、普通の歩き方であった。にもかかわらず、まるで滑るような速さで、徳利侍から離れていく。

その後ろ姿を見送る徳利侍は、べつだん驚いてはいなかった。

彼は軒下《のきした》提灯を点《とも》している何軒かの小料理屋の前を両手を懐に、ゆったりとした足取りで通り過ぎた。どの店からも客の賑わいは漏れ伝わってこない。あるのは、息を殺したような静けさだけだった。

だが次の辻を更に右に少し折れて直ぐ、その静けさは破れた。ひときわ大きな店構えの料理茶屋があって、笑い声や手拍子歌が漏れ伝わってくる。入口脇の軒には「胡蝶」の字がある大提灯が下がっていた。

店の前まで来た徳利侍は両手を懐から出し、右手を頑丈な作りの障子戸に触れようとして、その動きをフッと止めた。だがそれは、ほんのひと呼吸程度のこと。

なぜか彼は思い直したように胡蝶の閉まっている格子窓に沿うかたちで七、八間《けん》ばかり歩き、小さな二脚門の前で佇《たたず》んだ。門扉は左右に開けられていた。

この二脚門が胡蝶の座敷客、つまり大店《おおだな》の旦那衆や侍たちの出入口となっており、一方、徳利侍が先ほど開けようとした頑丈な障子戸の入口は、大工や鳶職《とびしょく》や左官など言わば大衆客の出入口だった。

徳利侍は二脚門の右門柱から下がっている提灯を指先で軽くチョンと突つくと、その左手の高い塀の角を折れ路地へと入っていった。ごくさり気ない感じだった。

この路地は石畳で、まるで彼のためでもあるかのように小さな石灯籠が等間隔で並び、仄《ほの》かな明りを優しく揺らせていた。

石畳の路地は高い塀に沿って胡蝶の裏側へと回り、行き止まりの所に塀とは見分けのつけ難《にく》い裏口があった。その裏口の頭上高くから、細紐《ほそひも》が一尺ばかり垂れ下がっている。これも月明りがなければ、紐とは判り難い。

背丈のある徳利侍は、その紐を二度引いた。べつだん鈴が鳴る訳でも鐘が鳴る訳でもなかった。

が、直ぐさま高い塀の内側にひそやかな人の気配があって、裏口が開けられた。

顔を覗《のぞ》かせたのは、徳利侍の徳利を出迎えた藤堂貴行なる目つきの鋭い、表情柔和なあの男だった。

「表口から御出《おいで》になるものと思っておりました」

「貴行、この店数名の者に見張られておるな」

「え」と、藤堂貴行の背筋が伸びる。

徳利侍が塀の内側へ入り、藤堂貴行の手で裏口がそっと閉じられ閂《かんぬき》が通された。

「表口の腰高障子を背にして立つと、左手斜め向こうに路地が見えるであろう」

「はい。出合茶屋と居酒屋の間に……居酒屋はここ数日、商《あきな》いをしておりませぬが」

「その路地に幾人かの人影が息を潜め、この店の様子を窺《うかが》っていると見た」

「侍……でございましょうか」

「月が出ているとは言え路地は暗い。女ではなく恐らく男たちであろう」

「さっそく調べてみます」

「用心しなさい。凶悪な手練れかも知れぬ」

「はい……早苗様は離れでお待ちでございます」

「うむ」

「では……」

藤堂貴行は丁重に腰を折ってから、徳利侍の前から離れ左手の方——店の方——へと伸びている石畳伝いに、植込みの陰へと消えていった。

どこかで、夜烏《よがらす》が二度鳴いた。

「不吉な……」

呟いた徳利侍は、小笹の植込みに挟まれた石畳を、右手の方へ進んだ。

と、月下にも筋肉質な体軀《たいく》と判る白い中型犬が、きちんと石畳の上に正座をして徳利侍を待ち構えていた。いかにも嬉し気に、力強く尾を振る。

「よ、桃太郎《ももたろう》。久し振りだな」

「ウルル……」

桃太郎と呼ばれた白い中型犬は、低く喉を鳴らした。

徳利侍と一匹の犬は、目の前すぐの所で小さな白い花をつけた枝を広げている木の下を、左へ緩く折れた。花の香りが、月明りに染まって辺りに漂っている。

「御出《おいで》なされませ」

石畳が尽きた其処に入母屋《いりもや》造りの離れがあって、青白い月明りに濡れた広縁に正座する若い女が、三つ指をついて深深と頭を下げた。

「今宵《こよい》も微塵《みじん》のスキも無し……」

「はい？」

女が顔を上げた。鼻すじ通り切れ長な二重瞼《ふたえまぶた》のその端整な面立ちは、月から舞い下《お》りた天女かと見紛う美しさであった。

「そなたは、どのような所作《しょさ》にもスキを見せぬ、ということよ」

「まあ」と、女はひっそりと微笑んだ。

「桃太郎も見事に育ったではないか。恐らく桃《もも》は強いぞ。用心棒をこの犬に任せ、そろそろ肩の力を抜いて、当たり前の女に戻ることだ」

「はい。そのように心掛けましょう。さ、御上がりなされませ」

「今宵の月明りは、銘酒紅桜の味を一段と引き立てような早苗」

徳利侍が腰の大小刀を早苗なる美しい女の手に預け、広縁に上がった。

豊かな筋肉で全軀を包んだ桃太郎が、広縁に上がった徳利侍を見上げて「ウルルル……」と喉を鳴らし目を細める。

「桃よ、今宵私は酔うぞ。ひとつ用心棒を頼む」

その言葉を理解した訳でもあるまいが、桃は「ウウッ」と低くひと鳴きすると、石畳の上を庭の繁みの中へと消えていった。

広縁に周囲《まわり》をかこまれた青畳の離れ座敷は十二畳敷き。一輪差しに小さな白い花を飾ってあるその床の間の刀掛けに、早苗は大事そうに預かった大小刀を、静かに掛けた。

二人は、小作りだがなかなかな造作の座卓を挟んで向き合った。こういう場ではまだ膳《ぜん》が当たり前の時世であったから、座卓は珍しい。さぞや高価であったろうと思われるその座卓の上にのっているのは、なんと田螺《たにし》の味噌煮と田楽《でんがく》、それに一合徳利が二本だけであった。質素である。これが徳利侍の好みなのであろうか。

「冷酒《ひや》でございますけれど、お宜《よろ》しいのですね」

「銘酒紅桜の飲み始めは冷酒《ひや》に限る。ところが体が火照《ほて》る頃になると、熱燗《あつかん》が旨《うま》くなる。まこと不思議な銘酒よな」

「さ、お盃を政宗様」

「うむ」

徳利侍は盃を手に取り、女は小首を少し傾《かし》げる様《さま》で相手の顔を見つめつつ、盃に紅桜を注いだ。そして、盃の九分目まで注ぐと、ごく自然に白い手を引いた。侍は盃に視線をやっていないにもかかわらず見事に注ぎ止めた早苗の所作に、侍はしかし別段驚いてはいない。

徳利侍は盃を口先まで運び、が、思い出したように視線を庭先へ移した。

「あのう、何か？……」

「いや……貴行は大丈夫か、と思うてな」

「藤堂が、どうか致しましたのでしょうか」

「この胡蝶だが、路地に潜んだ数名の者に見張られておった。先程な」

「え……誠でございますか」

「そのことを貴行に告げると、調べてみましょう、と出かけていったのだ。柳生《やぎゅう》新陰流の遣い手である貴行のことゆえ、心配ないとは思うが」

徳利侍は言い終えて、酒満ちた盃を涼し気に呷《あお》った。品に満ちたる飲み様《よう》だった。

「幕府の手の者、でなければ宜《よろ》しいのですけれど」と、早苗が眉をひそめる。

「そのうち判ろう。あまり心配いたすな」

「はい」

早苗は、徳利を持つ白い手を眉目秀麗な相手に、また差し出した。

香り高い薄琥珀《うすこはく》色の紅桜が侍の盃にこぼれて、徳利の口がトクトクトクトクと鳴る。

それをスウッと飲み干して、侍の目が「うまい」と優しくなった。

「早苗も飲むか」

「政宗様の御前で、私は飲む訳には参りませぬ。それに、さほど強《つよ》うはありませぬもの」

「ふふっ。酔った私を万が一のことから護《まも》るためにか。そのような気遣いは無用ぞ」

「でも……」

「無理には勧めぬ。早苗の桜色に染まった天女《てんにょ》のように美しい面立ちが、見たかったけじゃ」

「まあ……」

早苗は微笑むと、小盆に伏せてある幾つかの盃から一つを手に取った。

その盃に、徳利侍が酒を注いでやり、早苗がさも嬉しそうに切れ長な二重《ふたえ》の目でチラリと相手を流し見る。

店の方でドッと笑いが生じて、直ぐ様、三味線が鳴り出した。そして手拍子。

「心地良い賑わいだな。立派な料理茶屋の構えになったというのに、一階はまるで荒くれ酒場だ。これがまた誠に愉快」

「奥座敷と二階座敷の侍《さむらい》客や、大店の旦那《だんな》客からは時に厳しい苦情を頂戴いたします。このようにうるさい店二度と来てやらぬ、と言われたことも一度や二度ではありませせぬ」

「この賑わいの何とも言えぬ心地良さが判らぬとは、無粋な座敷客よな」

「とは言いつつも、また通って下さいますから有難いことでございまして」

「ははは。そりゃあ早苗の器量に参っておる証拠よ」

「ですけれども、私の……」と言いかけたところで、また店の方で爆笑が三味線の音に混《ま》じって生じ、早苗が小さな溜息をついた。

「それにしても大変な賑わいだが、一体誰が来ておるのだ」

「高瀬船の船引き達が、町の三味線弾《ひ》きを伴い、誘い合って大勢来ているのです」

「お、船引き達が来ておるのか」と、徳利侍は片膝を立てた。

「政宗様が今お店へ顔をお出しになりますと、船引き達が一層喜び騒ぎましょうから、この離れから動かないで下さいましね」

「ふむう、左様か……」と、徳利侍は立てた片膝を苦笑まじりに崩した。

「なにしろ船引き達から、本当に慕《した》われていらっしゃるのですもの政宗様は」

「彼等の荒くれた純粋さがいいのだよ。彼等の犠牲的な体力の消耗がなければ、この都の生活基盤を支えている高瀬船は動かない」

「それは、そうでございますね」

「その点を理解して接してやれば、彼等は心から親しんでくれる。滅法《めっぽう》荒くれだがな」

「はい」

「胡蝶一階の床几《しょうぎ》の間《ま》の客とは言え、彼等が落としていく飲み代《しろ》、食い代《しろ》は馬鹿にはなるまい」

「いつも気っ風のよい支払い振りでございましてね」

徳利侍と早苗の差しつ差されつが、穏《おだ》やかに過ぎていく。

青白い月明りが離れ座敷の一枚目の畳の上にまで射《さ》し込んで、青畳がいっそう青く染まっていた。

「松平家《まつだいら》では御酒《ごしゅ》をお召し上がりになるのは、政宗様だけでございますか」

「母も私に付き合って少しだが嗜《たしな》むことはある。が、まあ飲まぬ御人《おひと》だよ」

「あの美しい母上様が御酒《ごしゅ》で頰を染められますと、それはそれは絵のように妖《あや》しく綺麗におなりでございましょう」

「ははは。妖しく、はよかったな。紅葉《もみじ》屋敷を訪ねて来た折にでも、母と盃を交わして妖しくなるかどうか、自分の目で確かめてみたらどうかな」

「私《わたくし》ごときが母上様と二人きりで御酒《ごしゅ》を酌《く》み交わしても、宜しゅうございましょうか」

「この松平政宗、一向に構《かま》わぬ。さあて、どちらが酒豪であろうかのう。ははは

「それで、あとは胡蝶どのに御出をねがうだけだな。

っ」

相好《そうごう》を優しく崩して笑う徳利侍——松平政宗——であった。

と、店の方が急に静まり返って、徳利を持つ早苗の手が休んだ。

「おい手前《てめえ》たち、余り馬鹿騒ぎして他の客に迷惑を掛けるんじゃねえぞ」

どうやら京都東町奉行所の事件取締方同心、常森源治郎の声であった。

「来たな」と、政宗が呟く。

「常森様のお声のようですけれど、胡蝶へ御出《おいで》になることに？」

「ふむ。ちょいとした出来事があってな」

やがて渡り廊下の向こうに足音がした。一人ではない足音だった。それが次第に、渡り廊下の方へ近付いてくる。

早苗が腰を上げ、床の間の刀掛けに掛けてあった大小刀のうち、大刀を手に取って政宗の左腰のそばへ、そっと置いた。その所作が、自然であった。

第二章

一

足音が広縁の手前、渡り廊下を渡り切った辺りで止まった。

「失礼いたしまする」

「源さんか。構わぬ、入りなさい」

「はい」

大刀を右手にした常森源治郎が座敷の前へと現われ正座をし、丁寧に頭を下げた。

「政宗様に是非とも御挨拶《あいさつ》をさせたく、私の勝手なる判断で、連《つ》れて参りました者が四名広縁に控えておりまする。お目通り、お許し頂戴《ちょうだい》できましょうや」

「片盛清吾郎とやらと対峙《たいじ》した、道中合羽の衆たちか?」

「左様でございます」

「会おう」

「有難うございます。政宗様のことにつきましては、私が差し支えなかろうと考えましたるごく僅《わず》かな範囲でのみ、此処《ここ》への道道《みちみち》、彼等に聴かせましてございまする。御容赦下さりませ」

「判った」

「おい仙太郎、お許しを頂戴した。きちんと御挨拶申し上げろい」

そう促《うなが》しておいて、源治郎は座敷へ一歩入った障子際へ自分の場を移した。

「承知いたしましてございます」と返事があって、四人の一本差しが松平政宗の目の前、広縁に並んだ。道中合羽も三度笠も長短刀《ながどす》も店の者に預けたと見えて、さっぱりとした町人態であった。脚絆《きゃはん》もしていない。

四人は先ず深深とひれ伏し、そして政宗から見て左端の男だけが少し頭を上げた。視線は落としたままだ。その男の口から、滑《なめ》らかな口上がすべり出した。

「あっ、あっしは、江戸は神田鎌倉河岸《かんだかまくらがし》の大店《おおだな》として知られておりやした味噌醤油問屋〝近江屋《おうみや》〟の嫡男として産湯《うぶゆ》を浴びました仙太郎と申しやす。生まれた頃より大事にされ過ぎて育ったせいか、十と三の歳《とし》で飲む打つ買うを覚え、どうにもならねえ半端者《はんぱもん》、嫌われ者《もん》として後ろ指を差されるようになってしまいやした。そのような次第で、碌《ろく》な作法教養を身に付けてはおりやせん。もし言葉の端端、立ち居振る舞いの端端に作法に沿わぬところが御座いましても何卒《なにとぞ》、お目こぼし下さりやすよう御願い申し上げます」

そう言い終えて仙太郎は、静かに上体を折りつつ広縁に額を押しつけた。あとの三人は、端《はな》っからひれ伏したまま身じろぎ一つしない。

頷《うなず》いた松平政宗は、「源さん」と常森源治郎へ視線を向けた。

「はっ」と源治郎が応じて、姿勢を正す。

「源さんも目明しの得次も誓願寺通で仙太郎と顔を見合わせた時、驚きの声を発していたようだが、昔からの顔見知りかえ」

「はい。実を申しますとこの仙太郎は、木場《きば》で知られております江戸深川を根城にする愚連者《ぐれもの》集団の兄貴株だった男でして、私が江戸北町奉行所におりました頃、得次が何度か御縄《おなわ》にして牢《ろう》にぶち込んだ事がございます」

「ほう、御縄にな」

「とは申せ、飲む打つ買う喧嘩《けんか》する、を除けば素人衆に迷惑を及ぼすような悪辣《あくらつ》なことはやっておらず、それと妙に気っ風のよい道理を持ち合わせたりしておりまして、そのことが幸いし大抵の場合厳しい説教を言い渡される程度で、御解《おと》き放ちとなっておりました」

「なるほど」

「ところが仙太郎は一つだけ目明しの得次にも私にも、頑として偽《いつわ》りを吐《つ》き通していたことがありまして」

「どのような？」

「自分の生国《しょうごく》は駿河《するが》の清水港で父親は酒好きで仕事嫌《ぎれ》えの船大工だと」

「ふうん。さきほど仙太郎は、江戸は神田鎌倉河岸の味噌醬油問屋〝近江屋〟の嫡男として生まれた、と打ち明けたのう」

「そうと私と得次が知りましたのは仙太郎と再会した、なんと今宵のことでございます」

「それはまた……源さん程の同心が、仙太郎の生国の偽りを見抜けなかったとはな」

「接点が全くなかったのでございますよ。仙太郎と大店《おおだな》近江屋との」

「さては、仙太郎は仙太郎で己《おの》れの極道が近江屋の商いに悪影響を及ぼす事を恐れ、生家へ帰ることなど滅多になかったのだな」

「仰せの通りでございます。しかし、商《あきな》い上手で知られた近江屋の主人《あるじ》は、あるとき不意に店を閉ざし行方を絶ってしまいました」

「後継ぎである筈《はず》の嫡男がひどい愚連者《ぐれもの》では、そういう結果になるであろうなあ」

「政宗様、さらに今宵驚かされた事実が、もう一つございます」

「と言うと?……」

「仙太郎の父親、つまり近江屋の主人《あるじ》と言うのが、京菓子の名家として知られている三条通の春栄堂の主人《あるじ》、徳兵衛なのでございますよ」

「なんと……春栄堂の」

「そうなのでございます。政宗様が時折《ときおり》、母上様のために葛餅《くずもち》を買い求めておられます、あの春栄堂の主人《あるじ》、徳兵衛で」

「そう言えば、現在の春栄堂の主人《あるじ》は、かつて大番頭だった人物だと聞いたことがあったかなあ」

「はい。京都東町奉行所にあります〝大商人商《あきな》い書付帳《かきつけ》〟にも、十八、九年前ほとんど潰《つぶ》れた状態にあった春栄堂を江戸から来た商《あきな》い上手《じょうず》が引き継ぐかたちで大番頭として入り込み見事に立て直した、と記録されておりますのを私も仕事柄よく覚えております」

「源さんは時に大店《おおだな》見回りの仕事もやっているから、今宵そうと知って心底仰天したことだろうよ」

「まことに……」

「ところで仙太郎」と、松平政宗は視線を常森源治郎から仙太郎へ移した。仙太郎が「はい」と、畏《かしこ》まる。

「その方、京の都に入って春栄堂の徳兵衛とは、すでに会《あ》ったのか」

「ごく僅《わず》かの間ですが会いましてございます」

「で、どうであった」

「立派な春栄堂を見て安心いたしやしたが、すっかり老いて頭の白くなった父親の姿に……胸の内が激しく震えましてござんす」

「そうか、胸が震えたか……で、仙太郎は今、何の仕事をしておるのだ。博奕打《ばくち》ちか、それとも人斬《き》り、あるいは賞金稼ぎか」

「耳の痛い御言葉で……」

「私は格別な風味を醸《かも》し出している京菓子の名家春栄堂を常《つね》から贔屓《ひいき》にしておってな。あの店は朝廷や公家大名家御用達でもあり、大坂にも大店を構えて繁盛《はんじょう》しておる。だから、その方の今がいささか気になるのだ。聞かせてくれぬか」

「へい。あっしは今、江戸は深川で百と二名の配下を束《たば》ねる本所伝次郎《ほんじょでんじろう》一家の頭《かしら》でございやす。才覚や人物が大勢の衆に認められて、頭《かしら》の立場へ登り詰めた訳じゃあござんせん。どうにもならねえ遊《あそ》び人《にん》でござんしたから、気が付くと本所伝次郎の一人娘ハルと抜き差しならねえ仲となっておりやした。で、烈火の如く怒った本所伝次郎に一時は首を斬り落とされそうになりやしたが、ハルが必死で父親を説得してくれやして、深川の単なる愚連者《ぐれもの》に過ぎなかったあっしを、本所伝次郎一家へ正式に迎え入れてくれたんでござんす」

「百と二名の配下を束ねる一家の頭《かしら》とは、まるで京都所司代なみの立場ではないか。その方が頭《かしら》となると本所伝次郎というのは、差し詰め仙太郎の上に立つ大《おお》頭《がしら》というところか?」

「いいえ。本所伝次郎は、ちょうど一年前の夜、木場入舟町《きばいりふねちょう》で闇討《やみう》ちに遭《あ》い、三人の手下と共に命を落としましてございやす。あっしの今の立場は、亡き義理の父親の跡目を継いだに過ぎない訳でござんして」

「その闇討ちの下手人というのが、片盛清吾郎だな」

「それと、潮鳴りの岩松という名うての博奕打ちでございやす。御殿様の御目にとまりやしたように、この野郎はあっしが息の根を止めやしたが」

「本所伝次郎が亡くなっても、本所伝次郎一家という看板は生きているのか」

「へい。あっしと違いまして義理の父本所伝次郎は、士農工商に亘《わた》る大勢の人人から信頼され好かれておりましたもので、本所伝次郎一家という看板はどうにも下《お》ろせねえんでございやす」

「その本所伝次郎一家だが、生業《なりわい》は何だ。片盛清吾郎と潮鳴りの岩松に、闇討ちにされるような、極道まがいの生業なのかな」

「御殿様ご承知と存じやすが深川は木材集散地として知られた所でございやして、問屋、原木業者、製材業者などが多数集まり、木場千軒と称されるほど繁栄《はんえい》しておりやす。ですがその仕事は非常に、きつうござんして体力、気力、気っ風が求められることから、好むと好まざるとに拘《かかわ》らず気性の激しい荒くれが集まっておりやす。なもんで単純な喧嘩《けんか》、利権絡みの複雑な衝突と争い事の絶えることがござんせん。それを公平な立場で丸く治《おさ》めて木場全体の平穏を守ろうとするのが本所伝次郎一家の生業《なりわい》でございやす」

「つまりは木場の奉行所のような仕事だな」

「滅相《めっそう》も。そのような恐れ多い立場じゃござんせん。正直申し上げて時には長短《ながど》刀《す》を振り回すことも無くはありやせん。命がけの時も少のうはござんせん。争い事を治めりゃあ喧嘩の双方と木場組合から、それなりの謝礼があっしい共へ届けられ、それが百と二名の一家の生活を支えておりやす」

「謝礼は相当に多額か」

「一家から決して要求してはならねえのが長年の慣例《ならわし》でござんして……届けられます謝礼は大方《おおかた》が有難い額でございやす」

「その方が片盛清吾郎を追う事情は、おおよそ判った。が、まあ詳しく根掘り葉掘り訊《き》くことは止《よ》そうか。江戸は深川木場の問題、のようだからのう」

「御配慮おそれいりやす。木場のあれこれに関しちゃあ、深川より外《そと》へ漏らしちゃあならねえのが一家の規律《しきたり》となっておりますので助かりやす」

ここで常森源治郎が、口を開いた。

「だが仙太郎、この常森源治郎は御白洲《おしらす》で改めて訊《き》かぬ訳にはいかぬぞ。なにしろ、その方は京都東町奉行所の同心である私の目の前で、潮鳴りの岩松を叩《たた》き斬《き》ったのだ。相手がどれほどのワルであっても、長短刀《ながどす》を振るったその方を、黙って見逃す訳にはいかねえ」

「へい。それは覚悟いたしておりやす」

「うむ、神妙である。ま、その方の事情は充分に汲《く》み取るゆえ、ともかくこの私に任せておけ」

「ところで源さん」

「はい」

松平政宗に声をかけられて、常森同心は視線を右へ振って表情を改めた。

「目明しの得次はどうしたのだ」

「はい。居合《いあい》の五郎造と韋駄天《いだてん》の政とやらが片盛清吾郎を追っていったものですから、仙太郎の配下一人と共に誓願寺通の現場へ残しておきました。追っていった二人がまた戻ってきましょうから」

「潮鳴りの岩松は？」

「すでにコト切れました岩松の遺体は、得次の呼び子で駈けつけました夜回り中だった目明しと下っ引二人に任せましてございます」

「そうか。この仙太郎だが見たところ、百と二名を擁《よう》する本所伝次郎一家には欠かせぬ頭《かしら》のようだ。御白洲では、そのへんの所を充分に配慮してやってくれぬか」

「以心伝心《いしんでんしん》、言わず語らずでございまする」

「うむ。それと片盛清吾郎だがな、あれは相当なワルと見た。祇園新地へ入った辺りで不意に物陰から現われ、私に斬りかかろうとしたぞ」

「な、なんと、政宗様に」

「まあ」

常森同心が目を見開いて背すじを反《そ》らし、早苗の美しい表情に驚きが広がり、畏《かしこ》まっていた四人の一本差しが一斉《いっせい》に顔を上げた。

政宗が、その時の模様を、簡単に打ち明けた。

「な、なんてえ野郎だ」と、常森同心が歯を噛《か》み鳴らす。

四人の一本差しはまた視線を落とし、仙太郎が切り出した。

「誠にもって申し訳ござんせん。木場《きば》の争い事に関《かかわ》りのねえ殿様を巻き込んでしめえまして、この仙太郎、お詫《わ》びの言葉が見つかりやせん。どうか御許しなすって下さいやし。この通りでござんす」

仙太郎も他の三人も、縁に額《ひたい》を押しつけて謝罪の意を表した。

「それはよい、仙太郎。あの侍は自分の顔を見知った者を、ことごとく葬《ほうむ》り去りたいのであろう。つまり大きな〝非《ひ》〟を背負った男なのだ。それを自分で証明してしまっておる。それにしても仙太郎、あの侍、一体何者なのだ」

「はい。江戸は番長富士見坂《ばんちょうふじみ》の五千石の旗本家、片盛六郎兵衛《ろくろべえ》様の三男でございやして、素行評判の良くない旗本家の二男三男坊たちと徒党を組んでの目に余る遊興三昧《ざんまい》が、吉原《よしわら》、深川、神楽坂《かぐらざか》などの色町で大層嫌われておりやす」

「五千石とは大身《たいしん》だな。父親の片盛六郎兵衛とやらは幕府のきちんとした職に就っいておるのか」

「大番頭《おおばんがしら》という、とんでもねえ権力を手にする地位に就いておりやして」

「なるほど。権力者の地位ではあるな」

「ですが、この片盛六郎兵衛様の評判は決して悪くねえんでございやす。お屋敷へ出入りの商人たちにもいたって気さくでござんして、神田界隈《かいわい》の小汚ねえ居酒屋などへもしばしば顔を出し町人相手の酒を楽しんだりと……」

「ふうん」

「ところが闇討ちの一件の翌翌日、下手人の片盛清吾郎は突然、御公儀より〝諸藩御蔵《おくら》事情改め役〟とかいう財産監察方《かんさつがた》のような職を得て、諸国監察のため旅発ちました」

「父親の七光りを得て逃亡した訳か」

「本所伝次郎一家が長くお付き合い戴いておりやす作事方下奉行の池田省之助《いけだせいのすけ》様より、そのことを知らされましたのは、片盛清吾郎が江戸を離れて五日も経ってからのことでございやす」

「作事方下奉行というのは確か……作事奉行の配下であったな」

「はい」

「信頼できる人物なのか。その作事方下奉行とやらは」

「御高齢ですが心の広い真っ直ぐな潔い御方でございやす。謀《はかりごと》を企《たくら》まぬ事、金を貯《た》めぬ事、出世を致さぬ事、他人《ひと》の悪口を言いふらさぬ事、を〝我が人生の四《よん》事《こと》〟となさっている御方でございやして、木場の評判もそれはそれは宜《よろ》しゅうございやす」

「ははは っ。金を貯めぬ事、はよかったな」

「まるで政宗様ですな」と常森同心が口を挟んでちょっと目を細め、早苗も微笑んだ。

「しかしな仙太郎、ワルの片盛清吾郎は強いぞ。その方、念流の心得があるようだが、腕は片盛清吾郎の方が一段も二段も上と見た」

「承知いたしておりやす。本所伝次郎一家には、あっしを含め十人衆というのがおりやす。この十人衆は亡くなった頭《かしら》に命じられて、それぞれが町道場に通っておりやした。いくら気っ風がよくとも、腕っぷしが弱けりゃあ荒くれ木場では通用しねえもんで」

「木場の平穏のためには、腕っぷしも必要ということか」

「はい。この十人衆のうち頭《かしら》のあっしを除く九人が、イ組からリ組まで九組に分かれておりやす一家を、組頭として支えておりやす」

「では、片盛清吾郎を相手に、もし京《みやこ》入りした七人のうち四、五人が殺《や》られたりでもすると、伝次郎一家が受ける打撃は大き過ぎるな」

「覚悟しているとは言え、そいつあ手痛《ていと》うござんす。なにしろ十人衆の跡《あと》を継《つ》げる若手が、まだ充分に育ってはおりやせんので」

「ふむう」

政宗は仙太郎をじっと見据えながら、盃を静かに口元へ運んだ。

と、またしても廊下を急ぎこちらへ向かってくる複数の足音があった。

桃《もも》が庭先の植込みの陰から、石灯籠の明りの中へのっそりと現われ、足音のする方に向かって「ウルル……」と低く唸《うな》った。

怒りの唸りでも、警戒の唸りでも、なさそうであった。

二

離れに現われたのは藤堂貴行を先頭に、江戸目明しの得次ほか仙太郎の配下三人であった。

先ず貴行が「ご免なさいまし」と常森同心の前を腰を低くして通り、座卓の角、政宗と早苗の間へ座した。そして囁《ささや》く。

「この界隈の辻を、くまなく見て回りましたが、怪しい人影は一人も……」

「そうか。手間を取らせてしまったな」

「途中で得次さんたちと出会いましたので、一緒に戻って参りました。店の方が大分《だいぶ》と忙しそうなので、これで板場へ入らせて戴いて宜しゅうございますか」

「うん、忙しいところをすまなかった」

「とんでもございません。それでは……」

藤堂貴行は離れを出ていったが、その際、常森源治郎は彼に軽く頭を下げて見せた。

京都東町奉行所の筆頭同心格の彼が、である。

実は、この料理茶屋胡蝶は、幕府「老中会議」に直結する隠密機関「粛清府《しゅくせいふ》」と、切っても切れぬ柵《しがらみ》があった。粛清府が創設されたのは、現将軍徳川家綱《いえつな》の祖父、二代将軍徳川秀忠の初期。その任務は、幕府の密命を遂行し終えた者、及び遂行にしくじった者を徹底して粛清することにあった。幕府密命のいっさいの証拠を消すためにである。

その粛清府の世襲的頭領《とうりょう》の地位が剣客として知られた小禄直参旗本高柳《たかやなぎ》家に対し〝男女いずれにてもよし〟として発せられ、第四代頭領から地位の呼称が長官となった。その初代長官こそが胡蝶の女将早苗——高柳早苗——であった。江戸から京入りした彼女とその配下の者は、この胡蝶を密かなる拠点として京都《みやこ》での粛清任務に就いていたが然《しか》し、その恐るべき任務を松平政宗によってことごとく阻止《そし》され、今度は自分達の運命が幕府から狙《ねら》われる羽目に陥ったのである。

が、京に現われたその強力な暗殺集団も早苗らを護ろうとする松平政宗によって潰滅《かいめつ》させられ、それからまだ数か月と経ってはいない。

そういった複雑な事情を、政宗と身近に接してきた常森源治郎も江戸目明しの得次も承知している。

いま胡蝶は、政宗や源治郎らに〝客のかたち〟で見守られつつ、早苗とその屈強の配下の者数名の手によって、本当の料理茶屋に変貌《へんぼう》しつつ大繁盛していた。

仙太郎が政宗に向かって、口を開いた。

「ここに控えておりやすあっしの一の子分、居合《いあい》の五郎造が、片盛清吾郎に関し是非とも御殿様に御知らせ致したきことを持ち帰ったようでございやす。恐れ多いことでございますが何卒、五郎造にひと言喋《しゃべ》らせてやって下さいまし」

「聞かせてくれ居合の五郎造」

「へ、へい……」

五郎造は深く垂れていた頭を上げ、ギョロ目に団子鼻の不敵な面構えを真っ直ぐ政宗に向けた。

「先刻は片盛清吾郎が御殿様に不快なる思いを掛けまして誠に申し訳ござんせん。この居合の五郎造と韋駄天の政の追い詰めの拙《まず》さが、大変な結果となるところでございやした。どうか御許しなすって下さいまし」

「なんの。その方等《ほうら》に責めがあるなどとは思っておらぬわ。全て、あの片盛清吾郎の歪《ゆが》んだ精神《こころ》に責めがあるのよ。で、彼の行き先を突き止めたのか」

「突き止めましてございます。ここより四半刻と行かねえ畑の中に一軒の百姓家がございまして、片盛清吾郎はそこへ入っていきやした。用心しつつ近付いて様子を窺《うかが》いますと、幾人かの男どものいる気配。こいつあ危ねえと思い、急ぎ引き返しやした」

「ここより四半刻と行かぬ畑の中とは、どの方角だ」

「引き返す途中で夜鷹《よたか》たちに出会いましたので、〝ここは何処だ〟と訊《たず》ねてみますと、近江《おうみ》膳所《ぜぜ》の本多家の京屋敷と白川に挟まれた辺り、と判りやしたが」

「なるほど近いな。それでどうする仙太郎？」

政宗は仙太郎に視線を移した。

「へい。これより早速、その百姓家に打ち入りとうございやす」

「それはならぬぞ仙太郎。御白洲での吟味が先じゃ」

常森源治郎が即座に、厳しい声を発し首を横に振った。

「ですが常森様……」

「いいや、ならぬ。本来なら誓願寺通の現場より奉行所へ引っ立てるところであったのを、わざわざこの胡蝶へ連れて参ったのは何のためと思うておるか。ここに在《お》わす政宗様より御言葉を頂戴して、その方たちの殺気立った激情を少しでも鎮めるためぞ」

「どうか聞いて下さいやし常森様。本所伝次郎は闇討ちで、ただ単に斬られたんじゃあござんせん。酷いことに首を斬り落とされていたんでございやす」

「な、なにっ」と常森は目をむき、政宗も早苗も表情を曇らせた。

「本所伝次郎は、あっしが命より大事とする女房《かかあ》の父親でござんす。そして、わが子の祖父でござんす。いや、あっしを飲む打つ買うの道楽から救い上げてくれた恩人でもござんす。この手で……この手で片盛清吾郎を討たねえことには……」

仙太郎の配下たちから、押し殺した呻《うめ》き泣きが漏れた。

政宗が口を開いた。

「事情はよく判った。ともかく源さん、今夜一晩、この男たちを奉行所の牢《ろう》へ泊めてやってくれぬか。そして、明朝にも御解き放ちになれるよう、尽力してやったらどうかな」

「は、はい。私に出来る限りのことは、やってみまする」

「それじゃあ、今夜のところは、これで退《さ》がってくれ。銘酒紅桜をもう暫く楽しみたいのでな」

「面倒を持ち込みまして申し訳ございませぬ。ご容赦下さりませ」

「なあに、いいのだ」

「それでは……」

常森源治郎は立ち上がり、男たちを促した。

離れは再び、政宗と早苗の二人だけとなった。

「お飲みなされませ」

「うむ」

徳利がトクトクトクと鳴った。いい音であった。

馥郁《ふくいく》たる香りの銘酒を満たした盃を、ゆっくりと口元まで運んだ政宗の手の動きが止まった。庭先を、じっと見つめている。

「いかがなされました」

「母上の言葉を、ふっと思い出してな」

「母上様の？」

「その方もすでに存じておるように、一介の素浪人として自由気儘《きまま》を楽しみたいと思うていた私は、どうしようもない事情によって、朝廷より正三位大納言《しょうさんみだいなごん》・左近衛大将《さこのえのたいしょう》の名誉《めいよ》官位を頂戴してしまっておる」

「はい。大変な官位でございます」

「ある時、肩に重いその名誉官位を朝廷にお返ししたい、と母上に告げて強く叱られたことがあってな。自惚《うぬぼ》れたことを申すのはいい加減になされ、とばかり」

「まあ……」

「そもそも〝近衛〟とは何ぞ、と母上に手厳しく切り返され、私は思わずハッとなった」

「近衛とは、狭い意味では朝廷の警護、広い意味では京《みやこ》の安全を司《つかさ》どること、と考えますけれど」

「その通りじゃ」

政宗はそこで盃を飲み干すと、座卓に戻した。

早苗が優し気に立ち上がり、床の間の刀掛けにあった小刀を手に取って、政宗のそばに置いた。何かに気付いたかのような、振る舞いであった。そして、涼しい声で言った。

「早苗も、お供させて下さりませ」

「その方は二度と刀を握ってはならぬ。胡蝶の女将として生き抜くことが大切ぞ」

「でも、かなりお飲みでございます」

「いい気分じゃ。月夜の一人歩きを楽しませてくれぬか」

「政宗様……」

「心配いたすな」

政宗は立ち上がって少しよろめくと、大小刀を着流しをぴしりと調えている菱繋ぎ文様の角帯に確《しっか》りと差し通した。粟田口久国《あわたぐちひさくに》であった。「これは家伝の刀」と母から手渡されてから、八年が経つ。しかし、なぜ家伝なのか、その経緯《いきさつ》を聞かされていない政宗であった。また経緯などには関心もなかった。

刀鍛冶《かたなかじ》粟田口一派は、京都で鎌倉初期から南北朝初期にわたり、皇室や公卿達を得意先に隆盛を極めた名門である。

粟田口というのは地名であって、延暦寺三門跡の一つ青蓮院《しょうれんいん》の、北東ほど近くに粟田口村という鍛冶集落があった。その粟田口一門の中でも、最も鍛冶技《ぎ》倆《りょう》が高いと評されている久国の作を、政宗は所持していたのである。

「仙太郎は見所《みどころ》のある男じゃ。配下の六人衆も死なせてはならぬ。判るな早苗」

「はい。七人のうち誰が犠牲となっても、江戸深川の木場は困りましょう。本所伝次郎一家の力が弱まれば、木場が荒れ放題となる恐れがございます」

「その通りよ」

政宗は離れの縁から下りると、「見送り無用……」と言葉短く早苗を制して裏木戸から外に出た。

何を思ったのか石灯籠の明りの中で寝そべっていた桃太郎が、身を起こして政宗の後を追った。

「桃、頼みましたよ」

早苗が囁くと、桃は「ウルル……」と低く唸って答えた。そして裏木戸を器用に鼻先で開けると外へ出ていった。

三

胡蝶を後にした松平政宗は四条通に出ると、鴨川とは反対の方角、祇園社の方へ足を向けた。待合茶屋や小料理屋が増え出して、色街《いろまち》祇園の姿が次第に整い始めているとは言っても、まだまだ空地や畑が月下のそこいらに目立っていた。

政宗は祇園社の前まで来て、後ろを振り向いた。半町ばかり離れて、桃太郎がいた。月明りで出来た影が、実際の体躯《たいく》よりも遥かに大きい。それが、ゆっくりと近付いてくる。

政宗は「おいで……」と、しゃがんだ。

桃は小駈けになった。この犬は、早苗らに対する江戸刺客の襲撃事件が一段落する前後、胡蝶に棲《す》みついた野良であった。はじめは痩《や》せ細っていたが、早苗に大事にされていて今では堂堂たる体軀である。なぜか犬歯がひときわ目立って鋭い犬だった。

政宗は桃の頭を撫《な》でてやった。

「私は大丈夫だ。桃は胡蝶を護《まも》れ。判るな。早苗を護るんだ。さ、戻りなさい」

桃は政宗の顔を見つめていたが、「クウン……」と漏らして体の向きを変えた。命じられたことが不承知なのか尾を下げて、しぶしぶとした歩き方である。

桃が町家の角を左へ折れて見えなくなってから、政宗は歩き出した。

近江膳所・本多家の京屋敷の前まで来ると、月が雲に隠れたり出たりを繰り返し、光と影が大地に花びらのように散った。

彼は本多邸の南側の塀に沿った細い通りへ入った。本多邸は誓願寺通にある紀伊徳川家の京屋敷よりもなお広大である。とくに東西に亘ってが大きい。その東西に長い塀が尽きて政宗の足が止まり、頭上の雲が流れ去った。月が再び皓皓とした明るさを取り戻す。

「あれか……」と、政宗は呟いた。

彼方に一軒の百姓家があった。朽《く》ち果てては見えないが、かなり古い。破れ障子から行灯《あんどん》の明りが、チロチロと窺《うかが》える。

政宗は畑の中の畦道《あぜみち》を、両手を懐にして、その百姓家へ向かった。

〽さけをたうべて　たべゑうて　たふとこりぞ　まうでくぞ
よろぼひぞ　まうでくる　まうでくる　まうでくる

謡《うた》が彼の口から流れ出た。朗朗《ろうろう》たる声音《こわね》である。平安貴族が長きに亘って愛唱してきた「催馬楽《さいばら》」六十余歌のうちの一つ「酒飲《さけをたうべ》」であった。

百姓家で動きが生じた。破れ障子の表戸がガタピシと音立てて開けられ、月下に三人……五人……七人と男共が現われた。それぞれが左手に大刀を持っている様《さま》が政宗には、はっきりと視《み》て取れた。

政宗が、ゆっくりと近付いてゆく。

〽お酒を頂き　頂き酔うて　尊大無礼もなんのその　いざ参上
千鳥足だぞ　参上　参上　参上

政宗が先に口遊《くちずさ》んだ「酒飲」の意味解釈を、月下の男共に教え聞かせるようにして謡い改めた。よく透った美しい、それでいて凛《りん》として力強い声音《こわね》であった。

「誰かあっ」

男共のうちの一人が発した。荒荒しいどら声だった。「誰かあっ」という形容そのものに生活の荒《すさ》みが迸《ほとばし》っている。

政宗は、男共から三間ばかりの所で足を止めた。そこはちょうど畦道が尽きる直前の位置だった。百姓家は一町歩ほどの平坦地の中にあって、それから三方へ三本の畦道が伸びていた。水車が百姓家にくっ付くようにしてあったが動いていない。

「こやつ……」

月下の眉目《びもく》秀麗な着流し侍を、あの侍、と気付いて声を発したのは、まぎれもなく片盛清吾郎であった。

その言葉が合図でもあったかのように男共が左手にしていた大刀を、帯に差し通した。早くも殺気立っている。

「おい、お前……」

政宗が珍しく砕いた言葉を用い、片盛清吾郎の方へ小さく顎《あご》をしゃくった。

「幕府大番頭、片盛六郎兵衛殿のどうしようもない道楽三男坊、片盛清吾郎とはその方に間違いないか」

「なにいっ。矢張り仙太郎から聞き知りやがったか。まったく目ざわりな所へ二度も三度も現われやがって、貴様一体……」

「貧乏なその日暮らしの素浪人よ」

「へん。その貧乏侍《ざむれえ》が、自分から素《そ》っ首落とされにわざわざ現われてくれたって訳か」

「やはり荒《すさ》んだ喋り言葉じゃのう。哀《あわ》れな」

「哀れなのは手前《てめえ》自身だと判らんのか、え？　青侍」

「片盛清吾郎、その方、江戸は深川木場の本所伝次郎の首を斬り落とせし下手人か」

「お、そこまで聞き知りやがったか。で、それがどうした」

「更には今日昼どき三条通の菓子舗、春栄堂の年若い奉公娘をも手にかけたな」

「それがどうした」

「お前のようなワル馬鹿侍が、幕府から〝諸藩御蔵《おくら》事情改め役〟とかいう大役を与えられるとは世も末じゃ。大番頭片盛六郎兵衛殿の頭もとうとう腐《くさ》り始めたと見える。いや、徳川の世も長くはないのう」

「おのれ、わが父のみならず将軍家をも愚弄《ぐろう》するとは許せぬ奴」

「ほほう。ワル馬鹿侍でも、愚弄、という言葉を知っていたか」

「生かしては帰さん。こ奴を叩っ斬れ」

片盛清吾郎を除く六人が、一斉に抜刀した。刃が月明りを浴びて鈍く光る。

政宗は懐手のまま、六人ひとりひとりの顔を見ていった。

「みな江戸から付かず離れずでワル馬鹿侍にくっ付いてきた、旗本家の不良二男三男坊どもと見た。旅の恥はかき捨て、とばかり諸方で悪事を積み重ねてきたのであろう。しかし、今ならまだ目をつむってやれる。刀を引いて、大人しく京《みやこ》から去るがよい」

「けっ」と、片盛清吾郎が唾《つば》を吐き捨てた。それを無視して、政宗は穏やかに続けた。

「朝廷を置くこの京《みやこ》で江戸旗本が徒党を組んでの騒動を起こせば、お家取潰《とりつぶ》し、一家ことごとく斬首《ざんしゅ》の厳罰が下ると知れ。もう一度だけ言おう。今ならまだ目をつむってやれる。六人は片盛清吾郎を残して即刻、京《みやこ》を去るがよい」

抜刀した六人の切っ先から、明らかに力みが消えていった。政宗の言葉が利いた。六人の間に、動揺が生じている。お家取潰し、一家ことごとく斬首は、まともな生家を後ろに置く不良旗本にとっては、最も怖い罪だ。

と、一人が刀を引き、鞘に収めた。カチンという音。それが彼等の動揺を一気に強め、一人また一人と刀を引いていく。

「くそっ」

眦《まなじり》を吊り上げ鬼のような形相となった片盛清吾郎が、いきなり居合抜刀を見せ、刀を鞘に収めたばかりの右隣の侍に斬りつけた。

「あっ」と声なき声を発して、残った五人が片盛清吾郎から飛び離れる。

斬りつけられた侍は目を大きく見開き、「信じられぬ」という顔つきとなった。そして片盛清吾郎をぐいっと睨みつけたが、数度大きく息をしたあと下顎から血《ち》飛沫《しぶき》を噴き出して崩れた。

凄《すさ》まじい、居合抜刀の一撃であった。相手に悲鳴ひとつ上げさせない。

「ついに本性を見せたか片盛清吾郎。凶暴よのう」

政宗のその言葉で、刀を鞘に収めた五人の不良旗本は、いきなり身を翻し畦道を白川の方へ駈け出した。その背を、「腰抜けがあっ」と清吾郎の怒声が追う。

「ようやく二人になれたか」と、政宗は懐から両手を出した。片盛清吾郎の足元に横たわる下顎を深深と割られた不良旗本は、もはやコトリとも動かない。

爛爛《らんらん》たる目つきの清吾郎が、刀を鞘に収めた。

そして、政宗との間をジリッと詰める。彼の足の下で小石が小さく鳴った。

政宗も静かに一歩を踏み出した。まるでそよ風になびく柳の小枝のごとく、無構えであった。

さらに清吾郎が詰める。右手が刀の柄にかかり、左足が退《さ》がって腰が沈んだ。

双方の間は、およそ一間《けん》半。

二人の無言の対峙を、夜空の月が見守った。清吾郎の全身から噴き出す烈烈たる殺気。獰猛《どうもう》そのものの顔つき。精神《こころ》の底までの荒荒しさが、その面《つら》に出ていた。

「悲しい面相よのう」と、政宗が呟く。相手の耳に届かぬ程の小声であった。

（哀《あわ》れな……）と政宗は思った。彼の両親、とりわけ生みの母親のことを思うと気が重かった。

「抜けいっ」と、清吾郎が吼《ほ》える。

政宗は頷いて見せ、粟田口久国を鞘からゆるゆると滑らせた。

その刃の尋常ならざる輝きに、清吾郎の獰猛な面相に「お……」という反応が表れた。

名刀粟田口久国と見抜いたのか。それとも只単に、売ればカネになりそうな刀、と思っただけなのか。舌なめずりするような目つきになっている。とても五千石大身旗本家の身内にある者の、目つきではなかった。対する政宗は、ふわりとした下段。僅かな力みさえも感じられぬ無構えの構えのごときであった。

清吾郎の全身に漲る一撃必殺の気迫が、急激に膨らむ。

彼は居合抜刀の構えのまま最後の詰めを試み、間合《まあ》い一間《いっけん》を割る辺りの位置でその動きを止め、更に腰を沈めた。目がギラついている。月夜の獣《けもの》であった。

政宗は下段のまま、微動だにしない。美しく、すらりと立っている。

清吾郎の右の肩が、ビクッと震えた。抜くか？

いや、抜かなかった。息を止め政宗を睨《にら》みつけている。そして直ぐさま二度目の肩の、ひくつき。抜いたか？

いや、矢張り抜かなかった。清吾郎の歯が、苛立《いらだ》ったように噛み鳴った。息が明らかに乱れ出していた。唇がわなわな、となり始めている。抜かなかったのではなく、抜けなかったのだ。

「どうした」と政宗が微笑んだ。それが清吾郎の激情を破裂させた。

「うおっ」

唸りざま、清吾郎の足が踏み込むのと抜刀が同時であった。峻烈《しゅんれつ》な、一条の光のように見える居合抜刀。

双方の刃がぶつかり合って、鋼《はがね》の鈍い音と共に青白い火花が散る。

その瞬間、清吾郎は「あっ」と飛び退がっていた。彼の刀が鍔《つば》から先、一尺ほどのところで折れ、それが月下に舞っていた。

その高さが、一瞬の激突の凄まじさを物語る。

くるくると落下した刃が、下顎を深く割られて息絶えている不良旗本の脇に、突き刺さった。

「うぬぬ」

清吾郎は形相もの凄く、その息絶えた旗本の腰から、大刀を奪い取った。

「こころ黒ければ、刃もまた汚なし」

政宗は優しく笑った。下段の構えは微塵《みじん》も乱れていない。

自信のあった居合抜刀を封じられた所為《せい》であろうか、清吾郎は今度は正眼に身構えた。

「いい構えだ。惜《お》しい。だが、お前を斬らねばならぬ」

そう告げた政宗の粟田口久国が、刃を相手に向けた。

逆下段。その刃が、滑るように清吾郎へと迫る。

圧されて清吾郎の足が二歩退《さ》がり、だがそのこと自体が彼の苛立ちを爆発させた。退がった足が地を蹴《け》り、「くたばれっ」と政宗に激しく斬り込んだ。

だがこの時すでに、粟田口久国は下から掬《すく》い上げるようにして走っていた。

清吾郎の刃が、政宗の首に届く。そして切断。血しぶき。

と見えた寸前、清吾郎の二の腕が音もなく切り離され、月下を蝶《ちょう》のように舞った。

「あぁあ……」

まだ自分の腕と信じられぬのか、清吾郎は口を大きく開《あ》けて、それを見上げた。

宙で反転した粟田口久国が、彼の肩口に、そっと乗る。サクリと微《かす》かな音。

清吾郎の肩口が割れ、瞬時に月下の夜空へ血が噴《ふ》き上がった。

くわっと目を見開いた清吾郎が、残った片方の腕を伸ばして政宗をわし摑みにしようと試み、その姿勢のまま地に沈んでいく。ゆっくりと、静かに。

それを見届ける政宗の表情は、苦し気であった。

「その方の母者は悲しむであろうか。それとも、ほっとするであろうかのう」

呟いた政宗は粟田口久国を懐紙《かいし》で清め、鞘に収めた。
どこかで夜烏《よがらす》が鳴いた。凶暴な男を葬送《おく》るかのようにして。

第三章

一

翌日未《ひつじ》ノ刻、昼八ツどき。

道中合羽に三度笠、腰に長短刀《ながどす》を差し通した仙太郎ら七人衆が、常森同心、藤浦同心、鉤縄の得次、蛸薬師の三次等に見送られて、京都東町奉行所から出てきた。

「仙太郎よ。途中、争い事などに巻き込まれねえよう、真っ直ぐに江戸へ帰るんだぜ」

と、常森源治郎が目を細める。笑顔だ。

「へい。このたびは本当に御世話になりやした。この御恩、決して忘れるもんじゃござんせん。いずれ江戸北町奉行所の御役目へお戻りのことと存じやすが、その時はこの七人、面《つら》ぁ揃《そろ》えて駈けつけやす」

「江戸深川の木場の平穏のためには、お前《めえ》たち一家の力が欠かせねえ、と京都東町奉行宮崎若狭守重成《しげなり》様がお認めなすったんだ。いい仕事をしなきゃあならねえこと、忘れるんじゃねえぞ」

「へい、誓って……」

「春栄堂へは立ち寄るのかえ」

「いえ。この形《なり》が父親の商売に迷惑を掛けることがあっちゃあなりやせんので、立ち寄らずに引き揚げやす」

「そうか。会わずに旅発つか」

「ところで常森様。片盛清吾郎の野郎を斬り倒して下さったという、あの気高《けだけ》え御印象の御殿様に、帰り途中《みち》、お目に掛かって御挨拶《あいさつ》する訳には参りやせんでしょうか」

「それは省《はぶ》いてよい。お前《めえ》の気持はこの儂《わし》から充分に伝えておいてやる」

「さいでござんすか。じゃあくれぐれも宜《よろ》しく御伝えしておいて下さいやし」

「うん、わかった」

「では失礼いたしやす。ご免なすって……おい、行くぜ」

仙太郎が配下の六人衆を促し、その六人衆が挙《こぞ》って「ご免くださいやし」と頭を下げて奉行所表門に背を向けた。

足早に、道中合羽が遠ざかっていく。

「へぇえ……男やねえ。男やわ」

生粋の京目明し、蛸薬師の三次が満面の笑みで、首を横に振った。

常森同心が意味あり気な目を、藤浦同心へ向けた。

「政宗様に言われていたこと、間違《まちげ》えなく例の所へ伝えてあるな」

「伝えてあります。三条大橋を渡って大津街道を抜けるであろうことも」

「私はこれより紅葉屋敷へ、彼等が御解き放ちになったことを御伝えしてくる」

「はい」

道中合羽の七人の後ろ姿は、次第に小さくなっていた。誰も振り向こうとはしない。

彼等は堀川通を横切り、三条通の二本北側、御池《おいけ》通へと入っていった。まっすぐに歩き進めば寺町通に出て法華《ほっけ》宗本門流の大本山・本能寺にぶつかる。天正《てんしょう》十年に織田信長が明智光秀の謀反《むほん》に遭《あ》って自刃した本能寺は当時、油小路《あぶらのこうじ》高辻《たかつじ》にあった。豊臣秀吉の転地命令で寺町通へ移ったのは、天正二十年のことである。

「頭《かしら》、本当に春栄堂へ立ち寄らなくって宜《よろ》しいんですかい」

居合の五郎造が、仙太郎の一歩後ろから、遠慮がちに声をかけた。

「余計なことに口出しするんじゃねえ」

「しかし……」

「二百日以上も江戸を留守にしているんだ。頻繁《ひんぱん》に様子のやり取りを交わしてきたとは言え、一日も早く戻ってやらなくちゃあならねえ。木場は血の気が多いんだ。何が起こるか、判りゃあしねえだろうが」

「へ、へい……」

居合の五郎造は、頷《うなず》いて口を噤《つぐ》んだ。仙太郎の配下の中で最も屈強と言われている居合の五郎造は、母親の顔も名前も知らぬ環境の中で育ってきた。それだけに頭《かしら》仙太郎を、春栄堂で元気にしているという生みの母親に会わせてやりたいのであった。

「頭《かしら》……」

と、今度は韋駄天《いだてん》の政が前へ進み出て、仙太郎と肩を並べた。

「春栄堂の京菓子の味を知るぐらいは、よござんしょ。三条通の春栄堂は確かこの通りの二本南側。目と鼻の先でさあ。あっしに、ひとっ走り許しておくんなさい」

「春栄堂、春栄堂とうるせえ野郎共だ。勝手にしろい」

「合点《がってん》承知……」

韋駄天の政はポンと掌《て》を打ち鳴らすと、道中合羽、三度笠、長短刀《ながどす》を除《と》って居合の五郎造の手に預けた。

「そいじゃあ……」と彼は脱兎《だっと》の如く走り出し、仙太郎を除く野郎共が苦笑《にがわら》いで見送った。

仙太郎と言えば、配下の者たちに気付かれぬよう、目を瞬《しばたた》いた。五郎造や政の気持が、痛いほど理解《わか》っている仙太郎であった。

（くそったれ共が……）と、彼は胸の中で呟《つぶや》いた。危うく涙がこぼれそうだった。

「急ぐぜい」と、仙太郎が足を早める。

寺町通に出た仙太郎たち六人は本能寺の南側の通りを抜けて、高瀬船の荷上げ場所である〝三の船入〟の脇に出た。

三条大橋が、町家と町家の間の広い空地の向こう——すぐ目の前——に見えている。

その大橋の袂《たもと》に韋駄天の政が菓子折りを手に立っていて、六人に気付き軽く左手を上げた。

このとき大橋の向こう側から、三人連れの浪人が渡ってくるのが仙太郎たち六人に見えた。髭面《ひげづら》で、いい人相には見えない。いやな予感を感じさせる顔つきだった。

「政《まさ》は素手《すで》だ。五郎造、念のためだ。行けい」

「へい」

仙太郎に命じられ、韋駄天の政の長短刀《ながどす》や道中合羽などを預かっていた居合の五郎造が走り出した。

「柔《やわら》の三平。お前《めえ》も行ってやんねい」

「合点……」

がっしりとした体つきの二枚目風が、居合の五郎造の後を追った。

「鴨川《かもがわ》に架かる三条大橋を渡って大津街道に入りゃあ、京も見おさめだな」

仙太郎は三条大橋の方を見つつ、呟いた。

三人の浪人が、少し山形となっている大橋の中ほどを、渡り過ぎる。

町家が邪魔となって、韋駄天の政の姿が仙太郎等四人には見えなくなった。

仙太郎たちの足は急いだ。

だが騒動は起きなかった。仙太郎等四人が三条通、と言っても三条大橋の一町ばかり手前、に出たとき目の前を三人の浪人が怖い顔つきで通り過ぎた。

「ちっ。なんとかならねえのか、あの面《つら》あ。他人騒《ひとさわ》がせな」

仙太郎の配下の一人が呟き、他《ほか》の三人は笑いを噛《か》み殺した。

七人揃っての旅が、再び始まった。

「茶飲み時に菓子を味わいましょうぜ頭《かしら》」と、韋駄天の政が仙太郎と並んだ。

「お前《めえ》たちで味わいな。俺《おれ》は甘い物《もん》はいらねえ。それよりも、店は繁盛していたかえ」

「繁盛なんてもんじゃありませんや。客が出たり入ったりで、店の者《もん》は大忙しでさあ」

「そうか。大忙しか」

仙太郎の表情が、ホッとしたように緩《ゆる》んだ。

「どこぞの武家の妻女らしいのが、旦那さんを訪ねて来ておりやしたが、店の小僧が、あいにく留守をしております、と答えておりやしたよ」

「ふうん……親父も忙しいんだ」

「そのようで……店が繁盛していて、よござんしたね頭《かしら》」

「ありがとよ政《まさ》」

道中合羽に三度笠の一本差し七人衆は、大津街道を東へと向かった。どうしても目立つ七人衆であった。すれ違う年齢《とし》の経《い》った者は、不安そうに彼等の後ろ姿を見送り、若い娘たちの中には両手を胸の前で組み合わせて見つめる者もいた。

大津街道を粟田口村の方角に向かって暫く行くと、鴨川に注ぐ白川の清流が横切っている。

その白川の辺《ほと》りに小さな旅籠《はたご》と、簾《すだれ》茶屋が向き合って建っていた。

「頭《かしら》、あの茶屋で、ちょいと喉《のど》を潤《うる》おしやせんか。この先、ひと休みする所が少のうござんしょから」

後ろから、柔《やわら》の三平が声をかけた。

「そうよな」と、仙太郎が応じる。

「ちょいと先に茶屋へ行ってよう三平。一本差しの七人が片隅をお借りしてもよござんすか、と丁重に声をかけてきな。いきなり七人が、のっそりと訪ねて他の客の迷惑になっちゃあいけねえからよ」

居合の五郎造が言い、三平が「わかった」と応じて、もう小駈けになっていた。

彼の後ろ姿が、茶屋の中へ消えた。

トンビが彼等の頭上高くで輪を描き、ひと鳴きした。

三平が茶屋の外に出てきた。「大丈夫です」というように先ず軽く腰を折って見せ、それから一度だけ手招いた。腰を折ったのは仙太郎に対して、手招いたのは仲間達に対してなのだろう。それだけを見ても、上下関係に一本の〝規律という楔《くさび》〟が打ち込まれていることが窺《うかが》えた。

六人は簾茶屋の前に着き、三度笠を脱《ぬ》ぎ道中合羽を取った。この辺りまでくると、気のせいか京の街中《まちなか》よりも吹き抜けるそよ風が、肌に少し冷《つめ》たい。

田畑広がる里に秋が忍び寄っていた。

幸いなことに、茶屋には一人の客もいなかった。

「お邪魔しやすよ」

そう言って仙太郎は、茶屋へ足を踏み入れようとした。

その足を、「仙太郎や」という女の声が背後から呼び止めた。若い娘の声ではなかった。

仙太郎は、ほとんど反射的に振り向いていた。聞き覚えのある声、なのか？

「あっ」とした驚きが彼の口から漏れ、その背中が反り返った。

忘れようとしても忘れられる筈のない女性《ひと》が、すぐ目の前に立っていた。真っ白な髪となった実の母梅代であった。そして老いた彼女を支えるようにして、その腕に手を絡めている父徳兵衛であった。

仙太郎の目から、みるみる大粒の涙がこぼれた。自分でも、どうしようもなく激しく湧き上がってきた。こらえようがなかった。一気に体に震えがきた。

「おっ母《か》さん……」

「仙太郎や……おお、立派に貫禄《かんろく》な男になって」

「親不孝を……長い親不孝を許しておくんなさい」

仙太郎はその場に膝を折って両手をついた。六人衆が仙太郎の背後に回って、矢張り地に片膝をつき頭《こうべ》を下げる。

老母も仙太郎の前に正座をし、彼の男らしく逞《たくま》しい両の肩を何度も何度も手でさすった。

「大きくなったねえ、大きくなったねえ」

老母の皺《しわ》深い頬を、はらはらと涙が伝い落ちた。愛する、わが子であった。可愛くて仕方のない、わが子であった。幾度、夢の中に出てきたか知れぬ、わが子であった。

「許しておくんなさい。許しておくんなさい」と、仙太郎は繰り返した。心からの詫びであった。

「立派になったねえ、貫禄だねえ」と、梅代は両の手で仙太郎の頬を幼児《おさなご》に対するように挟んだ。その老いた手を、仙太郎の涙が濡《ぬ》らしていく。

「京都東町奉行所同心の藤浦兵介様からね、お前のことは、何もかも聞きましたよ……今日この大津街道を通ることも」

「藤浦様から……」

「勘当などした、このおっ母《か》さんを勘弁しておくれ。可哀そうに、色色と苦労したろうに」

「おっ母さんのことは、一日も……一日も忘れたことがござんせん」

あとは言葉にならぬ仙太郎と母であった。徳兵衛は二人に背を向けて、ただ目頭をこするばかり。

その光景を、半町と離れぬ杉木立の陰《かげ》から静かに見守っている一人の侍がいた。望みもせぬのに朝廷より正三位大納言・左近衛大将の高位を与えられたとする、松平政宗であった。優しく目を細める彼の口から、やわらかく謡《うた》がこぼれた。

〽わいへは　とばり帳も　たれたるを
おほきみきませ　むこにせむ　みさかなに　なによけむ
あはびさだをか　かせよけむ　あわびさだをか　かせよけむ

平安貴族に愛唱されてきた「催馬楽」六十余歌の一つ、「我家《わいへ》」であった。

それを声低く口遊《くちずさ》みながら、政宗は両手を懐にゆっくりと踵《きびす》を返した。

「わが家には、可愛いお前の姿を外から守る帷帳《とばり》も垂れていますよ。立派になった息子よ、だから家に帰ってきておくれ。鮑《あわび》や栄螺《さざえ》や雲丹《うに》を、この母に御馳走させておくれ」

そう言いたいに違いない老母梅代の気持を、代弁するかのようにして口遊んでいる政宗なのであろうか。

次第に遠ざかっていく彼の後ろ姿に、誰一人として気付かぬ茶屋の前であった。

「源さんのことだ。今頃わが屋敷を訪ねているであろうなあ」

頭上を舞うトンビを見上げ、政宗はポツリと呟いた。いい気分であった。

二

菅原道真《すがわらのみちざね》を祭神とする京の西・馬喰《ばくろ》村の北野天満宮は、雲一つない朝空の下《もと》、大勢の老若男女で賑《にぎ》わっていた。今日から四日の間、この天満宮では五穀豊穣を感謝する「瑞饋祭《ずいきまつり》」が行なわれる。

おのれを一介の自由人にして素浪人としてしか認めていない〝正三位大納言・左近衛大将〟の松平政宗は、この朝、テルという四歳の女児の手を引いて混み合った境内をのんびりと歩いていた。

テルは河原《かわら》を住み処とする貧しい家庭の子であり、また政宗が主宰《しゅさい》する「明日《あした》塾」の優秀な塾生であった。四歳と九か月にしてである。

そのテル、今日だけはボロ布を接《は》ぎ合わせて作った、しかし洗濯の利《き》いた小綺《こぎ》麗《れい》な服を着込んで、にこにこ顔だった。

明日塾というのは、テルのように恵まれぬ貧しい家庭環境の中にある子を対象とした、能力育成塾であった。塾費はむろん、取っていない。

教室は、近江・膳所の本多家京屋敷に程近い竹林の中にある小寺「神泉寺」の本堂を、借りている。この寺の住職である五善《ごぜん》和尚のほか、今や常森同心、藤浦同心も時に無報酬で講師を引受け、貧しい子供たちと心を通わせていた。それもこれも、松平政宗の何とも言われぬ人柄にひかれてのことであろう。

「どうかなテル、なかなか賑やかであろう」

「うん。北野天満宮の御祭りを見にくるのは、初めてや」

「そうか、初めてか」

「先生と一緒やとテル、楽しいわ」

「先生もテルと一緒に歩いていると、楽しいなあ」

「ほんま?」

「ああ、本当だとも。楽しいから飴玉《あめだま》でも買ってやろうか」

「わあ、うれしい」

テルは黄色い喜びの声を上げて、ピョンピョンと飛び跳ねた。

政宗は屋台の飴玉売りで、黒飴の入った紙袋を二つ買ってやった。買う政宗も、それを受け取るテルも、満面に笑みであった。

「もうすぐ神輿《みこし》が出るぞ。先生の肩に乗ってみるかテル」

「うん、乗る乗る」

「よっしゃあ」

正三位大納言・左近衛大将の左肩へ、テルは軽軽と乗せられた。

「どうだ。よく見えるか」

「よう見えるわ先生。雲の上にいるみたいや」

「ははは。雲の上にいるみたい、はよかったな。しかしテルは、雲に乗ったことがあるのかな」

「あらへんけど、高さを体で感じて、そんな気がするんや。雲の上いうたら、こんな風に何でも見えるんやろなあ、と」

まぎれもなく、四歳九か月の女児の言葉であった。

(やはり、この子の感性は鋭い。年齢《とし》と共に極貧の環境を撥《は》ね除《の》けて、凛凛《りり》しく立ち上がるに相違ない)

政宗はそう思い、明日塾はこの子の教育に心血を注ぐ必要がある、と改めて思うのだった。

「あ、先生。神輿や」

テルが右手の方角を指差した。人の流れも、その方角へ動き出していた。

「ようし、見に行こう」

政宗は左手でテルの小さな体をしっかりと支え、人の流れに従って神輿を目指した。

テルが「うふふふっ」と、楽しそうに笑う。

「先生。馬に乗っても、こんな感じかなあ」

「馬か……馬は、こんな感じだ」

と政宗が左肩を揺さぶると、テルは「きゃっきゃっ」と嬉《うれ》しそうだった。政宗は河原に住む貧しい家庭に生まれたこの子が、可愛くてならなかった。頭がいい子、というだけではなく、性質が純粋で真っ白なのだ。そして学習する姿勢は、まだ幼いというのに、ひたむきであり、ひたすらであった。だから、めざましい伸びを見せていた。

大勢の参詣客《さんけい》に囲まれて神輿が動き始めた。屋根を瑞饋《ずいき》で葺《ふ》き、柱、鳥居、瓔《よう》珞《らく》などを野菜で飾った神輿であった。

テルを左肩に乗せた政宗は、神輿を右に見て歩いた。大変な人出だった。文教の神、北野天満宮の謂《い》われについては粗方《あらかた》、テルの耳に入れてある政宗である。

今《い》から六十七年前の慶長《けいちょう》八年、この天満宮では出雲《いずも》の阿国《おくに》が社前で芝居を演じ、その芝居こそが歌舞伎《かぶき》の発祥と結び付いていた。

「はじめて見る勉強の神様、北野天満宮の祭りはどうだテル」

「ええわ。あれもこれも、いっぱい頭の中へ入ってくるみたいや」

「机の前にじっと座って学ぶだけでなく、こうして世の中の色色な物を見たり触《さ》わったりして学ぶことも大事なんだぞ。いいな」

「うん。今朝な、お父ちゃんも、そう言うてたわ」

「しかしだ。見方を誤ったり、触わり方を間違えたりすると、勉強が勉強でなくなる」

「お母ちゃんが、そう言うてた」

「そうか。テルのお父さんもお母さんも、しっかりとしたいい人だな」

「うん。うちも大好きや。先生の次にな」

「ははは。先生の次はよかったな。さては、お昼に何か美味しいものを食べたいのだな」

「当たりい」

「お、当たりか。よし、わかった。ははは」

政宗の心は快晴であった。テルと一緒にいると、いつもこうなる。御天道様《おてんとうさま》のような子だった。

だが……。

政宗の表情が急に曇った。同時に目つきが、きつくなっていた。

(なんだ……これは)

彼は胸の中で呟いた。まわりからの幾つもの視線を感じた。不快で生臭い不良なる視線であった。気のせいや錯覚ではなかった。間違いなかった。

政宗は人の流れに逆《さか》らわずに歩き続けた。右も左も前も後ろも、祭りを楽しんでいる、なごやかな人の波だった。誰の顔も、善男善女であった。生臭い不良なる視線を突きつけてくる者は、政宗の視界には見当たらなかった。

にもかかわらず、ねばついたそれは、はっきりと絡み付いてきた。

「先生……」

それまで政宗の左肩の上で伸びやかな姿勢だったテルが、不意に背中を丸めて政宗の耳元へ口を近付けた。

「ん？　どうした」

「変なおじさんが、さっきから、ずっと先生を見てるわ」

「え……」と政宗は驚いた。自分に見えなかったそいつを、テルの目が捉《とら》えたというのだ。

「その変なおじさん、どの辺りにいるのかな」

「神輿の向こうや。あ、いま神輿に隠れて見えんようになった」

「一人か？」

「うん一人。あ、また見えた。やっぱり、こっち見てるわ」

「わかった。もういいから、テルは祭りを楽しみなさい。その変なおじさん、先生の昔の友達かも知れないのでな」

「先生、背《せ》え高いのに、あの変なおじさん、見えへんのん？」

「先生は一年ぶりに見る神輿に気を取られているから」

「ふうん」

政宗は〝純〟なテルの自然体の目が捉えたそいつが、自分には依然として見えていないことに大きな衝撃を受けていた。はじめて味わう、現象であった。

テルは「うん一人……」と言ったが、ぬらぬらと絡み付いてくる視線は二人や三人ではなかった。

しかも、左手からのそれは、次第に距離を縮めつつあるかのようだった。

（この気配……忍びか）

そう感じた政宗は、肩からテルを下ろした。

「どうしたん先生。神輿が見えんようになってしもうた」

「すまないなテル。先生、少し疲れたのだ。暫くの間、歩いておくれ」

「うん、歩く」

頷いて微笑んだ女児の手を取って、政宗は人の流れの外側に出た。その方が〝対象〟を捉えやすいと考えたからだ。

神輿と二人の間は次第に且《か》つ急速に離れはじめたが、テルは不満をこぼさなかった。幼いながらも師に対する絶大な信頼があるのだろう。

二人が、天を突くほどに巨木となった銀杏《いちょう》の木の下まで来たとき、「おそれながら……」と後ろから声が掛かった。人の流れのざわつきは、少しばかり遠くなっていた。

政宗が振り返ると、人の背丈ほどもある石灯籠《いしどうろう》の脇で、生っ粋の京目明し蛸薬師の三次が、配下の下っ引三人を従えて立っていた。

「や、見回りか三次親分」

「はい」と三次は丁重に腰を折り、三人の下っ引もそれを見習った。

三次親分は下っ引を残して近付いてくると、「よ、テル坊」と女児の頭を撫でた。

政宗が明日塾を主宰していることも、幼いテルがそこの優秀な塾生で政宗が特に目をかけていることも承知している三次親分だった。

「今日は松平先生と祭り見物かテル坊よ」

「うん、黒飴二袋も買《こ》うて貰《もろ》た」

「二袋もか、よかったなあ。松平先生の言うことをよう聞いて、一生懸命に勉強するんやで。ええな」

「勉強は大好きや。面白いから」

「そうか。大好きで面白いか。テル坊はますます賢《かしこ》うなるなあ」

「三次親分、あのね」

「ん？」

「テル坊て呼ばれると男の子みたいやさかい、テルと呼んでほしいわ」

「ははは。テル坊は嫌《いや》か。そやけどな、可愛い女の子には、坊を付けて呼ぶこともあるんやぞ」

「けど先生は、テルと呼んでくれるよ」

「うんうん、よっしゃ、この次からはテルと呼ぶことにしようなテル坊」

「あ、またや」

テルは黄色い声を上げて「きゃっきゃっ」と笑い、三次親分も目を細めた。

「ところで御殿様……」と、三次は真顔になって政宗と視線を合わせた。

「この賑わいですよって、懐《ふところ》にはくれぐれも、お気を付け下さいまし」と、口調を改めた。

「巾着《きんちゃく》切りが出張っているのか」

「はい。今朝方、東町奉行所へ、性質《たち》の悪い江戸者《もん》の巾着切りが相当数この祭りの賑わいを狙っている、という投げ文がございまして」

「ほほう、また江戸者か……」

「ま、御殿様の懐を狙った巾着切りは、あっという間《ま》にその場で御用となりましょうが」

「東町奉行所へ投げ文があったということは、源さんや藤浦同心、それに鉤縄の得次も出張っているのだな」

「それぞれ手分けして、見回っております」

「すると出会うかも知れぬな」

「はい」

「何か事があらば呼び子を吹き鳴らしなさい。私も駈けつけよう」

「心強うございます。宜《よろ》しく御願い申し上げます」

蛸薬師の三次は深深と頭を下げると、政宗の前から離れていった。

政宗は辺りを見回した。

あの生臭い不良なる視線の気配は、消えていた。十手持ちの出現で、姿を消したというのか。

「ねえ、先生……」

「どうした」

「帰ろ」

「なんだ、もう帰るのかえ」

「三次親分の言うてた巾着切りて、泥棒さんでしょ」

「うん。泥棒さんだ」

「うち怖いわ先生。帰ろ。なあ帰ろ」

「そうだのう。純真なテルに天満宮に現われるかも知れない泥棒さんの姿を見せるのは、まだ早いかのう」

「行《おこ》ないの悪い人の近くへ行ったら絶対にあかん、ていつもお父ちゃんに言われてるさかい」

「よしよし判《わか》った」

政宗が頷いて見せたとき、蛸薬師の三次らが立ち去った方角——半町ほど先——で、同心藤浦兵介が、もう一人の同心と判る身なりの若い侍と肩を並べ、丁寧に腰を折った。

「や……」と政宗は表情を和らげ、双方はゆっくりと歩み寄った。

「ご苦労だな兵介」

「は。たった今、蛸薬師の三次とこの先で出会いまして、若様、あ、いや、政宗様がこの辺りにおられると聞いたものですから」

常森同心も藤浦同心も目明し達も、かつては政宗のことを「若様」と呼んでいた。政宗がその呼ばれ方を嫌って変えさせてから、まださほど日は経っていない。

「性質《たち》の悪い江戸者《もん》の巾着切り共が、この天満宮に多数出張っているらしいと三次から聞いたが」

「それで東西の両奉行所が見習同心まで動員して、この人ごみの中を巡回しているのですが、現在《いま》のところ何事も起こっておりません」

「その方、見習いか」

政宗は藤浦同心の隣で畏《かしこ》まっている若い侍に穏やかな視線を移した。

「はい。東町奉行所事件取締方の見習同心、奥山栄作《おくやまえいさく》と申します。宜しく御見知りおきください」

奥山見習同心は深深と腰を折り、藤浦兵介が「まだ十八歳です」と横から付け足した。

「若いな。頑張りなさい」

「一生懸命、頑張ります」

「性質《たち》の悪い巾着切りの集団となると、恐らく懐に刃物を忍ばせていよう。そのことを忘れぬようにな」

「はい。有難うございます」

「ところで兵介」

と、政宗は視線を藤浦同心へ戻した。

「お役目の最中に申し訳ないのだが、このテルを両親の元へ届けてはくれぬか。私にはこの天満宮を離れられぬ、どうしてもの用があってな」

「宜しゅうございますとも、お引受けいたします」

「その代わり、巾着切りの集団には、私も出来る限り目を光らせる」

「滅相も。この奥山栄作は若いですが、しっかりしておりますので、私が横に付いておらずとも大丈夫でございましょう。おい、大丈夫だな奥山」

「は、はい。だ、大丈夫です」と、奥山栄作が応じた。

「なんだか頼りない返事だな」と、藤浦同心は怖い顔をつくってから苦笑した。

「さ、テル坊。若、いや、松平先生に代わって私と一緒に家へ帰ろうか」

「またテル坊や……」

「え？」

「ははは。テル坊ではなく、テルと呼んでやってくれ兵介」

政宗は破顔し、テルも笑った。

藤浦兵介は非番の時を利用して、明日塾の講師を引受けてもいる。したがってテルとは心の交流もある。むろん極貧家庭の子であることは百も承知している。

二人が手をつないで明るく喋りながら離れていくと、奥山見習同心も「それでは私もお役目に戻らせて戴きます」ときちんと一礼し、政宗の前から去っていった。

政宗は人の流れに逆《さか》って、広大な境内の森へと足を向けた。

三

平安時代中期に建立《こんりゅう》された北野天満宮は、創建以来たびたび被災したがそのつど再建され、現在《いま》の二百五十坪もある大社殿は五十五年前大坂夏の陣で、大坂城落城と共に没した豊臣秀頼が、六十三年前の慶長十二年に寄進したものだった。桃山時代後期の建築特徴を、中門をはじめ東門、回廊などによく残している。

歴代天皇の行幸もたびたびで、公卿や武家の参詣・寄進も少なくなく、文教の神として貴賤衆庶から親しまれ、なかなかに繁栄していた。

徳川家から与えられている朱印地は、およそ六百石である。

政宗は木洩《こも》れ陽《び》がこぼれる森の中へ、足を踏み入れた。

林立する巨木が、たちまち祭りのざわめきを、遠ざけた。

彼は木洩れ陽を肩や背に浴びながら、ゆったりと森の奥へ進んだ。祭りのざわめきが、次第に野鳥の囀《さえず》りへと変わっていく。

どれほどか森の奥へ進んで、彼の足が止まった。

「現われたか……」と、彼は呟いた。あの不快なる視線の気配が、一つ……二つ……三つ……と周囲《まわり》に現われ出した。殺気はなかった。全《まった》くなかった。あるのは下卑たる不快感だけであった。それが距離を詰め始めた。ジリジリと詰め始めた。

政宗は動かなかった。いや、動けなかった。それどころか、背すじに汗が滲《にじ》み出していた。

(手強《ごわ》い……)と、彼は思った。これまでに経験しなかった気配であった。刀の切っ先のような鋭さで迫ってくるのではなく、ぬらぬらと迫ってくる。まるでナメクジの這《は》うが如くであった。政宗は足を横へ滑らせ、左手すぐそばにあった巨木を背にした。受け身であった。相手の姿が見えぬ段階から取った、受け身であった。これも彼にとっては、はじめての経験だった。

と、それまでのぬらぬらした気配が消滅した。注がれていた全《すべ》ての不快なる視

を切る音。
彼の左手親指の腹がようやく、粟田口久国の鍔に触れた。クンッと微《かす》かに鯉口
政宗の眉間《みけん》を、細い汗の糸が伝い落ちる。
線が消えた。完全な〝無《む》〟が、彼を取り囲んだ。

次の瞬間、目の前の背丈ある雑草が二つに割れ、「光か?」と見えたそれが矢のような早さで顔面に向かってきた。同時に政宗の腰が右へ僅《わず》かに回って粟田口久国が走った。刃《やいば》の上を跳《は》ね返る木洩《こも》れ陽《び》。

ガツンッ、チンッという鋼《はがね》の激突する音、木洩れ陽の中を飛び散る青白い火花。

そしてザクッという鈍い音と同時に鮮血が孔雀《くじゃく》の羽《はね》の如くに宙に噴《ふ》き上がった。

次は政宗の頭上、真上から閃光が突き下《くだ》ってきた。猛烈な早さだった。ひと呼吸の休むひまさえも与えない。木洩れ陽がガラスの屑《くず》の如く、閃光と共に躍《おど》った。

政宗が上体を左へ振りざま地を蹴った。蝶か?　ふわりと宙に舞った彼を包むようにして、血飛沫《ちしぶき》が巨木の間に四散。ドスンと地に叩きつけられる音。

続いて政宗が、軽く地に下り立った。その両足を巨木の陰から飛び出した木洩れ陽の粒、いや、白刃が薙《な》ぎ払った。計算され尽くした矢継ぎ早だった。政宗に

身構えの寸暇をも与えない。息切れさえをも与えない。

栗田口久国が足の寸前で垂直の盾《たて》となって、辛《かろ》うじて相手の刃を受ける。

ガチンと耳に痛い程の衝撃音があって、凶刃の余りの〝打ち〟の強烈さに、栗田口久国の峰《みね》が政宗のくるぶしを激しく叩いた。政宗の顔が歪み、明らかに刃のかけらと判る大きなきらめきが、地表すれすれを飛ぶ。どちらの刃の粒《かけら》か？

だが瞬時に攻めへの変化を見《み》せた栗田口久国が、政宗の頭上に上がって打ち下ろされた。

凄まじいばかりの唐竹《からたけ》割り。政宗の顔前で噴血が扇を描いてザアッと音立てる。それが政宗の全身に覆いかぶさり、どちらが斬り、どちらが斬られたか判らぬ地獄の修羅場となった。

巨木に素早く背を張り付けた血みどろの政宗が、よろめいた。栗田口久国を思わず杖《つえ》とせねばならぬ程のよろめきだった。

第四撃が稲妻となって雑草を割り進み、政宗に肉迫。槍の穂先を思わせる掬《すく》い上げるような鋭い突きが、彼の喉元に襲い掛かった。背後の巨木が、政宗を後ろへ退がらせない。彼は右へよろめいて、唸りを発する突きを避けた。と言うよりも、よろめいたことで救われた。突きは彼の左の頰を浅く裂き、そのまま背後の巨木に切っ先二寸ばかりを、めり込ませた。恐るべき打撃力。

栗田口久国が左から右へと半弧を描くかのようにして走る。相手の両の腕が肩の付け根近くで絶ち斬られた。凶刃を握ったまま跳ね上がる両の腕。

「ぐわっ」と、嚙み殺した低い絶叫が、はじめてあがった。

ようやく連続攻撃が鎮まり、政宗が「あと二つ……」と呟いた。右足を引いて腰を深めに落とし、栗田口久国の刃を天に向けて、その切っ先は軽く地表に触れた奇っ怪な、しかし見事に美しい構え。浮世絵を見るような流麗な構えであった。

直後、「静」がふたたび「動」に変わった。

正面から一つ、左手から一つ、背丈ある雑草を津波の如く揺らせて〝打倒〟の気迫が迫ってきた。そう、必殺と言うよりは〝打倒〟であった。炎の噴きあがるような激情が、素晴らしい速さで一直線だった。すでに仲間四人が倒されたというのに迷いがない。あつい、と政宗は感じた。

この時――。

「こらあ、そこで何を致しておるか、東町奉行所の者である」

どら声が森に鳴り響いた。政宗には聞き馴れた声だった。

すると〝打倒〟の激情が消滅した。瞬時の消滅であった。

枯れ葉を踏み鳴らして、幾人かの足音が木洩れ陽の中を次第に近付いてくる。

政宗は粟田口久国の刃を懐紙で清め、鞘に収めた。

そこへ常森源治郎が、十手を手にした二人の若い同心と目明しを従え現われた。

「や、源さん」

「ま、政宗様ではございませぬか。こ、これは一体……」

「ご覧の通りだ。不意に向かってきた。四人は倒したが、二人は源さんの大声で逃げ去ったよ」

「おい、手前《てめえ》たち。その辺りに怪しい二人連れがいないかどうか、早駈けで見て回れい」

源治郎に命じられ、若い同心二人と目明しが「はっ」と踵《きびす》を返した。

「倒した四人は源さんに預ける。すまぬが素姓を調べてみてくれ。判明すれば知らせてくれぬか。判らねばそのままでよい。おそらく判らぬだろうがな」

「そ、それは承知しましたが、お怪我は……血まみれですぞ」

「浴《あ》び血だ。左の頬が少し疼《うず》くが、ま、大丈夫だろう」

「それにしても、何と凄い立ち回りを……」

源治郎は、そこいらに叩きつけられたように絶命している四人を見て、息を飲んだ。

「ともかく政宗様。この森の左手の方角に綺麗な小川が流れておりますゆえ、そこで顔、首、手などを清められませ。私は替《か》えの古着でも見つけて参りましょう」

「どこで替えの古着を？」

「なあに、天満宮の程近くに、参詣客を狙ってやっている古着屋がございまして、見回りの際よく立ち寄ります。事情を話さずとも多少の無理は聞いてくれましょう。お任せください」

「そうか、面倒をかけてすまぬな」

二人は木洩れ陽が降り注ぐ中を、右と左に別れた。

源治郎が言った清冽《せいれつ》な細い流れの小さな渓谷《けいこく》を、政宗はすぐに見つけた。この界隈の地勢をよく知っている政宗も知らぬ流れであった。

大・小刀を腰から除《と》り、着物を脱ぎ棄て、彼は清い水で手首、顔、首すじを洗った。心地よい冷たさが、忍び寄っている秋を感じさせた。

だが流れの上に迫り出《せだ》している数え切れぬ程のモミジの枝枝は、まだ青青とした葉であった。その枝枝の間から、こぼれ落ちる無数の木洩れ陽が、水面《みなも》で蛍のように舞っている。

政宗は着物をも流れに浸した。少しずつ布地から溶《と》け離れた血が、流れに運ばれて遠ざかっていく。秋鶯《あきうぐいす》が突然、間近でひと鳴きした。

「あ……」

女の声が渓谷の上——と言うよりは土堤の上と形容する方がふさわしい——で生じた。叫びではなかった。不意の困惑が生じさせた声、のようであった。

政宗は着物を固く絞り、それを着て大・小刀を帯に通し、緩い勾配を上がった。

雀鬢《すずめびん》に小満島田髷《こまんしまだまげ》の身形《みなり》のいい若い娘が、地面にしゃがんでいた。髪《かみ》の形から、どうやら武家の娘のようであった。供は辺りに見当たらず、一人のように思われた。年齢《とし》は十八、九か。

木洩れ陽を浴びた簪《かんざし》が輝いている。まぶしい程に。

「どうなされた」

「え……」

政宗に声をかけられ、娘はびっくりしたように顔を上げた。

政宗が思わず「お……」という表情になった。胡蝶の早苗によく似ていた。彫りの深い端整な顔立ちの、美しい娘だった。

娘は目の前に現われた眉目《びもく》整いたる侍の着ているものが、びしょ濡れと判って、なお驚きを強めた。

が、その驚きは即座に警戒心となって、立ち上がるや懐剣の柄に手をかけた。

右足の重ね草履《ぞうり》の花緒《はなお》が切れている。

「心配はいらぬ。怪《あや》しい者ではない」

政宗はそう告げてから、娘との間を詰めて、腰を下ろした。

「この切れ方なら直るな」

政宗は自分の濡れた着物の袂《たもと》を引き裂いて捩《ね》じり、花緒を作った。

娘は、いつ何時《なんどき》、オオカミに豹変《ひょうへん》するか知れぬ相手に備えて、懐剣の柄から手を離さなかった。

「さ、履き物を脱ぎなさい。私の肩に手をかけてよいから」

「はい」

懐剣の柄に手を触れている割には、意外なほど素直な娘であった。

重ね草履を脱いで片足状態となった娘は体を支えるため、懐剣の柄に触れていた手を、政宗の肩に移した。

花緒は、簡単に直った。

「きついかな」

「いいえ。ありがとうございます」

「天満宮の今日の祭りには、江戸から手荒な巾着切りの集団が出張っているそうな。このような森の中の薄暗い小道を、若い娘が一人で出歩くのは感心せぬな」

「すみませぬ」

「あ、いや。べつに叱っている訳ではない。で、どちらへ行かれる」

「わが家の菩提寺《ぼだいじ》である光明院《こうみょういん》が、この先にございます」

「なるほど。菩提寺へは、この森を抜けるのが近道と言われるか」

「はい」

「では森を抜ける辺りまで送って進ぜよう」

「でも……」

「ん？」

「お着物が濡《ぬ》れていらっしゃいます」

「濡れ侍と歩くのは、お嫌《いや》か」

「いいえ、そういう意味で申し上げたのでは……」

言ってから娘は、クスリと笑った。

二人は肩を並べてゆっくりと歩き出した。

（それにしても早苗に似ている……似過ぎている）

政宗は、そう思った。

「名は何と申される」

「あのう……失礼を顧みず、お訊ねさせて下さりませ。あなた様は、どなた様でいらっしゃいましょうか」

「ほう。先に知りたいと申すか」

「はい」

「いいだろう。私の姓は北野、名は天満宮。素浪人だ」

「まあ」

娘は、また笑った。笑顔の静かな美しさも早苗に似すぎている、と政宗は思った。

「で、そなたは？」

「早苗……津山《つやま》早苗と申します」

「え……」

政宗は（なんという偶然か……）と足を止め、相手の顔をまじまじと眺めた。目の前の娘は胡蝶の早苗に似ているだけでなく、名前まで同じだと言うではないか。

政宗の様子に、娘の表情が少し不安そうに曇った。

「あのう……なにか」

「いや……いい名前だと思ったのだ。そなたの美しさに、ふさわしい名だ」

「まあ」

娘は木洩れ陽に捉《とら》われつつ、はにかんだ。

「津山家は武家と見たが」と、政宗は再びゆっくりと歩を進めた。

「はい。大和《やまと》・三笠《みかさ》藩四万八千石の京屋敷預《あず》かり役を長く勤めております、津山玄市郎《げんいちろう》の娘でございます」

「京屋敷預かり役とは、京詰《づ》め家老とでも言うところか」

「父玄市郎から、そのように聞いたことが御座います。私は京で生まれ、京で育ちました」

「菩提寺光明院へ一人で出向く理由《わけ》を聞いてもよいかな」

「今日は亡き祖母の命日で御座いまして、御茶の会に出かけておりました両親が、その帰りに光明院へ立ち寄ることになっております」

「なるほど。光明院で落ち合って、墓参りをするということか」

「はい」

「余計なことを訊《き》いてしまったな。すまぬ。このような森の中の小道を一人歩きするそなたを心配してのことだ」

「ありがとうございます」

「お、明るい所へ出たようだな。では、此処で別れると致そうか」

「ご心配をおかけ致しました。申し訳ございませぬ」

「なんの。気を付けて行かれよ」

「はい」

道幅が広くなり、頭上を覆っていた枝枝が後退した明るい場所で、二人は別れた。

政宗は木洩れ陽の森へ引き返し、少し行った辺りで振り向いた。

津山早苗の姿は、真っ直ぐな道からすでに消えていた。

「早足な……」と呟きを漏らして、政宗は背を返した。

暫く行くと、落ち葉を踏み鳴らして向こうからやってくる常森同心と出会った。

「政宗様。そのように濡れた着物で一体どちらへ？」

「若い武家の娘がな源さん……」と、政宗は事情を掻《か》い摘《つま》んで打ち明けた。

「そのような事が御座いましたか。ま、ともかく御着替えなされませ」

「うむ。すまぬな」

政宗は、常森源治郎が小脇にしていた風呂敷包みを受け取ると、木陰に入って着替えを済ませた。

常森源治郎が「はて?」と首を傾げたのは、この時であった。

「どうした、源さん」

「政宗様は、武家の娘は菩提寺光明院へ向かった、と申されましたな」

「確かに、光明院、と申したが」

「光明院と言えば、廃寺ではなかったかと記憶いたしますが」

「なにっ」

「いえ。私は寺社方の同心ではありませんし、この界隈を常時見回っている訳でもありませんので、ちょいとばかし不確かな記憶では御座いますが」

「気になるなあ。廃寺と聞けば行ってみねばならぬ」

「私も御供いたします。あ、刺客四人の遺体につきましては、見回りの者達へ急ぎ奉行所へ運ぶよう命じました。のちほど私ほか役目の者の目で検視いたします」

「そうか。手数をかけるな」

「それ、私がお預かり致しましょう」

常森源治郎が差し出した両手に、政宗は濡れた着物を包んだ風呂敷包みを「すまぬ」と乗せた。

常森同心を従えて、政宗は森の小道を明るい方へと引き返した。

津山早苗と別れた場所を過ぎ、暫く行くと政宗の足が止まって、その表情が翳《かげ》った。

「いかがなされました政宗様」

「どうも片方の肩の具合が妙だ源さん」

「片方の肩が妙？」

「何かが張り付いているような……うまく言えぬな、この具合は」

「刺客の刃が肩の上を浅く走ったのでは御座いますまいか」

「それにしては痛みがない」

「傷を負っていては大変でございますゆえ、ともかく〝検視の源治〟に見せて下さいませぬか」

「そうか。源さんは検視の源治であったな。では検《み》て貰《もら》うか」

政宗はそう言うと、近くの木の切り株に腰を下ろし、諸肌《もろはだ》脱いだ。

とたん、源次の口から「あっ」と驚きの叫びが出た。

「ま、政宗様……」

「どうした源さん」

「左の……左の肩に人の手形が……それも真っ赤な」

「なんと」

「さきほど政宗様は、武家娘が履いていた重ね草履の花緒をすげたと申されましたが」

「うむ。そのとき片足状態になった娘の手が、体を支えるため私の肩に触れたな」

「左の肩に、でございますか」

「そうだ」

「これは政宗様ひょっと致しますと」

「廃寺光明院へ急ごう源さん」

「は、はい」

政宗は切り株から腰を上げ、身仕舞《みじま》いを正した。やや青ざめている常森同心に比べ、べつだん緊張している風《ふう》でもない。

今度は常森同心が先に立った。いくらも行かないうちに、小さな流れに架かっている丸太を組んだだけの橋が見え出した。その小さな流れは、政宗が血で汚れた着物を濯《すす》いだ流れの三町ばかり下流に当たる。

二人は古い丸木橋を渡った。橋はひどく軋《きし》んで年月を感じさせた。

「あれでございます」と、丸木橋を渡り切った所で、常森同心が指差した。

少し先、二本の銀杏《いちょう》の巨木に挟《はさ》まれ隠されるかたちで、朽ち果てた山門があった。当たり前の朽ち果てようではなかった。傾いた山門の屋根からは無数の黒い蔦《つた》が垂れ下がって、さながら女の乱れ髪を思わせた。土塀は溶《と》け落ちたかのように崩壊している。

「ひど過ぎるな、これは」と、政宗の表情が暗くなった。

「光明院がいつ廃寺となったかは、今のところ東町奉行所の与力同心、誰一人として知ってはおりませぬ」

「ま、京都町奉行所が置かれて、まだ年月《としつき》が浅いゆえ、仕方がないとも言えようか……それに町奉行所は寺社方ではないしのう」

「政宗様は光明院の名を耳になされたことは御座いませぬか」

「ない。この界隈の寺社については、よく存じておるつもりであったが」

「それにしても嫌な雰囲気が漂っておりまする」

「源さんは此処にいてくれぬか。山門の中へは私が入ってみよう」

「そ、それはなりませぬ。謂《い》われの判然《はっきり》としない寺院、それも如何なる理由で、いつ廃寺となったか知れぬ場所へ立ち入るのは、危険でございます」

「この荒れ様《よう》だと、廃寺となって二十年や三十年という訳ではなさそうだな」

「それならば尚のこと、お止《よ》しなされませ」

「源さんは此処にいなさい。私一人の方がよい」

「しかし……」


政宗は常森源治郎から離れ、今にも溶け崩れそうな山門に近付いていった。

左の肩の違和感は強まっていた。五本の指で、がっしりと摑まれている感じがあった。

政宗は山門から垂れ下がっている無数の黒い蔦《つた》の一本に、そっと左手人差し指の先を触れてみた。

すると山門はギシッと一軋《ひときし》みして、屋根の傾きを強めた。

七、八間離れた位置から、常森同心が「お止しなされませ」と囁くようにして声をかけた。まるで山門の内側に何者かがいて、その何者かに聞かれるのを恐れているような囁きだった。

それを聞き流した政宗は、そろりと黒い蔦を両手で掻き分け、四段ある石段の二段目まで上がった。

山門が再びキイッと軋んで、屋根の傾きが深まった。と、思った瞬間、政宗の足は一気に山門を潜《くぐ》っていた。「押し潰すぞ」と言わんばかりの山門の〝意思〟と〝意思〟の間隙《かんげき》をすり抜けるかのような足運びだった。

見守っていた常森同心は、ホッとしたように空を仰いだ。と、彼はそこに不気味なものを見た。天満宮の祭りにふさわしい爽《さわ》やかな青空が彼方《かなた》一面にまで広がっている中で、廃寺光明院の真上にだけ灰色の雲が低く垂れこめていた。

第四章

一

境内には萩《はぎ》が繁茂《はんも》していた。赤紫や白の小さな花を咲かせる秋の七草の一つであったが、花を咲かせる程には、まだ秋は深まっていない。

政宗は、その萩の群落《ぐんらく》の向こうに物悲しく建っている本堂を眺めた。土塀と同じく溶《と》けるようにして辛《かろ》うじて〝存在〟しているに過ぎない、崩壊《ほうかい》寸前の本堂であった。

「この光明院に過去、何があったというのか……」

政宗は呟《つぶや》き合掌した。しなければならぬようなものが、明らかに漂っていた。津山早苗なる武家娘が、本堂やその辺りにいる気配はなかった。なかったが合掌を求めているような悲し気な空気が、まぎれもなくあった。

政宗は萩に埋まりながら、本堂の回りを歩いてみた。左肩の違和感が少しずつ弱まっていくのが判った。不思議であった。不気味でもあった。

（津山早苗とやら。その方の身に、いつの時代、何があったというのだ……この

私に何かを求めているとでも言うのか……申してみよ）

政宗は胸の内で、言葉なく語りかけた。だが彼は、この廃寺に長く止《とど》まっている積もりはなかった。なぜ自分に、あれほど凄腕《すごうで》の刺客が何の前触《まえぶ》れもなく襲いかかってきたのか、気になっていた。その凶刃が、次には料理茶屋胡蝶へ向かっていくのではないか、という不安に見舞われていた。

彼はもう一度、朽ち果てた本堂に向かって丁重に合掌をした。

「また訪ねてこようぞ。どれほど悲しく苦しい過去を背負っていようと、徒《いたず》らに衆庶の人人を驚かせてはならぬ。よいな」

政宗はそう言い残して本堂に背を向け、歩き出した。

突然、本堂大屋根の瓦《かわら》が数枚、音もなく滑り落ちて萩が繁茂する地面に叩きつけられ砕けた。コトリとした音も発しない、あっという間《ま》の出来事だった。

政宗は振り返らず、崩れた土塀の間から外に出た。

「大丈夫でございますか」と、常森同心が駈け寄ってきた。

「源さんは、この廃寺の境内へ入ったことはあるのかね」

「一度もございません。丸木橋を渡らず小川の向こうから眺める程度でして……

それも二月《ふた》か三月《み》に一度程度でございましょうか」

「凶賊女狐《めぎつね》の雷造一味がまだ捕まっていないところへ、江戸の巾着切り集団や刺客事件が加わって大変であろうが、この光明院の謂《い》われを寺社方の協力を得て詳しく調べてはくれぬか」

「承《うけたまわ》りましてございます。さっそく動いてみまする」

「忙しいところ、すまぬな」

「大和《やまと》・三笠藩四万八千石の京屋敷預かり役、津山玄市郎についても調べて、御報告いたします」

「頼む」

「それよりも若、いや、政宗様……」

「ん？」

「政宗様に襲いかかった刺客たちの背後が非常に気になります」

「うむ」

「またしても胡蝶に絡《から》んだ幕府隠密集団が動き出したのでは、ありますまいか」

「ま、源さんは余り、おおっぴらに口にせぬ方がいいだろう。なにしろ源さんは、将来性のある有能な幕府の役人だ」

「滅相もございません。同心は生涯、同心でございますよ」

「なあに。同心であっても優れた人材は必ず周囲《まわり》が見捨ててはおかぬ。自分の個性と仕事を大事にされよ源さん。そのうち、きっと上から御呼びがかかろう」

「有難い御言葉でございます」

「私はこれより紅葉屋敷へ戻る。母に少し訊《き》きたいことがあるのでな」

「わかりました」

「光明院の謂《い》われについて調べる過程で、この境内へ入る必要が生じたとしても、それは止した方がよかろう。その時は私に声をかけてくれぬか」

「私が不用意に境内へ踏み込むのは、危のうございますか」

「おそらくな……」

「承知いたしました。それから、政宗様の血を浴びたこの御着物は、私の手で処分しても宜《よろ》しゅうございますね」

「面倒をかけるが、頼めるかえ」

「お任せください」と、左手に持っていた風呂敷包みを、右手に持ち替える常森同心だった。

二人は丸木橋を引き返したところで、東と南に別れた。

常森源治郎は少し行ってから、左後ろへ視線を振ってみた。

木洩れ陽の森の中を遠ざかってゆく松平政宗の、後ろ姿が見えた。

頭上で烏《からす》がひと声鳴いた。

二

政宗が俗に〝紅葉屋敷〟と呼ばれている松平邸の近くまで戻ってみると、様子が変であった。目立たぬようにしている積もりなのであろうが、あちらの屋敷の陰に、四、五人、向こうの杉木立の中に六、七人と、きちんとした身形《みなり》の侍たちがいるのが彼の目にとまった。

「もしや……」と、政宗は思いつつ自邸へ近付いていった。

紅葉屋敷の正門である四脚門の前には、これといった変化はなかった。綺麗《きれい》好きな老下僕喜助《きすけ》によって、丁寧に掃《は》き清められチリ一つ落ちていない。

だが政宗は、四脚門の前に何人かの足跡が集中していることを見逃さなかった。

彼は潜り門を押し開《あ》けて邸内に入り、「矢張《やは》りな……」と呟いた。

玄関前に質素な造りの、但しかなり大型な駕籠《かご》が地に片膝ついた数名の侍たちと舁《か》き手によって囲まれ、主人《あるじ》を待っていた。

「こ、これは政宗様……」と侍たちが威儀を正し、駕籠の舁き手たちは侍たちの後ろで、ひれ伏した。

政宗は彼等を知らなかったが、彼等は政宗の顔を見知っているのだろう。

「その方たち、仙洞御所詰めの者たちか」

「はっ、左様でございまする」

侍のひとりが地に視線を落としたまま、政宗の問いに答えた。

「私の顔を見知っておるようじゃの」

「政宗様がはじめて仙洞御所へ御出《おい》であそばされましたる時、最初の御門を御入りになられてから次の御門までは、この私《わたくし》が御傍役《おそばやく》を務《つと》めさせて戴《いただ》きました」

「おう、そうであったか」

政宗は頷《うなず》いて彼等の前から離れた。自由人であることを自任する政宗は、こういう固苦しい雰囲気の会話は余り好まなかった。

彼は玄関を入らず、モミジの成木《せいぼく》が立ち並んで隧道《ずいどう》を形作《かたちづく》っているその下を、庭の奥へと向かった。急いでいない。両手を懐に、ゆるゆるとした歩き方であった。

晩秋にはこの屋敷は、モミジで赤や黄の色に美しく染まる。それで紅葉屋敷だった。

庭の最も奥、そこに大きな蓮池《はすいけ》があって、それを眺める位置に広縁を二方に敷いた政宗の居室があった。

彼は庭から広縁に上がって自分の居室に入り、床の間の刀掛けに粟田口久国を横たえた。それから手鏡に自分の顔を映してみて、「まずいな……」と漏らした。浅く斬《き》られた頬の傷は長さ一寸ほどで、すでに乾いてはいたが、糸のような〝血の線〟が斜めに走っていて誰の目にも刃物傷と判りそうだった。

「仕方ないか」

政宗は常森同心が手配りしてくれた古着屋の着物を着替えることもなく、広縁伝いに客間へ足を向けた。

日当たりのよい客間の前には、二人の侍が正座をしていて、近付いてくる政宗に気付くと、うやうやしく頭を下げた。こういう相手も、彼は苦手であった。

政宗には、相手がただの侍ではないと判った。ただの侍、とは幕府や大名家の侍つまり武士を意味する。

二人の侍は、天皇や法皇、上皇など朝廷の〝天の座〟に在《お》わす貴人の身辺警護をする公家《くげ》侍であった。蹴鞠《けまり》に興《きょう》じる貴族と違って屈強であり、剣法皆伝の腕は当たり前とされている。

政宗は二人の公家侍を左に置いて、客間に向かい広縁に正座をした。

「ようこそ御出《おい》でなされませ」

両手をつき平伏する政宗であった。

「おお、戻ったか。久し振りじゃのう。さ、もそっと近くへ」

床の間を背にした、ゆったりとした口調のその人こそ、現、霊元《れいげん》天皇の父、後《ご》水尾《みずのお》法皇であった。そして松平政宗の父でもある。世に知られることのない御《ご》落胤《らくいん》。自由人であることを欲《ほっ》する政宗は、そういう立場に置かれた人間であった。

「失礼いたしまする」

政宗がそう告げて、父、後水尾法皇の前に進み出ると、背後で障子が静かに閉じられ、それに映る屈強の公家侍の影二つが客間の前から引き退がった。

わが息子を見て、後水尾法皇は目を細め嬉《うれ》しそうだった。

「一段と精悍《せいかん》さが増して元気そうで何よりじゃ。頰に切り傷があるようじゃが、いかが致した」

さり気ない訊《き》き方であった。その言葉で、法皇の隣で畏《かしこ》まっていた政宗の母千《ち》秋《あき》もその傷に気付いて「まあ……」と切れ長な二重《ふたえ》の目を曇らせた。

「剣の修練でうっかり付けてしまった傷です。たいした事は、ございませぬ」

「剣は強うなったか」

「まだまだ未熟でございます」

「剣は攻めと守りが基本じゃが、剣舞はどうじゃ。政宗は出来るのか」

「出来まする」

「では一度、仙洞《せんとう》御所にてこの父に観《み》せてはくれぬか」

「はい。仰《おお》せとあらば」

「そうか。では、その日を楽しみに待つと致そう」

政宗の母千秋は、このときすでに政宗の着ているものの不自然さに気付いていたが、何も言わなかった。政宗と法皇の間へ割って入ることは、慎んでいた。

「おそれながら……」と、政宗が切り出した。

「ん？　なんじゃ」

「法皇様は本日はまた如何《いか》なる御用があって、このうら侘《わび》しい仕舞屋《しもたや》を御訪ね下されたのでございましょうや」

「これ政宗……」

それまで黙っていた千秋が、厳しい表情を見せた。

「お父上、いいえ、法皇様に対し何という無礼なこと……」

そこまで言った千秋の膝の上に、法皇が「よい……」と軽く手を置いた。穏やかで、にこやかな眼差《まなざ》しであった。

「この父が、わが子の顔を見たくて、うら侘しい仕舞屋とやらを初めて訪ねてきたのは、いかぬ事であったのか政宗」

「法皇様は、わが父である前に、天皇《みかど》の上にお立ちあそばす法皇様であられます。京の都は現在《いま》、不審の輩《やから》が横行し、むごたらしい犯罪の絶えることがありませぬ。

わが子に会いたいという私情に駆《か》られ、密《ひそ》かに町へ忍び出られたがために、万一の事態が生じたならば如何がなされます。朝廷を総督する任に当たっております所司代を刺激致しましょうし、その結果、江戸の権力も機嫌を損ねましょう。単に大事《おおごと》では済みませぬ」

「うむ」と、法皇は頷いた。手厳しい言葉を吐く政宗に向けられる法皇の眼差しは、矢張り物静かで優し気であった。

「確かに所司代を刺激する結果を生むやも知れぬ。また私の暗殺を企《たくら》む者など絶対にいない、とは言い切れぬ世じゃからのう」

「まあ、何を仰せられます。縁起《えんぎ》でもないことを……」

今度は千秋が眉《まゆ》をひそめて、後水尾法皇をたしなめた。

「ははは。言《ゆ》うてみたまでじゃ。だがのう政宗、この父も徳川の権力に逆《さか》ろうて法皇の衣《ころも》を脱ぎ自由になってみたい時があるのじゃ。この屋敷へ初めて一歩入ったとき、父はその自由を清《すが》やかに感じたのじゃがのう」

「自由をお求めになりたい御気持は、よく判ります。しかしながら、万が一の事態が生じたならば朝廷、幕府の大騒ぎとなるだけでは済まず、かかわり合った大勢の侍が腹を召す結果にもなりましょう。幕府がより一層の強権でもって、朝廷・公家を監理監督することにもなりかねませぬ」

「ふむ……それは言える」

それまで穏やかだった後水尾法皇の表情が、ふっと険《けわ》しくなった。

「目立たぬように、と供の数を控え、古駕籠を仕立てるなど致したのじゃが、政宗に対しては何ら効き目がなかったのう」

「供の数を控えた、と仰せでございますが、この紅葉屋敷の程近い所二、三か所に、朝廷警護を担う侍らしき者十数名が、ちゃんと潜んでおりまする」

「なんと……誠か」

「はい。法皇様の下に就く者にしてみれば、立場上、法皇様の動きを知らなかった、では済みませぬ。それこそハラキリものです」

「政宗、言葉を慎みなされ」

母千秋が、きつい目で政宗を見据えた。

「わかった。これからは、今日のような忍び出る外出の仕方は控えると致そう。そのかわり政宗よ。折に触れて仙洞御所を訪ねるようにしてはくれぬか。この父も、もう年じゃ。その方の精悍な姿形《すがたかたち》を年に二度や三度見ても、罪にはなるまい。どうじゃ」

「お約束いたします」

「そうか。約束してくれるのじゃな」

「はい」

「そのうち天皇《みかど》をまじえて、御酒《ごしゅ》でも交わそうぞ」

政宗は、それには返事を控えた。自分は野《や》に生きる者、という意識が強い政宗であった。朝廷とは無縁である、という認識も強かった。自由人なのだ。

現、霊元天皇の母は、贈左大臣で持明院《じみょういん》流書道の名手として知られた園基音《そのもとなり》の娘、新広義門院園国子《しんこうぎもんいんそのくにこ》である。

したがって霊元天皇と政宗とは異母兄弟ということになるのだが、政宗にはむろん、その意識は皆無だった。

三

紅葉屋敷を初めて訪ねてきた父、後水尾法皇を母千秋と共に門前で見送った政宗は、少しばかり重苦しく暗い気分に見舞われていた。自分が如何《いか》に自由人であることを意識し主張したところで、後水尾法皇が父であるという事実は避けて通れない、と思った。

法皇の乗った古い大きな駕籠が、彼方の辻を左へ折れて見えなくなると、それを待っていたかのように千秋が口を開いた。

「政宗、明朝早くに馬で屋敷《ここ》を発ち、奥鞍馬《おくくらま》の想戀院《そうれんいん》に華泉門院《かせんもんいん》様を御訪ねしなされ」

「華泉門院様を？」

「悪い風邪でお苦しみであるということじゃ。そのことが想戀院からの御使者によって法皇様の元へ齎《もたら》され、妙薬を御手ずから紅葉屋敷へ届けに参られたのじゃ。法皇様の、その御心の内が判らぬそなたではあるまい」

「華泉門院様に私を会わせようとなされて？……」

「そうじゃ。けれども法皇様は一言もそのことを申されなかった。その御心優しい法皇様に対し、そなたの物言いは何じゃ。母は恥ずかしく思いましたぞ」

「申し訳ありませぬ。知らぬこととは申せ」

「判ればよい。とにかく明日は早発ちじゃ」

「心得ました」

「それから、のちほど母の部屋へ来なされ。いま着ているものと、頬の傷について詳しくうかがいましょうぞ」

「は、はあ……」

千秋は政宗の横顔を涼しい眼差しでチラリと流し見ると、身を返して四脚門の中へ入っていった。貴族たちが時に熱い思いを込めて、和歌《うた》の会などを誘いに来る若若しい、美貌《びぼう》の母であった。政宗の母というよりは、むしろ〝姉〟でも通る美しさであった。

政宗は暫くの間、父が立ち去った方角を眺めていた。滅多に会えることのない父であった。幕府から事あるごとに干渉と圧力を受け、天皇としても法皇としても、威厳と誇りを傷つけられてきた父であった。

「急に御年《おとし》を深められた感がありまするな、父上」

政宗はそう呟くと、父が去った方角に向かって、やわらかく一礼した。

邸内へ戻ろうと政宗が振り返ると、下女のコウが思いがけない近くに立ってい
た。その顔つきが尋常ではなかった。青ざめている。

「どうしたのだコウ」

「若様、早苗様という娘様を御存知でございますか」

「胡蝶の早苗……」と言いかけて、政宗はハッとなった。

「もしや、津山早苗という若い武家娘のことを申しておるのか」

「やはり御存知でございましたか」と、コウの表情がなお強張った。

「その津山早苗がどうしたのだ。まさか、この屋敷を訪ねて……」

「その、まさかでございますよ。法皇様がお見えになる、ほんの少し前のことで
ございました。私が表門の内外を掃き清めておりますと、政宗様にお会いしたい、
とその娘様が不意に後ろから声をかけてきたのでございます」

「うむ。それで？……」

「振り返った私は、てっきり胡蝶の早苗様と思ったものですから思わず、今日は胡蝶はお休みですか、と申してしまいました」

「すると津山早苗は、胡蝶なる店に自分とそっくりな美しい女性がいる、と気付いた恐れがあるな」

「若様。コウは、それが心配になってきたのでございますよ。それはそれは御綺麗な娘様でしたが、微笑《ほほえ》んだときの目つきが何と申しましょうか、ゾッとするほど冷ややかでございました。そう、口元は微笑んでいるのに、目は微笑んでいないのでございますよ」

「津山早苗は、胡蝶とは何処《どこ》の店か、と訊《たず》ねたな」

「は、はい」

「それで答えたのか」

「申し訳ございません。祇園あたり、とだけですけれども」

「そうか。教えてしまったか。ま、いい。コウは心配せずともよい」

「若様。あの綺麗な、それでいて背すじがゾッとする御印象の娘様は、一体どちらの御家《おいえ》の方《かた》でございますか。コウは武家の御嬢様と見ましたけれど」

「私も知らぬのだ。なに、そのうち判るだろう。それから明朝早く、私は想戀院へ向けて発《た》たねばならぬ。馬の用意を頼んだぞ」

「まあ。華泉門院様にお会いになるのでございますか。それは、お喜びになることでございましょう。ゆるりと御滞在なさって差し上げることでございます」

「明日塾のこともあるので、ゆるりと滞在という訳には参らぬが……ともかく馬を頼む。疾風《はやて》がよい」

「心得ましてございます」

松平家の厩《うまや》には二頭の馬がいて、コウが一手に管理を引受けていた。かつて彼女の生家《さと》では三頭の農耕馬と牛一頭を飼っていて、幼い頃からその面倒を見てきた経験があったからだ。このコウ、松平家の下女として仕えて、すでに二十三年になる。

政宗は四脚門を閉じるコウを残して玄関を入り、ところどころ軋《きし》み音を立てる長い廊下を母千秋の居間へ向かった。柱も梁《はり》も天井も廊下も、木のスジ目が浮き出るほど乾き切った古い屋敷だった。華美を排し質素に徹した造りであったが、がっしりと組み上げられた頑丈な屋敷である。

政宗は母の居間の前、日当たりのよい広縁に正座をした。

「母上、政宗参りました」

「お入りなされ」

「はい」

政宗が障子を開けると、青畳の上に日が差し込んで座敷が明るくなった。

千秋は短冊を手に、さらさらと細筆を走らせていたが、それを文机《ふづくえ》の上に戻した。

「ほんに日差しが、やわらかくなりましたなあ」

「障子、開けておきまするか」

「閉《し》めなされ。そなたを叱ることになるかも、しれぬからのう」

千秋は、にっこりと微笑んだ。

政宗は苦笑しつつ障子を閉じた。

「いま着ているもの、それと頬の傷につきまして、お話し致します」

「もう一つ。津山早苗とやらのことを忘れてはなりませぬ」

「はや母上の耳にまで届いておりましたか」

「コウは正直者じゃからなあ」

政宗は、北野天満宮の森での出来事を、順を追うようにして詳しく打ち明けた。

「すでに母上も御存知の、東町奉行所同心常森源治郎は、幕府の隠密機関が再び胡蝶に向かって動き出したのではないか、と懸念いたすのですが……」

「胡蝶の早苗殿とその一党は、幕府からそれほど執拗《しつよう》に狙《ねら》われねばならぬ程の大《だい》事《じ》を、あれこれと担《にな》ってきたのかのう」

「おそらくは……私に明かしていない辛《つら》いことを、まだ胸の内に幾つも抱えているやも知れません」

「可哀そうに……力になってあげなされ政宗」

「お許し戴けまするか母上」

「許すも許さぬもない。お父上がそなたに与えられし正《しょう》三《さん》位《み》大《だい》納《な》言《ごん》・左近衛《このえ》大将の位《くらい》は、このような時にこそ頭を持ち上げねばなりませぬ。野《や》に在《あ》って力なき者、困り果てたる者に、正しい力を差し向けてあげなされ。その判断は己《おの》が心でなさるがよい」

「有難うございまする。母上の今のお言葉、政宗にとって何よりの励ましとなりましょう」

「励ましはよいが政宗。その着ているものの御代《おだい》は如何《いか》ほどであったのじゃ」

「あ……」

「矢張り、な。常森源治郎殿に御負担いただいたままなのであろう。江戸はともかく、京《みやこ》の奉行所同心の生活は決して楽ではないはず。そのことを忘れてはなりませぬぞ」

「申し訳ありません」

「もっとも、わが松平家の財政も似たり寄ったりじゃがのう」と、品のあるかたち良い唇に笑みを漂わせる千秋であった。

「明後日には源さん、いや常森同心に支払いを済ませるように致します」

「忘れぬようにしなされ」

「はい」

「胡蝶の早苗殿は、いい女性《おひと》じゃ。心細く困ったことがあれば何時《いつ》でもこの母の元へ訪ねて来るように、と伝えておくがよい」

「本人も喜びましょう。伝えておきまする」

「さて、難儀なのは胡蝶の早苗殿にそっくりじゃとコウが申した、津山早苗なる女性《にょしょう》じゃなあ」

「奥鞍馬の尼僧房想戀院にて厳しい仏道修行に耐えて参られた母上に、お教え戴きとう存じます。人の世には長い歴史の中で言い伝えられてきましたように真実、この世と、あの世の二つがございまするのでしょうか」

「いかに仏道修行を積んだとて、それに答えることは出来ませぬ。その人にとって、あの世はあると思えばあり、ないと思えばないのであろう。その人の心のかたちで、あるなしが決まってくると母は思うておる」

「人の心のかたち……」

「あの世はまた、地獄と極楽に分かれている、と言い伝えられてもいよう。地獄に行くか、極楽へ迎えられるかも、その人の心のかたちで定まってこようぞ」

「その人の心のかたち、とは何でござりましょうや」

「運命《さだめ》じゃ」

「運命《さだめ》……」

「極悪を重ねる者はその運命《さだめ》を持ってこの世に産声《うぶごえ》をあげ、善行を施《ほどこ》す者はその運命《さだめ》を持ってこの世に現われたのであろう。極悪を重ねてはいても悪道《あくどう》半ばでその酷《むご》さに気付き己《おの》が力で必死に正しき道に戻れたならば、それもまた運命《さだめ》じゃ」

「津山早苗なる娘はコウに対して、政宗様にお会いしたい、と申したとか。しかし私は彼女に松平政宗の名を教えてはおりませぬ。姓は北野、名は天満宮と名乗ったのでございますが」

「その女性《にょしょう》は、この世に深い恨みを残したまま命を落としたのかも知れませぬなあ。あの世へ渡ることも出来ず、この世に戻ることも叶《かな》わず、おそらく何年も何年もシクシクと泣き続けて参ったのであろう。哀《あわ》れにもそのために、五感《ごかん》を鋭く研《と》ぎ澄《す》ます結果になってしまったのやも知れぬ」

「それもまた運命《さだめ》と……」

「そうじゃ」

「救《すく》うてやれましょうや」

「政宗が自分で判断なさるがよい。ただ、厄介《やっかい》じゃぞ、この女性《にょしょう》は」

「お教え有難うございました。いろいろと迷うてみまする」

「そうなされよ。迷えば迷う程また一段と、精悍さが増そうというものじゃ」

「母上は常に多くの迷いと恐れず向き合《お》うておられまするゆえ、いつ迄もお美しく若若しくあられまするのでしょうか」

「おや。政宗はこの母を若若しく美しいと思うてか」

「はい。わたくしの自慢の母でございます」

「これはこれは。わが子に若若しく美しいと褒《ほ》められたのは、初めてじゃなあ。ほほほほっ」

千秋は目を細め、微《かす》かに頰を桜色に染めた。その一瞬、妖艶《ようえん》であった。

四

最後の客を送り出し、店の者たちと一緒に遅い夕の膳を済ませた早苗が、離れの自分の部屋に戻ったのは、夜四ツ亥《い》ノ刻を過ぎていた。

女主人《あるじ》の帰りを、縁側で寝そべっていた桃太郎が尾を振って出迎えた。

「桃や、泥棒さんは来なかったかえ」

「ウウウッ」

「そう。いつもいつも、有難うね。さ、もういいから、自分の寝所《ねま》へお戻りなさい」

早苗が桃の頭や背を撫でてやると、桃は低くひと鳴きして縁の下へ入っていった。そこには雨露が凌《しの》げるよう大工《だいく》の手で、きちんとした塒《ねぐら》が造られている。

自分の居間に入り障子を閉めて文机《ふづくえ》の前に座った早苗の表情は、曇っていた。

「政宗様が六名の刺客に襲われ四人を倒したが二人は逃走。念のため身辺の警戒怠《おこた》りなく」との通報が、常森同心に命じられた藤浦兵介同心によって胡蝶へ齎《もたら》されたのは、暮れ六ツ酉《とり》ノ刻ころであった。

「女将さん。少し宜しゅうございますか」

障子の外で、辺りを憚《はばか》っているような低い声がした。

「藤堂ですね。お入りなさい」

「塚田《つかだ》も横に控えております」

「どうぞ」

障子が静かに開いて、二人の男が座敷に入ってきた。

塚田孫三郎《まごさぶろう》は藤堂貴行と同い年。早苗の配下の中では館井《たてい》流手裏剣術の名手で、小野派一刀流の皆伝者でもあった。

ただ、幾度となく隠密機関としての激しい任務を遂行してきた中で、左上腕部のスジを斬られ、軽度ではあったが腕の動きに不自由が残っている。それを回復させる意味もあって、胡蝶では調理場に立ち、出来るだけ左腕を動かすように努《つと》めてきた。

この塚田孫三郎の作る料理が、また評判がいいのだった。とくに冬瓜《とうがん》をカタクリでとろみを付けた淡《あわ》い甘辛味で煮る「孫煮《まごに》」なる一品は、客を唸らせた。

ただ、高価な砂糖を使用することから、この「孫煮」は専《もっぱ》ら座敷客の口を喜ばす高値《たかね》の料理となっている。その値段を何とか下げて衆庶にも味わって貰えるよう目下、砂糖に代わるものを探し求めている孫三郎だった。

「実は長官《おかしら》……」と藤堂貴行が上体を少し前へ乗り出す姿勢をとった。

「藤堂、その呼び方は、もうお止しなさい」

「あ、そうでした。すみませぬ」

藤堂は苦笑して頭に手をやってから、真顔で切り出した。

「実は塚田や他《ほか》の者とも話したのですが、政宗様を襲った刺客の残党二名、我我の手で見つけ出し、その素姓を暴《あば》いてはいけませぬか。背後にいるのは幕府ではないか、と皆も申しておるのですが」

「我我が動き出すことは、政宗様がお望みではありませぬ」

「ですが……」

「私《わたくし》も幕府が背後にいるのでは、と思ってはいます。それでも我我は刀に手を触れてはなりませぬ。相手が目の前に現われてキバを剝《む》かぬ限りは」

「我我の忍従《にんじゅう》が、政宗様をより大きな危機に陥《おとしい》れることになりは致しませぬか」

「藤堂」

「はい」

「わが配下で最強と謳《うた》われし柳生忍《しのびりゅう》流剣法の皆伝者である其方《そなた》。政宗様と立ち合うて二合三合と渡り合える自信は、お有りか」

「いいえ。恐らく一撃のもとに倒されましょう」

「塚田はどうじゃ」

「勝負には、なりますまい」

「幼い頃より血の出る修行を積み重ね、藤堂や塚田に引けを取らぬ私《わたくし》でさえ、政宗様と対峙したなら、ひと捻《ひね》りでしょうぞ」

「………」

「二人とも、私《わたくし》が何を言いたいか、お判りか」

「………」

「政宗様の強さは、我我の目で測《はか》れるような、生易《なまやさ》しい強さではありませぬ。あの御方《おかた》は優しさに於いても強さに於いても、底知れぬと思わねばならぬ。その意味ではまこと、恐るべき御人《おひと》ぞ……一体どのような荒修行を積んで参られたのか」

「我我が政宗様の身を心配して動き出す必要などない、と申されますか」

「左様。余計な御世話、とでも申せばよいのか」

「余計な御世話……」と、塚田孫三郎が、思わず苦笑《にがわら》いをした。

彼は藤堂に代わるようにして、話し出した。

「刺客の背後に幕府が控えているとすれば……先ず政宗様を倒してから我我に立ち向かってくる、という算段でしょうか」

「私《わたくし》は、そう読んでいます。但し、どうしても政宗様を倒せないとなると、ある日、不意打ちで我我に襲いかかってきましょう。ゆえに、油断は出来ませぬ」

「政宗様が我我の前に、つまり胡蝶の店先に形なき盾《たて》となって両手を広げて下さっていることは、刺客の目に、はっきりと見えているのでしょう。したがって、何としても先に政宗様を倒そうとするに違いありません。幕府隠密機関の面目にかけても」

「ええ。私《わたくし》もそう思います」

「それでも政宗様を倒せなかった場合、幕府はどのような切り札を用いると、御推量なされますか」

「あの方《かた》です」

「え？」

「政宗様を倒せるかも知れない御人《おひと》が、一人います」

「…………」

「私《わたくし》は、その御人が動き出すかも知れないことを、心から恐れます……心から」

「…………」

「藤堂、塚田、今宵《こよい》はこれで打ち切ろうぞ。胡蝶の女将に戻らせておくれ」

「はい。遅くに申し訳ありませぬ。それでは引き退がります」

「ご苦労であったな」

「ご免くだされませ」

藤堂と塚田は座敷から退がっていった。

早苗は雨戸を閉じ、行灯《あんどん》の炎《ひ》を細くして、床についた。

「我我の忍従が、政宗様をより大きな危機に陥れることになりは致しませぬか」

藤堂貴行のその言葉が、耳を離れなかった。

(政宗様。わたくし達一党は胡蝶を離れ、京《みやこ》から去った方が、貴方様の身の安全のために宜しいのではございませぬか)

そう語りかけたい、と思う一方で、この京《みやこ》を去りたくはない、と悩む早苗であった。

料理茶屋胡蝶は繁盛《はんじょう》していた。商家の旦那衆の客の増加に加え、大名家の京屋敷詰めの侍や所司代、東西両奉行所の与力同心などが固定客として増え出していた。女将としての早苗の役割は繁忙を極め、いつ胡蝶に襲いかかるかも知れぬ暗殺集団を警戒することは、この上ないほどの疲労であった。いかに厳しい文武の修行を積み重ねてきた早苗とて。

彼女を、やわらかな眠りが包み始めた。小さな音ひとつ無い……静かな夜。

早苗は、ゆっくりと心地よい暗い世界へ落ち込んでいった。

彼女は夢を見た。どこかの川の桜堤を、自分と侍が連れ立って歩いている夢だった。侍の姿形《すがたかたち》ははっきりと夢の中にあった。精悍この上なき体つきであった。帯に通した大・小刀が背丈ある体によく似合っていた。だが、侍の顔は、ぼやけていた。一体どこの誰か判らなかった。判らないのに、嬉しそうに喋っている自分が、よく見えていた。幸せそうな表情だった。堤は歩けど歩けど桜吹雪であった。不意に侍の姿が、薄くなり始めた。彼女は立ち止まって、茫然《ぼうぜん》とその様子を眺めた。「さらばじゃ……」、その一言だけが桜吹雪の中に残った。侍の姿は、すっかり消え去った。彼女は侍の名を呼んだ。いや、呼ぼうとしたが、その名前が口から出てこなかった。彼女は泣き崩れた。

ギシッという音が、耳に入ってきた。その音で、早苗は薄目を開けた。目に涙があると知って、彼女は静かに体を起こし指先で瞼《まぶた》を拭《ぬぐ》った。

再びギシッという音。

早苗は「やはり来たか……」と呟いて掛け蒲団《かぶとん》をそっと折り重ね、立ち上がった。江戸では眠るとき、夜着《よぎ》と言って綿の入った重い大きな着物のようなものに包《くる》まることもあったが、これは夜間に奇襲されると反射的防禦を阻害するため、真冬のよほど寒い夜でない限り早苗はなるべく用いないようにしていた。用いる場合も着物を着るようには両手など通さず、ただ上掛けとして使うよう心がけた。しかし京《みやこ》では、すでに掛け蒲団が当たり前になりつつあった。夜具が進んでいた。

早苗は衣裳簞笥《いしょうだんす》の一段目を引き、着物の下に手を差し入れて刀を取り出した。当たり前の大刀よりも、幾分だが短めであった。屋内《おくない》戦闘用である。

彼女は床の間を背にして立ち、次の瞬間を待った。刀は左の手。

と、雨戸が細目に開いて、一条の月の光が障子に射《さ》し込んだ。

にもかかわらず桃太郎は唸りも吼《ほ》えもしない。

（殺《や》られたのか桃……）と、早苗の目つきが、行灯の薄明りの中で険しくなった。

雨戸が更に開いた。今度は音を立てない。

やがて皓皓《こうこう》たる月明りが、障子の上端部少しを残して、左右の端から端まで射し込み、座敷が青白く染まった。

「はて……」と早苗は、聴覚を研ぎ澄ませた。雨戸は人の手の助けがない限り開かない筈であるのに、その人の気配が全くなかった。たとえば忍びの者であるなら、〝無《む》〟という特有の気配を必ず漂わせて侵入してくる。それもなかった。

早苗は左手にあった刀を帯に通し、次に備えて全身の筋肉をゆっくりと力ませていった。

彼女は、背中に汗を感じた。相手が見えぬうちから、このようになるのは初めてだった。体が恐れている、何かを……と早苗は感じた。

彼女の右手が、刀の柄にかかった。

と、庭先から広縁に上がる黒い人形が、障子に映り出した。桃は矢張り吼えない。

障子に映る影が、頭……肩……胸……と考えられない程の遅さで背丈を高めていく。

「女……」と漏らして、早苗は息を飲んだ。影の形から、着物を着た女らしいと判って、早苗は刀の鯉口を切った。

ついに障子が開き始め、早苗は左脚を引いて腰を下げ、攻めの態勢をとった。

床につくとき、女将として着ていた着物の、一枚目を脱いだ早苗であった。その下に着ているものは、こういう場合に備え、「攻」「守」に不可欠な開脚が容易なように仕立てられていた。早苗だけではなく、藤堂貴行も塚田孫三郎も、その他の配下の者もそうであった。胡蝶で、旧隠密機関の職にあった者は、早苗を含めて五名。

ほかに下働きの、住み込みの若い女が三名。

その誰もが、起き出す様子はなかった。

障子が左右に開き切り、月明りを背に浴びた若い娘が、やや乱れ髪で早苗の面前に現われた。

「誰じゃ……」

驚きつつ、早苗は声を押さえて訊ねた。べつの自分が其処《そこ》に立っている、と思った。似ていた。

同時に、背すじに言い知れぬ悪寒を感じた。

「何者か。名乗られよ」

「津山玄市郎が娘、早苗」

病《や》む者のごとく、か細い声であった。

「え……」

名を聞いて胡蝶の早苗――高柳早苗――は絶句した。

身構えを解き、改めて相手をまじまじと見つめたが、まぎれもなく其処にいるのはべつの〝自分〟であった。しかも名を早苗だと言う。

「津山玄市郎とは何処《どこ》の何方《どなた》か」

「大和《やまと》・三笠《みかさ》藩の京屋敷預かり役じゃ」

消え入るような、声であった。しかし、口元には笑みがあった。表情は微笑んでいないのに、口元には笑みがあった。

「まこと大和・三笠藩の京屋敷預かり役か」

「まことじゃ」

これ迄に幕府の酷命《こくめい》を各所で遂行してきた高柳早苗は、諸藩の事情にかなり詳しい。

「では大和・三笠藩の石高《こくだか》と藩主の名を申されよ」

「なにゆえに……」

「当然であろう。深夜、ことわりもなく我が家に侵入したる者の身元を突き止めるためじゃ。さ、申せ」

「大和・三笠藩は四万八千石。藩主は青山和泉守信邦《あおやまいずみのかみのぶくに》様」

「四万八千石……青山和泉守信邦……」

高柳早苗は反芻《はんすう》するかの如く呟いたあと、「あ……」と小声を漏らした。

「津山早苗とやら。ふざけるでない」

「ふざけてはおらぬ」

「大和・三笠藩は現在、三万七千石。藩主は井村河内守忠寛《いむらかわちのかみただひろ》様ぞ」

「それは何処の三笠藩を言うておる」

「大和の三笠藩じゃ。青山和泉守信邦様と申せば、確か今より三代前の藩主。しかも青山様は……」

「余計な詮索《せんさく》は無用」

津山早苗は眦《まなじり》がグイと吊り上がって、その手が懐剣にかかった。

高柳早苗が半歩退がって、抜刀の構えを見せる。

「約束せい女。さもなくば殺す」

爛爛《らんらん》たる眼光の津山早苗であった。それでいて、口元は矢張り微笑んでいた。

「何の約束をしろと?」

「松平政宗様に、二度と近付くでない」

「なんと」

愕然《がくぜん》となる高柳早苗であった。話の脈絡が、切れていた。

「松平政宗様は私の男ぞ。二度と近付くでない。思い出してもならぬ。絶対にならぬ」

「藤堂っ、塚田っ。離れへ参れ」

この時になって、高柳早苗は初めて声を高めた。凜《りん》とした気合が入っていた。

刺客の奇襲が頭にあったから藤堂貴行と塚田孫三郎の動きは速かった。

廊下を踏み鳴らして刀を手にやって来た二人に、高柳早苗は命じた。

「塚田。蔵《くら》へ行って今より三代前の大和・三笠藩に、京屋敷預かり役で津山玄市郎なる人物が実在したかどうか急ぎ調べよ」

「はっ」

塚田孫三郎は風のように踵を返した。「なぜ調べる必要があるのか」などとは訊《き》き返さなかった。彼等にとって、高柳早苗の命令・指示は、有無を言わせぬものだった。

「藤堂」

「はい」

「私の目の前にいる美しい女性《にょしょう》が、その方《ほう》には見えるか」

「え？」

藤堂貴行が、とまどった。そこへ、残り二名の配下が、「何事か」という顔つきで加わった。

「早く答えよ藤堂。見えるか見えないか」

「見えませぬ。どなたの姿も」

「やはり異界より迷い出たか」

高柳早苗は、赤い紅《べに》を塗った唇に笑みを浮かべている目の前の女を、はったと睨《にら》みつけた。

このとき、広縁の上の騒ぎに、桃太郎が庭先で、「ウオッ」とひと声吼《ほ》えた。

地鳴りのような咆哮《ほうこう》だった。

とたん、津山早苗の姿が、高柳早苗の目の前から、忽然《こつぜん》と消え去った。

桃が唸りながら、鋭いキバを覗《のぞ》かせつつ、のっそりと広縁に上がってくる。

「もう大丈夫よ桃。ありがとうね」

高柳早苗の口調が胡蝶の女将の、それに戻った。

だが桃は、彼女のそばに座っても、唸りを鎮めなかった。獅子《しし》か、と見紛うようなキバを剝《む》き出し、首のまわりの毛を逆立てた。

次の瞬間、桃はふた声吼えるや、座敷を飛び出し広縁を走り出した。

早苗は、ハッとなった。

「塚田が危ない」

早苗に皆まで言わせぬうち、藤堂ら三人の男は身を翻し桃の後を追っていた。

胡蝶には表の店の棟と裏の離れの間にも、それなりの広さの庭があった。その西隅に建坪十坪ほどの古い土蔵が在《あ》って、早苗等《ら》一党が数数の任務遂行の上で必要とした書類資料などが隠匿《いんとく》されていた。幕府の命令文書などもあった。いわば、早苗等一党に対し幕府が下した酷命《こくめい》の数数の、証拠と言えるものが秘匿されていた。

皆が土蔵に駈けつけると、桃が土蔵入口で外向きに仁王立ちとなって、矢張りキバを剝いていた。塚田孫三郎といえば、蔵《くら》の中で燭台《しょくだい》に炎《ひ》を点《とも》し終えたところだった。異状はない。早苗はホッとした。

「私は部屋に戻っています。皆は塚田のそばにいて、調べが済んだら報告してください」

澄んだ声で穏やかに告げた早苗は、背中をかえした。

店の東側と、庭に面した離れの東側は、端から端までが広縁と渡り廊下で結ばれ、その長さはかなりある。

渡り廊下は中央付近で「形となっていて、其処に目を覚ました住み込みの若い下女三人が肩を寄せ合い不安気に立っていた。

「大丈夫ですよ。何事もありませんから……さ、安心してお休みなさい」

静かに微笑んで、声をかけた早苗であった。

五

翌朝早く、早苗は胡蝶の表戸を開け、通りへ出た。朝陽《あさひ》は、東山の向こうに顔を出しかけたところだった。

「では行って参ります。午《うま》ノ刻過ぎには戻るように致しますからね」

「本当に御供をしなくて大丈夫ですか。昨夜のこともありますし心配です」

見送りに立った藤堂貴行が言い、彼の後ろで塚田孫三郎が「ええ」と相槌《あいづち》を打った。二人の表情は深刻だった。

「私のことは大丈夫ですよ。少し帰りが遅くなっても心配しないで」

「くれぐれも途中、身の回りに気を付けてください」

「これこれ、誰に向かって言っているのですか藤堂」

早苗は、にっこりとした。津山早苗と対峙したときの凜《りん》とした昨夜とは違って、いつもの清楚《せいそ》で物静かな美しさを取り戻していた。

「では留守をお預けしましたよ」

「お任せください」

早苗は胡蝶に背を向けた。空は、うっすらとした朝焼けだったが、快晴であった。

次の辻を左へ折れて少し行った辺りで、早苗が「あら……」という表情で足を止めた。

向こうから身形《みなり》のよい白髪《しらが》頭の老人が、小僧を供に杖《つえ》をつきつきやってくる。

「これはまあ、大坂屋弥吉《おおさかややきち》さま。おはようございます」

「おや、胡蝶の女将。おはようさんです。こんなに早朝《はよ》から何処《どちら》へ？」

「へえ。今日は知り合い筋で法事の相談ごとがあるもんですさかいに……」

早苗は、ちょいと上方《かみがた》言葉を用いてみた。相手は古株の町代《ちょうだい》、大坂屋弥吉六十二歳で、胡蝶の座敷の常客でもあった。酔うと早苗に、京言葉や上方言葉を教えようとする癖《くせ》がある。昆布問屋の大旦那だが、人の善《よ》い上客だった。

「町代さんも、こんな早朝《はよ》から何処《どちら》へ？」

「今日はな、朝五ツから高台寺はんで町代の集まりがありますんや。その前に建仁寺はんへ、家内の墓参りしよう思いましてなあ」

「え……それじゃあ町代さんの奥様は」

「四年前にな。風邪をこじらせ、ひどい肺の臓《ぞう》の病《やまい》になってもて、亡くなりましたんや」

「まあ……」

知らなかった、と早苗は端整な表情を沈ませた。胡蝶を訪《おとず》れると、いつも周囲《まわり》を楽しくさせる明るい客だった。

「ははは。朝から暗い話はやめときまひょ女将。それよりな、町代の集まりのあと、頼みたい事があって胡蝶へ立ち寄ろと思《おも》てましたんやわ」

「頼みたいこと?」

「ま、それは町代の集まりが済んでからの話や。女将が胡蝶へ戻りはんのは、いつ頃だす」

「そうですねえ、八ツ半頃には戻れると思いますけれど」

「よっしゃ。ほな、八ツ半頃に来ますさかいに」

「御茶《おぶう》も飲んで貰わんで、すんまへん」

「そんなこと構《かま》へん。気い使いな。道端《みちばた》やさかい」

「本当《ほんま》に、すんまへん」

「ははは。京言葉と大坂言葉が、ごちゃ混《ま》ぜやけど、だいぶ上手になりましたな。ま、合格や」

「わあ、うれし」

早苗は両手を合わせて目を細めた。

「ほな、ごめんやす女将」

「足元お気を付けて……」

「はいはい」

大坂屋弥吉は左手を軽く振ると小僧に付き添われ、また杖をつきつき歩き出した。

その後ろ姿が通りの向こうへ小さくなるまで、早苗はじっと見送った。

京《みやこ》における町代《ちょうだい》というのは侍ではなかったが、京都所司代や京都町奉行所の指揮指導を受けて、区割された「町」の日常的役割を管轄する、いわば中間行政職の立場であった。つまりは、幕府の末端役人的な性格を有する町人で、京《みやこ》全体で十数人がこの立場に就いている。

地震や連続する大洪水、大火などで京《みやこ》は壊れたり復旧したり壊れたり復旧したりを頻繁に繰り返してきたが、その陰では彼等町代の苦労と尽力と団結があった。この町代の下には更に下町代というのがあって、その下にまた小番という立場がある。

区割された京の「町」というのは、こうした人、組織でがっちりと固まり、生っ粋の京人《みやこびと》であることを何よりも尊しとする風潮があった。その風潮は、身近に朝廷を置く彼等京人の誇りでもある、と言い換えることが出来る。

その生っ粋のワクから外れる早苗は、さり気なく辺りに注意を払ってから歩き出した。刀は帯《お》びていなかったが、懐剣は持っていた。

四条通に出て芝居小屋の前を抜け、鴨川に架かった四条河原仮橋を渡った。

このころには商家が表戸を開け始め、あちらこちらでガタピシという音がし出した。

「やあ、胡蝶の女将さん、おはようさんです」

「あ、鳶《とび》の吾作さん、早いのね」

「いつも、こんなもんですわ」

「行ってらっしゃい。お気を付けて」

「おおきに」

胡蝶一階の常客である職人が、喋りながら威勢よく走り過ぎた。

高瀬川を渡って御土居の切り通しを抜け四条通を暫く行くと、右手に通りで最初の菓子屋がある。表戸を開けていた番頭が、早苗に気付いた。

「おやまあ、早いことで女将さん」

「おはようございます。今日は知り合い筋の、法事の打ち合わせで」

「それはまた。お気を付けて」

「へえ、おおきに」

早苗が京言葉で返すと、番頭は笑いながら頷いて見せた。彼もまた、胡蝶一階の常客だった。早苗はつくづくと、藤堂や塚田らに刺客探索の刀を持つことを命じなくてよかった、と思うのだった。

胡蝶を知り自分を知ってくれる京人《みやこびと》が、確実且《か》つ急速に増えつつあることを肌に感じるのだ。

「刀は二度と持つでない。京《みやこ》の普通の人になれ」

そう言ってくれた政宗の言葉の有難さが、今朝は特に胸にこたえる早苗だった。

菓子屋の次の次の辻を右に折れて麩屋町《ふやちょう》通に入った早苗は、ここでも二、三人に朝の挨拶をされ、真っ直ぐ道ないなりに進んだ。この先の三条通を横切ってそのまま行けば、御所付与力同心長屋に突き当たる。御所付与力同心は公家ではない。武士である。朝廷を総督する京都所司代の指揮下に置かれている。

幕府が御所付侍を発令したのは、今から二十七年前の寛永二十年のことだった。

早苗は周囲《まわり》にさり気なく注意を払いながら歩いた。彼女にとって津山早苗の出現は困惑であったが、政宗が多数の刺客に襲われたことは衝撃だった。自分たち一党のせいである、と責任を感じざるを得なかった。

「悲しいこと……」と呟きを漏らしつつ三条通に出た彼女は、老舗の菓子舗「春栄堂」で手土産を買った。

（本所伝次郎一家のあの七人衆、今頃どの辺りまで行ったやら……）

そう思いながら、三条通を西へ進み、呉服屋通りとも言われている室町《むろまち》通を右に折れた。あとは本院御所の少し先、武者小路《むしゃのこうじ》に突き当たるまで、右にも左にも折れずに進むだけだった。

通りは仕事場へ出かける躍動的な職人たちで、活気を見せ出していた。夕刻から夜にかけての京の都は、一向に捕まらぬ凶賊女狐《めぎつね》の雷造一味を恐れて人影が絶えるが、朝になると息を吹き返す。

地震、洪水、火災などで壊れたり復旧したりを繰り返してきた京の都にあって、常にその復旧を支えてきた製材、石工、大工、左官、鳶と言った職人たちは昔も現在《いま》も多忙を極めていた。そしてこの多忙さが、京における比類なき建築技術の高さ、工芸技術の高さ、修復修正技術の高さを育《はぐく》んできた。いわゆる〝京技術〟の高さを育んできた。

室町通が丸太町《まるたまち》通と交わる所まで来た時、「まあ綺麗……」と思わず早苗は足を止めた。

右手の直ぐ其処《そこ》、井伊様の京屋敷と承知しているその邸宅の塀の向こうで、何本もの巨木が無数の小さな白い花を咲かせていた。

さながら、其処だけに雪が降り積もったかに見える。

（何の花であろうか……美しい）

早苗は見とれた。

このとき彼女は、背後からの人の気配、いや、肩口にスウッと手が伸びてくるような気配を感じて二、三歩前に進んでから振り向いた。身構えない自然な動きだった。

竹刀《しない》を左手にした二十五、六かと思われる若侍が、呆気《あっけ》にとられたような顔つきで立っていた。前に伸ばした右手が、持って行き場がなくなったように宙で泳いでいる。

「まあ、村山寅太郎《むらやまとらたろう》様ではございませぬか」

「如何《いか》が致したのだ女将。夜の仕舞が遅い女将がこのように朝早くから」と、村山寅太郎なる若侍は、ようやく右手を引っ込めた。

「村山様こそ如何がなされましたか。商家の表戸が開《あ》き出して、まだそれほどの刻《とき》が経《た》っておりませぬのに」

「私は朝稽古《げいこ》だ。この近くの無限一刀流道場へ通っているのでな」

「あ、そう言えば無限一刀流道場の四天王と言われていらっしゃいましたね」

「いやなに、まだ皆伝を得たばかりの青二才に過ぎぬよ」

「でも、いつも御一緒に胡蝶へ来て下さいます道場の御仲間が、村山様のお腕前は師範代を遥《はる》かに凌《しの》いでいる、と」

「ははは、大袈裟《おおげさ》な。それにしても女将、私は驚いたぞ」

「え？」

「私が後ろから、そっと近付いて肩を叩こうとしたところ、女将はそれを察知したかの如く、スウッと前方へ体《たい》を躱《かわ》したな」

「ほほほっ。躱したなどと、それこそ大袈裟でございますよ村山様」

「そうかな。で、これから何処へ参られる」

「今日は知り合い筋の法事の打ち合わせで」

「左様か。それよりも女将、これまでに何度も申しておるように、何処ぞで一度、夜の船遊びでも付き合《お》うてはくれぬか」

「胡蝶の外で特定のお客様と付き合《お》うてはならぬこと、それが女将を含めた店の者全体の約束事、定《さだ》めでございます」

「それは幾度も聞いた。しかし一度や二度、いいではないか」

「いいえ。女将が定めを破る訳には参りませぬ」

「女将は余りにも美し過ぎるのだ。妖《あや》し過ぎるのだ。私は我慢できぬ」

「紀州徳川家の京屋敷でその人ありと言われていらっしゃいます村山様が、一介の料理茶屋の女将に過ぎぬ女に、何を申されます。悪い冗談は村山様の御体面を汚しまする。およしなされませ」

早苗は、にっこりと微笑んで腰を折ると、村山寅太郎に背を向けた。

村山は追わなかった。室町通も丸太町通も、人出が増え出していた。

「駄目か……しかし諦《あきら》めぬぞ。必ずモノにする」

村山は、そう一人言を漏らし、早苗とは反対の方角、紀州徳川家の京屋敷に向かって、やや肩を怒らせ早足に歩き始めた。

早苗が振り向いた。困り切ったような表情であった。もう何度となく村山寅太郎から夜遊びの付き合いを、しつっこく求められている早苗だった。その夜遊びが何を意味しているのかも、むろん判っている。

この、無限一刀流の剣客村山寅太郎の欲望が、戦慄《せんりつ》すべき新たなる事態を生むとは、このとき早苗は予想もしていなかった。

第五章

一

早苗が紅葉屋敷の前まで来てみると老下男の喜助が、開けられた四脚門の直ぐ内側で向こう向きに竹箒《たけぼうき》を使っていた。すっかり東山の上に昇り切った朝陽《あさひ》が、きらきらとした粒を緑あざやかな屋敷内へ降り注いでいる。

「喜助さん……」

早苗は表門の石畳二段を上がって、しかし門内へは入らず、朝陽を浴びている喜助の少し丸くなった背中に声をかけた。

振り返った喜助が「これは早苗様……」と笑みを返した。

「今日も朝から爽《さわ》やかな天気でございますことね」

「まことに、まことに……さ、お入りになってください」と、早苗に対する喜助の態度は丁寧であった。

「政宗様に相談致したきことがあって参ったのですが、いらっしゃいましょうか」

「あいにく政宗様はお出かけですが、御方《おかた》様が、近頃お見えにならない早苗様のことを気にかけておられました。ささ、何を遠慮なさっておられます。どうぞ、お入りになってくだされ」

喜助に笑顔で促され、「それでは……」と早苗は表門を潜った。

「コウさんや」

喜助は表門を閉じて閂《かんぬき》を横に通してから、玄関の式台の手前に立って奥へ控え目な声をかけた。

かすかに摺《す》り足の音が伝わってきて、下女のコウが姿を見せた。

「これはまあ早苗様……」

「暫くごぶさた致しました。喜助さんもコウさんも御元気そうで何よりですことね」

「早苗様も相変わらず、お美しくていらっしゃいますこと」

「まあ……」と、早苗は頰を少し赤らめた。この屋敷を訪れるといつも、幕府の厳命を受けて血刀を振り回してきた自分を、忘れることが出来る早苗だった。心底《しんそこ》から解き放たれたような気持になるのだ。

「さ、お上がりになってくださいまし。今朝も御方様が、暫くお見えにならない早苗様のことを、気にかけておられましたよ」

喜助が「ほらね……」と言いたげな表情をつくった。

「それでは御方様に、お目にかからせてください」

「そうでございますとも。御方様、お喜びになりますよ」

早苗はコウのあとに従って、庭を右手に眺めつつ長い廊下を進んだ。

「秋が深まりますと、この御屋敷はまた赤や黄のモミジ色に素晴らしく染まりましょうね」

「そのモミジ色の下で、御方様と御茶でも楽しみなされませ」

「そうですね。モミジが色付くのを、心待ちに致します」

そう言った直後であった。早苗の表情が急に険しくなって足が止まり、懐剣に手が触れた。

そうと気付かぬコウが、早苗から次第にゆっくりと離れていく。

早苗は、周囲《まわり》を見まわした。頬に痛みを感じるほどの視線が、注がれているのが判った。

だが、それらしい人影を、どこにも認めることは出来ない。

(津山早苗か……)と、彼女は思った。

「いかがなされました」

コウが立ち止まって振り向き、そして幾分怪訝《けげん》な様子で戻ってきた。

「いえ。襟元を少し……」と、早苗は身嗜《みだしな》みを気にする仕草をして見せた。

「大丈夫でございますよ。いつものように、きちんとしていらっしゃいます」

「そうですか。安心致しました」

コウは、また先に立って歩き出した。

早苗は見えざる相手の視線を感じながら、コウのあとに従って廊下を静かに進んだ。

「さ、此処からはお一人で行かれませ」

早苗も承知している千秋の部屋。その三間《げん》ばかり手前で、コウが早苗の後ろに回って小声で促した。

「失礼にはなりませぬか」

「大丈夫でございますよ。さ」

コウは早苗の肩に軽く手をやると、玄関の方へと戻っていった。

早苗は千秋の部屋の前まで歩を進め、広縁に正座をして障子の向こうへ澄んだ声をかけた。

「御方様、胡蝶の早苗でございます。お久し振りでございます」

「おお、その御声は確かに早苗どの。遠慮は無用じゃ。お入りなされ」

「はい。それでは入らせて戴きまする」

早苗は障子に手をかけてから、三方へ注意を払った。視線は消えていた。

座敷へ入った早苗は障子を閉《し》め、三つ指をついて丁重に頭を下げた。

「胡蝶の忙しさについ感《かま》け、暫く御無沙汰《ぶさた》を重ねてしまいましたる無作法を、なにとぞ御許し下されませ」

「何を申しておる。そのような固苦しい口上は無用ぞ。さ、もそっと近くへ御出《おい》でなされ」

「はい」

早苗は、丸窓障子の際《きわ》に置かれた大きな文机《ふづくえ》を前にしている千秋の傍《かたわ》らまで膝を進め、もう一度三つ指をついて頭を下げた。

「おすこやかな御方様にお目にかかれ、早苗は安堵《あんど》いたしました」

「早苗殿も、お元気そうじゃな。政宗から胡蝶は大繁盛、と聞いております」

「それもこれも、御方様と政宗様の御陰でございます」

「いえいえ、早苗殿の心優しい御人柄が、士農工商の人たちを引きつけているのでありましょう。大繁盛まことに何よりじゃ。喜ばしいことぞ」

「有難うございまする」と、早苗は顔を上げて目の前の妖《あや》しいばかりに美しい婦人と顔を合わせた。

「ここからは、文武に励みし武家の気丈なる娘ではなく、胡蝶の若女将として普通に話せますかえ」

と、千秋がにっこりとした。

「はい、そうさせて下さりませ」

と、早苗も笑みを返した。彼女は横に置いてあった小さな包みを、目の前の文《ふ》机《づくえ》の上にそっと置いた。

「母上様のお好きな春栄堂の麦代餅を、求めて参りました」

それまでの「御方様」が「母上様」に変わると、千秋は嬉《うれ》しそうに目を細めた。

「おやまあ、それは何よりのもの。この母の好きなものを早苗殿が忘れないでいてくれて、気持が温《あたた》こうなってきました」

「御茶のご用意を致して参りましょうか」

「のちほど、ゆっくりと戴《いただ》きましょう。それよりも、この母に話したきことはありませぬか。今日は政宗は恐らく戻って参らぬ。政宗に打ち明けようと思うていた事があらば、この母にも遠慮無《の》う話してくだされ」

「宜《よろ》しゅうございましょうか」

「私《わたくし》は早苗殿を不憫《ふびん》に思うておる。その若さでこれ迄に随分と辛《つら》い仕事を沢山背おうてきたことであろう。それらが重要な任務であればあるほど、ひとり胸の内に秘めて耐えていかねばなるまい。その苦しさを、この母に少しでも分けて下されされ」

「母上様……」

こらえ切れず、早苗の目に大粒の涙が湧きあがった。

「さ、もっとこの母のそばにお膝を近付けなさるがよい」

早苗は促されるまま千秋との間を詰め両の手で顔を覆うと、あたたかな膝の上にゆっくりと崩れた。

声を殺して肩を震わせる早苗の背を、千秋の白い手が優しくさする。

母の手であった。

庭先で秋鶯《あきうぐいす》が鳴いた。

暫くして早苗は「お言葉に甘えてしまいました。お許し下されませ」と、居住まいを正し、着物の袂《たもと》を目頭《めがしら》に軽く触れた。

「のう、早苗殿」

「はい」

「もしや胡蝶、いいえ、早苗殿のもとへ大和・三笠藩の京屋敷預かり役、津山玄市郎の娘早苗なる者が、それも其方《そなた》にそっくりな者が現われはせなんだかのう」

「昨夜、現われましてございます。もう一人の自分を見ているようで、思わず鳥肌が立ちました」

「矢張り現われたのですねえ」

「母上様はどうしてその御人《おひと》のことを御存知なのでございましょうか」

「それはのう早苗殿……」

と、千秋は政宗から打ち明けられていた、北野天満宮の森での出来事などについて、話して聞かせた。

「左様でございましたか」

「その津山早苗なる娘、其方《そなた》に何かを申したのですか」

「はい。眦《まなじり》を吊り上げ大層な剣幕で、それでいて口元に笑みを浮かべながら、〝政宗様に二度と近付くでない。思い出してもならぬ。絶対にならぬ〟と申しました」

「まあ、おそろしいこと……」

「私《わたくし》は津山早苗の素姓《すじょう》を確かめるため、大和・三笠藩の現在《いま》について問うてみました。すると身震いするような返事が返ってきたのでございます」

「身震いするような、とは」

「はい。大和・三笠藩は四万八千石、藩主は青山和泉守信邦様、と答えたのです」

「違《ちご》うていたのですね」

「現在《いま》の大和・三笠藩は三万七千石、藩主は井村河内守忠寛様で、津山早苗なる御人《おひと》が申した三笠藩は三代も前に溯《さかのぼ》ります」

「それはまた……」と、千秋の表情が強張った。

「胡蝶には、辛《つら》い任務を引き受けておりました当時に揃えました、諸藩に関する書き付けなどが幾分残っております。それによりますと三代前の三笠藩には京屋敷預かり役として、確かに津山玄市郎なる人物が実在しておりました」

「藩主が替わった原因は？」

「津山玄市郎と、そのひとり娘早苗の許嫁《いいなずけ》に斬《き》られたことが、発端でございます」

「え……」

「藩主青山家はもともと京《みやこ》の出身で、その菩提寺《ぼだいじ》を嘗《かつ》て北野天満宮近くにありました保津《ほづ》山東宗《さんとうしゅう》北山派大本山光明院《こうみょういん》に置いておりました」

「光明院とな……」と、千秋の表情が僅《わず》かに動いた。

「はい。現在《いま》は廃寺となっている元《もと》大寺院でございますが、その廃寺となりし発端も、青山信邦様が斬られた事件にかかわりまする」

「して、青山信邦様は何ゆえに斬られたのじゃ」

「嘗《かつ》ての光明院は桜の名所として知られ、青山家では毎年春に満開の桜の下で、盛大に茶会を催しておりました。津山早苗殿の悲劇が、その茶会で生じたのでございます」

「一体何があったと言うのじゃ」

「胡蝶にある書き付け程度から経緯《いきさつ》の全てを理解することは、いささか難《むつか》しゅうございます。ところどころ私《わたくし》の推量が加わることを御許し下さりましょうか」

「是非に聞かせて下され」

「青山信邦様は茶会が盛り上がりし頃を見計らい、婚儀を五日後に控えた早苗殿を言葉巧みに本堂へ誘い込み、これを凌辱いたしました」

「人の上に立つ藩主たる者が、そのような恥ずべきことを……」

「早苗殿は遺書をしたため自死《じし》いたしましたが、その遺体は現在《いま》もなお見つかってはおらぬようでございます」

「哀れな……」

「しかもでございます。のちの調べで、早苗殿を本堂へ誘い込む手助けをしたのが、修行僧の一人と判明し、その悪行の報酬に青山信邦様から十両を受け取っていたことも判りました」

「なる程のう。それで僧侶ことごとく厳罰に処され、廃寺の道を辿《たど》りましたか」

「青山信邦様はそれ迄にも新刀の試し斬りと称しては、深夜に城下へ忍び出て辻斬《ぎ》りをしていた節《ふし》があり、また婚儀を控えた藩士の娘に狼藉《ろうぜき》を働くなど目に余る行為がしばしばあったことから、堪忍袋の緒を切りし津山玄市郎と早苗殿の許嫁は、その無謀を書面にて幕府へ訴え、そののち二人して青山信邦様に斬りつけ、切腹いたしました。この件《くだり》につきましては、はっきりと致しております る」

「耳を覆いたくなるほど、悲しい話よのう。で、津山早苗殿の許嫁の姓名は、何と申されるのです」

「それが……母上様」

「如何《いか》が致したのじゃ」

「それが……」

「まさか……早苗殿」

「はい。その、まさかでございます」

「姓は松平、名は政宗と申すか」

「はい、けれども名につきましては政《まんどころ》を用いませず、正《ただしい》を用いたようでございます。姓の松平は徳川一門との血筋関係はございませぬ」

「そうであったか。同じ呼び名とは、これも宿命《さだめ》よのう」

このとき広縁を摺《す》り足で急ぎ近付いてくる気配があった。

「御方様」

コウの声であった。

「構わぬ。お入りなされ」

「はい」

障子が静かに二尺ばかり開けられ、コウが顔を覗《のぞ》かせた。

「ただいま京都東町奉行所の同心、常森源治郎様がお見えでございますが」

「おそらく政宗への用であろう」

「政宗様は今日はお出かけであることを伝えましたが、ご迷惑でなければ政宗様に代わって御方様に急ぎお伝え致したいことがあると申しておられます」

「そうですか。では、お目にかかりましょう。早苗殿、この座敷へ常森殿を迎えて差し障りありませぬか」

「ええ。私《わたくし》は一向に……」

「ではコウ、常森様をここへ」

「承知いたしました」

コウが障子を閉めて退がった。

「母上様。奉行所の常森様が急ぎお伝えしたき事とは、一体何でございましょうか」

「ひょっとすると、津山早苗殿に関する事かも知れませぬなあ。北野天満宮の森では政宗と共に光明院跡を訪ねたそうじゃから」

「それにしても、津山早苗殿は何故この世に現われたのでございましょうか。私は、単に許嫁《いいなずけ》と同じ呼び名である政宗様の御名にひかれて、迷い出てきたとは思えないのですけれど」

「政宗に訴えたきこと、救いを求めたきことがあって現われたとでも？」

「はい」

「ならばそのうち、政宗が解《と》き明かしましょうぞ。政宗に任せておけばよい」

そこへコウに案内されて、常森源治郎が障子に人影を映し、その影が広縁に座った。

コウの人影も、常森同心の隣に座り、その手が障子へと伸びる。

次の瞬間、早苗が畳を蹴《け》ってフワリと跳躍し、鴨居《かもい》に掛かった薙刀《なぎなた》を摑《つか》んだ。

同時に、障子を突き破り倒して二つの影が、躍《おど》り込んできた。常森源治郎とコウには似ても似つかぬ黒装束。

「母上様、奥へ」

叫ぶ早苗に二本の刃が、唸《うな》りを発して斬りかかる。一本は首へ、一本は胴へ。

千秋には目も呉《く》れない。

早苗が薙刀の刃で首に迫った凶刀を弾き返し、長い柄の先で胴に打ちかかってきた刃を受けた。目の覚めるような手練の防禦。

だが薙刀の柄が絶ち切られた。相手の凶刃が早苗の帯へグサリと食い込む。

早苗がグラリとよろめいた。よろめきながら空気を鋭く鳴らして、薙刀を打ち下ろした。

凶刀がそれを受け、ガツン、チンと鋼《はがね》が打ち鳴って火花が散る。

とたん、薙刀の刃が大きく飛び欠け、天井に突き刺さった。好機とばかり二本の凶刀の攻めが猛烈となった。横斬り、縦斬り、撥ね斬り、突き、が目にもとまらぬ速さで、前面左右から連続また連続。

またしてもガチンと火花を飛ばして、薙刀の刃の先端が欠け落ちる。

千秋が退がっていた十二畳の奥座敷まで、早苗が押されに押された。

無言対無言、手練対手練であった。そして猛速対猛速。まるで〝光〟の打ち合いだった。

早苗が踏み込んで、右手の黒装束の肩口へ閃光《せんこう》の如く斬り込んだ。

敵が受け止め、その受け止められた薙刀の柄に、別の一人が烈火の如く斬り下ろした。

鈍い音がして、薙刀の刃が柄から離れる。

絶体絶命。

早苗は千秋の直前まで飛び退がり、僅かに二尺ばかりとなった柄を正眼に身構えた。

息が荒れていた。

黒装束の奥で、二人の敵が明らかに笑う。勝ち誇っている。

早苗の後ろに隠れるようにしていた千秋が、「早苗どの……」と囁《ささや》いた。

早苗は背に押し当てられた固いものを感じた。

(鍔《つば》……)と彼女は捉えた。

「天下の名刀じゃ……」と、千秋がまた囁く。恐るべき黒装束が目の前に二人いるというのに、落ち着いた囁きだった。いつ、どこから、その名刀を取り出したのか。

いきなり早苗が左手の黒装束へ、薙刀の柄を投げつけた。それを待ち構えていたかのように、右手の黒装束が一気に早苗に向かって突入。矢のような突き上げ。光《ひかり》。

だが待ち構えていたのは早苗の方であった。薙刀の柄を投げつけた右手がそのまま自分の左腋《わき》を抜け、背後の千秋が持つ〃天下の名刀〃の柄に触れた。

「無礼者がっ」

はじめて早苗が声を発した。凛然《りんぜん》たる憤怒のひと声。

早苗の右手が半弧《はんこ》を描き、左腋下から一条の光が走る。

速い……一瞬であった。

ザクッという音と、悲鳴とが混《ま》じって生じ、肩下から斬り離された相手の右腕が凶刀を握ったまま宙を舞って天井にドンッと激突。刃《やいば》が深深と張り板を突き破って、垂れ下がった腕がふた揺れした。

「許さぬ。この屋敷へ踏み込んだる以上は、生きて帰さぬ」

凄《すさ》まじい早苗の眼光であった。爛爛《らんらん》たる眼《まなこ》であった。その早苗の眉間《みけん》に、天井から鮮血がしたたり落ちた。

早苗が思わず左目を閉じる。

刹那《せつな》、生き残った黒装束が畳を蹴った。早苗の左目の方へ回り込んだ。虚を突いた。

狙《ねら》いは早苗ではなかった。千秋の白い首筋へ早苗にぶつかるようにして、刃《やいば》を繰り出した。ぶつかられて早苗は右腕を封じられた。ひと呼吸の余裕もなかった。

「むむっ」と、早苗が呻《うめ》く。

千秋の首筋に切っ先が触れるか触れないかのところで、反射的に伸ばした早苗の左の掌《て》が、がっしりと敵の白刃《しらは》を握っていた。

相手が押した。引いた。だが動かない。これが柳生忍《しのびりゅう》流剣法の〝白刃《しらは》摑《づか》み〟

であった。呼吸を僅かに誤っても、五本の指はバラバラとなる。

「痴《し》れ者がっ」

名刀を手離した早苗の右手が、相手の左腰の脇差を抜き取るや、渾身《こんしん》の力で鳩《みず》尾《おち》に突き立てた。容赦がなかった。

「ぐあっ」

相手が、のけ反《ぞ》り吼《ほ》えた。早苗が炎《ひ》のような怒りのまま、相手を突き押した。許せないのであった。千秋に凶刃を繰り出した目の前の奴を許せないのであった。

「うおおおっ」

と、相手が虚空を摑みながら退《さ》がった。突き立てた白刃《しらは》を肺の腑《ふ》に向けて斬り上げながら、早苗が尚も押す。押す。押す。激烈な怒りであった。抑《おさ》えられぬ怒りであった。

ダンッと音を立てて、黒装束の背を貫いていた白刃《しらは》が、表座敷の柱に突き刺さり、血しぶきがようやく広縁に飛び散った。雨垂れのような音。

早苗は泣いた。柱に磔《はりつけ》となって白目を剝《む》いている男の胸に顔を押し当てて泣いた。激しく泣いた。

悲しかった。阿修羅と化した自分が、悲しかった。

千秋が早苗に近寄り、彼女の肩を抱いて、やはり泣いた。

(可哀そうに……なんと可哀そうに……御仏様《みほとけさま》、何卒《なにとぞ》この娘《こ》の宿命《さだめ》を救うてやってくだされ)

千秋は、心から祈った。そして大粒の涙を流した。

この時になって、凶刃によってほとんど切断されていた早苗の着物の帯が、懐剣と共に彼女の足元に、さらりと落ちた。懐剣の鞘に、深い亀裂《きれつ》が刻まれていた。

これが、あの一撃から早苗の一命を守ったのであろうか。

「さ、こちらへ来なされ。着物を替えましょうぞ。もう、忘れるのじゃ」

千秋に促され、早苗は肩を震わせながら頷《うなず》いた。

千秋は畳の上に落ちていた〝名刀〟を拾い上げ、懐紙で刃を清めて鞘に戻すと、背の高い衣裳《いしょう》簞笥《だんす》の中《なか》段引き出しに、それを収めた。

と、廊下を踏み鳴らす慌ただしい足音が近付いてきた。一人の足音ではなかった。

「奥方様……奥方様……」と、コウの甲高い声。

千秋の座敷の前までやってきたコウが、あまりの惨状に、へなへなと腰を崩した。蒼白《そうはく》であった。

コウのあとに従ってきた常森源治郎が、「なんという事じゃ」と棒立ちになり、彼の後ろにいた配下の同心藤浦兵介と、江戸目明し〝鈎縄の得〟が血相を変えて庭先へ飛び降り、辺りを見まわした。

「もう終ったのじゃ源治郎殿。心配いりませぬ。すみませぬが、急ぎこの惨状を清めては下さいませぬか」

「は、はい」

答えた〝検視の源治〟であったが、まだ棒立ちだった。

二

奥鞍馬の天《あま》ヶ岳《がたけ》。

黒毛の疾風《はやて》は陽《ひ》の光差し込まぬ原生林の、いろは坂を駆《か》け上がると、後ろ脚で立ち上がり、辺りへ告げるかのように断《いな》いた。雄雄《おお》しい断きであった。黒い肌の全身から湯気《ゆげ》が登り上がっている。勾配厳しい長い道のりの全力疾走を物語る湯気であった。

「どう、どう、どう……よしよし、よく頑張ったな」

政宗は疾風の首すじを軽く叩き、それから二度三度と撫《な》でてやった。

疾風が、また断いた。

そこは原生林が開け、眩《まぶ》しく陽《ひ》が降り注ぐ中に、三層造りの大山門が聳《そび》え立っていた。〝聳える〟という形容なしには言い表せぬほどの、堂堂たる大山門であった。それは、二代将軍徳川秀忠によって元和《げんな》七年に建立された、浄土宗総本山知恩院の大三門と甲乙つけ難きものであった。

政宗が疾風から降りると、山門の内側から大小刀を腰に帯びた偉丈夫《いじょうぶ》の僧兵がばらばらと現われた。その数、およそ三十。

彼等は山門前の白い玉石が敷き詰められた上に、揃って正座し平伏するや、

「ようこそ、お戻りなされませ」と発した。ひと声も、乱れる者はなかった。

「三林坊《さんりんぼう》、変わりはないか」

「はい。一同変わらず、連日厳しい修行に打ち込んでおりまする」と、前列中央の仁王像の如き僧が髭面《ひげづら》を上げた。眉間《みけん》に刀でやられたらしい割創《かっそう》の痕《あと》があり、凄い目つきであった。

「それは何より」

「政宗様も、おすこやかであらせられ、何よりと存じ上げます」

「うむ。この私もすこぶる元気じゃ。で、三林坊。華泉門院様の風邪のお具合は如何がじゃ。法皇様より預かりし妙薬を手に、訪ねて参ったのだが」

「はい。まだ熱は充分に下がっておりませぬが、昨日今日《きのうきょう》は食事を普段《ふだん》通りに召し上がれるようになりました」

「おう、そうか。それを聞いて安堵した。御年《おとし》を召されている、わが師夢双《むそう》禅師様にはお変わりはないな」

「朝の早くより畑仕事をなされ、午後からは仏道学芸の修行に打ちこまれ、また夜は大道場にて我我に守護剣法をお教え下され、御年を感じさせぬ程に、すこぶる壮健であられます」

「早くお会いしたいのう。会《お》うてこの政宗も久し振りに恩師剣法の教えを乞《こ》いたい」

「ですが、今日は先ず想戀院をお訪ね下さりませ」

「いや。恩師へ挨拶申し上げるのが先じゃ。それを欠かせば、この政宗が華泉門院様から御叱りを受けよう」

「判《わか》りました」と立ち上がった巨僧が、左隣に正座していた僧に命じた。

「双海坊《そうかい》。疾風《はやて》を大切に御預かり致せ」

「承知」

応《こた》えて腰を上げたこれも、三林坊に劣らぬ巨僧であった。頬に刀創《とうそう》がある。疾風の手綱《たづな》を受け取るために、うやうやしく政宗の前に立った双海坊に、政宗は微笑みかけた。

「どうじゃ双海坊。剣の腕、少しは無双禅師様に近付いたか」

「滅相もございませぬ。畑仕事においてすら、禅師様の足元にも及びませぬ。禅師様の畑の収穫は、ほぼ同じ広さの拙僧の畑の二倍はございまする。不思議でなりませぬ。何事においても、禅師様は我我よりも遥かに高い所におられます」

「双海坊。その方の畑の収穫が一向に増えぬのは、芽《め》が育たぬうちに摘み食いをするからじゃ。不思議でも何でもないわ」

三林坊の冗談に、それまで畏《かしこ》まっていた僧たちがドッと沸いた。

政宗も笑いながら双海坊に手綱を預け、三林坊のあとについて山門を潜った。

この地こそ、政宗を十六歳まで育て上げた〝剣の地〟であり〝想い出の地〟であった。

山門を入ると右手前方に、原生林を背にして長大な僧房長屋がある。夢双禅師を師と仰ぐ、それが屈強の剣僧たちの住居《すまい》であった。このような僧房長屋が、この天ヶ岳の何か所かに設けられている。

それらの僧房長屋に住む剣僧たちの総数、なんと二百二十二名。

不意に山門の最上階で、政宗の「お戻り」を告げる法螺《ほら》が、全山に向け粛《しゅく》粛《しゅく》と吹き鳴らされた。この法螺の音《ね》こそ野《や》に下りた政宗が、〝剣の地〟〝想い出の地〟へ戻りし時の、剣僧たちの迎えの儀式であった。

三林坊と政宗は、山門の奥へと伸びている大きな石畳を踏みしめ、沙羅《しゃら》の巨木が林立する森の中へと入っていった。

ようやく法螺の音が止《や》んだ。

沙羅に囲まれて見事な金色堂があり、ゆったりと幅広く造られたいかにも頑丈そうな濡れ縁《ぬれえん》に、紫の僧衣を纏《まと》った小柄な老僧が珠数《じゅず》を手に立っていた。

夢双禅師であった。

政宗が濡れ縁を前にして正座をし地に両手をつくと、三林坊も政宗の背後に三尺ばかりの間を空けて腰を落とした。

「久し振りじゃな政宗。表情、眼差《まなざ》し、一段と優しゅうなったな。いいことじゃ」

「御師匠様もお元気であらせられ、この政宗安堵いたしましてございます」

「華泉門院様の御見舞に参ったか」

「はい。法皇様より風邪《かぜ》の妙薬を預かって参りました」

「法皇様には、お変わりないであろうのう」

「はい。ご壮健であらせられます」

「妙薬は政宗が仙洞御所へ受け取りに訪《おとず》れたのか」

「いいえ。法皇様が腰輿《たごし》を用いられることもなく、大きく質素な町駕籠《まちかご》のようなものを仕立てて、前ぶれもなく突然に紅葉屋敷へお見えになりました」

「なに、法皇様が御自《おんみずか》らとな……ははは っ、御気丈な法皇様らしい、なされようじゃ。それに対し政宗はおそらく、あれこれと御諫《おいさ》め致したのであろうよ」

「は、はあ……のちほど母上から御叱りを受けましたが」

「なんの、それでよい。それで父と子の絆《きずな》はますます深まろう。そなたの御諫めに、法皇様は、満足気に目を細められてはおられなかったか」

「そう言えば……」

「うむうむ。それが父と子というものじゃ。さ、ここは、もうよい。早く想戀院を訪れよ。華泉門院様を御見舞申し上げるのじゃ」

「はい、それでは」

政宗は立ち上がると、深深と頭を下げて、夢双禅師に背を向けた。十六歳までの剣の師であると同時に、育ての父とも言うべき大恩人の師匠であった。剣のみならず学芸に於いてもどれほど深遠な教えを受けてきたことか。

沙羅の森の出口まで来ると、疾風を預けた双海坊が白馬の手綱《たづな》を手に待っていた。

「政宗様。想戀院へは私の馬を御使いくださりませ」

「疾風は如何が致した」

「右前脚の蹄鉄《ていてつ》に僅かなヒビが走っております。想戀院よりお戻りまでには、取り替えておきまする」

「そうか、すまぬな。此度《こたび》は疾風を充分に休ませずに走らせてしもうた。可哀そうなことをした」

「ご安心なされませ。疾風の疲労はほとんど消えております。この双海坊に御任せあれ」

「うむ、頼む」

政宗は双海坊の白馬の背に乗ると、剣僧差配の立場にある三林坊と目を合わせた。その目が僅かに沈んでいた。

「三林坊……」

「はい」

「御師匠様は御年《おとし》を召されたのう。今日は何故かそれを強く感じた」

「年齢《よわい》八十八歳でござりまするから、一年三百数十日を変わりなく御壮健という訳には参りませぬ。とくに霧濃《こ》き日が幾日も続きましたる後は、いささかではございますが日頃のお疲れが表に出ることがございます」

「霧の日が続いたと申すか」

「はい、ここ四、五日は……されど大道場にて剣を握られし時は、さながら夜叉《やしゃ》の如し。我我を相手に、一本も取らせては下さいませぬ」

「そうか。体のどこぞに悪い所があるのでは、という訳ではないのだな」

「ご心配なさいまするな。御師匠様の御体調につきましては、身そばに仕《つか》える我等剣僧が、さり気なく見守っておりまする」

「それを聞いて、ひと安心じゃ」

「何かありますれば、必ず紅葉屋敷へ使者を走らせましょうぞ」

「うむ。判った」

政宗は頷いて、白馬の腹を軽く足先で叩いた。白馬は歩き出した。その歩き方で、政宗には騎乗の者に従順な馬だと判った。

やがて白馬が自分の意思で、ゆるやかに走り始めた。

政宗が向かう想戀院は、剣僧たちの住居《すまい》である僧房によって、周囲《まわり》を遠く離れてだがぐるりと取り囲まれている。

白馬は休むことなく、小駆《こが》けを続けた。

深い原生林の中の緩やかな傾斜道を半刻ばかり進むと、日が降り注ぐ広広とした草原に出た。

その草原の彼方に、小さな山門を持つ白い土塀に囲まれた寺院があった。

綿雲一つない青空の下にたたずむその寺院は、山門を固く閉ざし、見るからに近付き難い静かな気位を漂わせている。

それこそが京都奈良仏教界より秘かに「鞍馬御所《くらまごしょ》」と囁かれている尼衆修行《あましゅう》寺院、瑞龍山《ずいりゅうざん》想戀院であった。

いかなる男子も立ち入れない、とされている。

だが政宗を乗せた白馬は、草原の中を瑞龍山想戀院に向け真っ直ぐに敷き詰められている白い玉石の道を進んだ。

と、山門が開き始めた。白馬が次第に近付きつつある、その歩みに合わせるようにして。山門の外に姿を見せたのは、一人の尼僧であった。若い。

白馬が門前で歩みを鎮めるまで、尼僧は静かに頭《こうべ》を下げ続けた。

「久し振りじゃな、妙真尼《みょうしんに》。変わりはないか」

見た」

「はい。恙無《つつがな》く……」と、尼僧は面《おもて》を上げて、にっこりと微笑んだ。

「おう。そなたの美しい笑みは、華泉門院様の容態が著しく回復なされた証しと見た」

そう言いつつ白馬から降りる政宗だった。

「仰せの通り、今朝あたりから随分と御気力が増されておられまする」

「それはよかった」

「手綱を御預かり致しましょう。法螺《ほら》の音《ね》を耳になされて、華泉門院様が御待ちでございます。さ、山吹《やまぶき》の間へ御運びなされませ」

「うむ」

政宗は白馬の手綱を妙真尼に預けて、山門を潜った。

すると、一町ばかり先に扉を閉ざした、もう一つの山門があった。これを「二の門」と称し、ここから先へは華泉門院を訪ねる松平政宗と言えども入門は許されなかった。たとえ後水尾法皇から預かってきた妙薬を、華泉門院に手渡す用があってもである。

この華泉門院こそ、宗派にとらわれず修行尼衆《あましゅう》を受け入れているこの瑞龍山想戀院の創建者であり、そして……。

三

政宗は「二の門」の手前を左へ曲がった、幅一間《けん》ほどの白い玉石の道を、黒瓦を乗せた高い土塀に沿って進んだ。何の飾気も無く余りにも清楚《せいそ》としか言い様《よう》のないこの白い玉石の道を、厳しい修行に明けくれる尼僧たちは、「お戻りの道」と呼んでいる。

あるいは「政宗様の道」とも称されていた。

その道を三度曲がると、清水がチロチロと流れる幅二尺ばかりの疎水があって、それに架かった小さな石橋を渡った直ぐ目の前に、質素な造りの冠木門《かぶきもん》が扉を開けて政宗を待っていた。

彼は冠木門を潜ると左手の庭へ入っていった。庭は右手にも展《ひろ》がりを見せていたが竹の建仁寺垣が背丈の高さで組まれ、立ち入り出来ないようになっている。

なぜなら、其処《そこ》には二層建ての想戀院尼僧坊が、長い連なりを見せて建てられていたからである。

その尼僧房と、これから政宗が訪ねようとする山吹の間とは、建仁寺垣をまたぐかたちの渡り廊下で結ばれていた。

ヤマツツジが植え込まれている築山《つきやま》の間を進むと、蓮池の辺《ほと》りに出た。ここ奥鞍馬の天ヶ岳は、貴船《きぶね》神社を懐《ふところ》に抱《いだ》く貴船山よりも高所であり、しかも下界よりは秋の気配が早く濃く訪れつつあるというのに、夏に咲く真っ白な蓮の花が一面、池を埋め尽くしていた。その蓮の花のあちらこちらにアマガエルが乗って、小雨さえ降りそうにない青空の下であるというのにキトキトと小声を立てている。

華泉門院の起居する部屋、山吹の間は、この蓮池と向き合った書院造りであり、華美を排した、この上もなく質素な造りであった。

政宗は山吹の間の広縁へと近付いていった。

広縁には一人の美しい尼僧――年齢《とし》は四十半ばを過ぎたあたりであろうか――が、にこやかに正座をしていた。紅葉屋敷の千秋に、実によく似ている……華泉門院であった。

ほかには誰の姿も見当たらない。

政宗は千秋に似たその尼僧の前まで黙って歩を進めてから一礼し、静かに口を開いた。

「一別以来でございます華泉門院様。お風邪でお苦しみと伝え聞き、訪ねて参りました」

「ほんに一別以来じゃ。一層のこと侍《もののふ》らしくおなりじゃのう。いい面立《おもだ》ちじゃ」

「お加減はいかがでございまするか」

「今朝目覚めてみまするると、気分が宜しいので、こうして日当たりのよい広縁に座って蓮の花などを眺めておるのじゃ。千秋には変わりないかえ」

「はい。母上も私《わたくし》同様すこぶる壮健でございまする。今日は、法皇様より預かりし風邪の妙薬を持って参りました」

「なに。風邪の妙薬とな」

「昨日のことでございました。法皇様が腰輿を用いることを避けられ、大きな町駕籠を仕立てて、御自《おんみずか》ら不意に紅葉屋敷へお見えになりました。私《わたくし》に此処へ届けさせようと妙薬をお持ちなされたのです」

「まあ。御自らとは、なんと大《だい》それたなさりようじゃ」

「ま、済《す》んでしまった事でございまする。御諫《おいさ》め申し上げましたゆえ、二度と同じ事はなさらないと思いまするが」

「法皇様は見事密《ひそ》かに町へ忍び出せたと御思いかも知れませぬが、暴徒などによって万一の事態が生じましたなら、大騒ぎだけでは済みませせぬぞ」

「はい。私《わたくし》も同じことを申し上げましたから……」

「左様か。おお、そのように立っておらずと、さ、座敷へ御入りなされ。その方が十六の年齢《とし》まで生活した書院造りじゃ。此処《ここ》だけは遠慮せずともよい」

「それでは……」と政宗は広縁に上がって、華泉門院と共に座敷へ移った。

彼は妙薬を、華泉門院に手渡した。実は、この華泉門院こそが、後水尾法皇の〝密かなる御落胤《ごらくいん》〟松平政宗の、生みの母であった。つまり華泉門院は、後水尾法皇が天皇の座にあるときに、激しい愛の対象とした高位の女官だった。

「お床に就かなくて大丈夫でございますか」

「心配ない。大丈夫じゃ。今朝はカユを充分に食したゆえ、心身共に充実致しておる」

「確かに、お顔色が宜しゅうございます。それに致しましても、こうして向き合《お》うておりますと、母上と華泉門院様の区別がつきませぬ。お目にかかる度に、まこと妙な気分に陥りまする」

「千秋と私《わたくし》とは一歳違いの姉と妹。幼い頃より、よく似ていると周囲《まわり》の誰彼に言われたものじゃが、年齢《とし》の差が僅かに一歳ということが、よく似ている原因なのかも知れませぬなあ」

「はあ……」

「じゃが政宗。そなたの母は千秋ぞ。それを忘れてはならぬ。母を大切に致すのじゃ。よいな」

「心得ておりまする。素晴らしい母と思うておりまするから、ご安心なされませ」

「それならばよい。政宗が夢双禅師様より守護剣法の免許皆伝を授かったのが十六歳の秋。以来、千秋には大変な苦労を強《し》いてしまったと心を痛めておるこの私《わたくし》じゃ。私のためにも政宗は、紅葉屋敷の母を守って差し上げねばなりませぬ」

「大切に致しておりますゆえ……」

「それにしても早いものじゃ。千秋にそなたを託し、世の荒波に真正面から対峙《たいじ》できる人間に育つようにと願って、この天ヶ岳より野《や》に下りて貰《もろ》うてから、はや十二年の歳月が過ぎたのう」

「光陰矢の如し、でございます」

「それにしても政宗。私《わたくし》はそなたが可哀そうでならぬ。申し訳ない気持で一杯じゃ」

「可哀そう?……なぜでございましょうか」

「法皇様の血を引きしそなたが、野《や》に在《あ》って武士でもなく公家でもない生活を続けておる。ほんに、すまぬと思うておる」

「何を申されます。新広義門院園国子《そのくにこ》様を生みの母となさいます現在《いま》の天皇《みかど》を御覧なさりませ。法皇様が天皇《みかど》でありし時のなんと第十九皇子であらせられまする。古館《ふるやかた》とは申せ、モミジやカエデの紅葉美しいあれほどの屋敷を頂戴《ちょうだい》致し、仙洞御所の御気遣いで細細とでも日日の生活《くらし》が成り立つことを、この政宗は幸いと思わねばなりませぬ」

「しかしじゃ政宗……」

「公家にしろ武家にしろ、公のかたちで新しく一家を成り立たせるには、現在《いま》の朝幕関係の中にあっては、徳川幕府の影響力下できちんと認証されねばなりませぬ。だがしかし、ひとたび徳川の恩恵を頂戴すれば、肩に重石《おもし》の息苦しさを覚悟せねばなりますまい」

「肩に重石は、おいやか」

「少なくとも、望んではおりませぬ」

「偽《いつわ》りなき心じゃな。立身出世は無用なのじゃな」

「はい」

「わかりました。千秋は本《ほん》に、そなたを逞《たくま》しく育ててくれたようじゃのう。つまり野《や》に在《あ》って自由奔放に生きたい、ということなのじゃな」

「そうさせて下さりませ」

「大津波のごとき苦労が押し寄せてくるかも知れぬことは、覚悟しておくがよい」

「もとより」

「ならば……ならば私《わたくし》が口を挟むことは、何もないのう。安堵したような、不安が増したような、複雑な気分じゃがなあ」

「申し訳ありませぬ」

「なんの。そなたが一まわりも二まわりも大きゅうなったと知って、私《わたくし》はむしろ喜ばねばなりませぬ」

「本日は華泉門院様に、一つお訊ね致したきことが、ございます」

「なんじゃ……朝廷を後《あと》にしたこの私《わたくし》には、たとえ政宗に対してであろうと、話せることと、話せぬことがあるのは存じておろうな」

「むろん承知いたしております」

「何が訊《き》きたいと申すのじゃ」

「たった今、朝廷を後にしたこの私《わたくし》、と申されましたが、華泉門院様は如何なる理由で法皇様のもとを離れ、この厳しい自然の中に想繼院なる庵《いおり》を結ばれたのですか」

「そなたの生みの母であるこの私《わたくし》が、何故そなたの実の父である法皇様のもとを去ったのか、子として知りたいと申すのか」

「その通りです」

「………」

「お聞かせ下さりませ。なにとぞ」

「そなたを、この世に生み落した時、私の心の中に法皇様を独占したい、私《わたくし》だけを見て欲しい、という感情が強く生じたのじゃ」

「それは、わが子、つまりこの政宗のためを思ってのことだったのでしょうか」

「そなたと、女としての私《わたくし》自身のことを思うてのことじゃ。いま思えば、この私《わたくし》も若かった。余りにも」

「そうでしたか……随分と苦しまれたのでしょうね。宮中においては華泉門院様が一人の女性《にょしょう》として法皇様を独占することなど、とても叶《かな》いませぬでしょうから」

「苦しみました。その苦しみから逃れようとして、周囲の制止を振り切って法皇様の身そばから離れ、この奥鞍馬へ入ったのじゃ。生みの母としては、そなたが天皇《みかど》の座に就いてくれることを、どれほど願ったことであろうかのう。しかし、現在《いま》の私の感情は静かじゃ。こうして野《や》に下って雄雄しく育ってくれた政宗を間近に見ることが出来て、幸せと思《おも》うておる」

「本心からでございましょうか」

「本心じゃ。安心しなされ」と、華泉門院はにっこりと微笑んだ。

「それよりも政宗……」と、華泉門院が整った美しい真顔を見せた。

「何でございましょうか」

「そなた、心の中に何ぞ解決したき悩みを秘めておりはしませぬか」

「え……」

「元気で訪ねて来てくれたのは何よりじゃが、ときおり表情が翳《かげ》っておるではありませぬか。そなた自身も気付いておるのでは、ないのかえ」

「は、はあ……」

「話してみなされ」

「実は華泉門院様……」

政宗は胡蝶の女将高柳早苗の宿命的な苦しみについて、打ち明けた。津山早苗のことは打ち明けなかった。後者については、政宗が心に負担を感じることは、何もない。

「そのように大変な出来事があったとはのう。その高柳早苗殿及び一党の者たちと政宗とが一時的に対峙し、のち政宗が彼らに救いの手を差しのべたとすれば、幕府の隠密機関とやらは早苗殿を厳しく処罰しようとするであろうな。武士権力を枕と致しておる徳川幕府の論理とは、そのような形を取ることが多いものじゃ。不思議でも何でもない」

「矢張り……でございますか」

「政宗」

「はい」

「乗りかかった船ぞ。高柳早苗殿とその一党を、断固として救うてあげなされ」

「私の動き方次第では、法皇様や華泉門院様に火の粉が降りかかるやも知れませぬ」

「法皇様は気丈な御方じゃ。わが子が正しいと信じて取りし道なら、徳川幕府を恐れたりはなさいませぬ。この華泉門院とてそうじゃ」

「ですが幕府の隠密機関は、相当数の手練れを掌握していると思われます。事と次第によりましては、京都所司代や京都町奉行所まで動かせる力を持っている筈《はず》」

「朝廷を置く京《みやこ》で幕府が表立って大がかりに武力を用いれば、徳川一門はかえって面目を失することになりましょう。それにこの奥鞍馬には有難いことに、想継院を守護せんがため夢双禅師様をはじめ各地より二百二十二名もの屈強の剣僧たちが集まってきております。その源《みなもと》まで辿れば恐らく数千の僧兵がイザと言う場合に立ち上がりましょうぞ」

「華泉門院様……」

「いえいえ。ありのままを申したまでじゃ。剣の道に厳しい夢双禅師様じゃが争い事の嫌いな穏やかな御方。まかり間違っても数千の僧兵に檄《げき》を飛ばすようなことは、なさりますまい。ただ今後も、早苗殿とその一党を狙って、執拗《しつよう》に刺客が現われたりすることは覚悟せねばなりませぬ」

「私《わたくし》もそう思いまする」

「政宗。江戸へ旅発ちなされ」

「え？」

「早苗殿たちへの刺客の根を絶やすには、大元《おおもと》を封じねばなりませぬ」

「隠密機関の背後にある、老中会議をですか」

「そうではない」

「では隠密機関そのものを……」

「幕府をじゃ。四代将軍徳川家綱様をじゃ」

「なんと仰せられます」

「家綱様にお目にかかり、老中会議や隠密機関の余りの非道を訴えなされ」

「お目にかかれましょうや」

「あとは、そなたの才覚じゃ……少し疲れました政宗。横になるのを許して下されー」

「あ、申し訳ありませぬ。つい長話となってしまいました。さ、横におなりくださいー」

政宗は奥座敷の襖《ふすま》を開けて寝床についた〝母〟に、そっと蒲団をかけてやった。

第六章

一

その日、昼八ツ半過ぎ、早苗は胡蝶の離れ座敷で沈んでいた。激闘のあとに残る心の罅割《ひびわ》れが、まだ体の奥深くに漂っている。

着ている着物は、紅葉屋敷の千秋が娘時代に着ていたものだった。決して小柄ではなく女らしいふくよかな体つきの千秋が着ていた着物は、早苗が着ても目立った不自然さはなかった。

早苗が胡蝶へ戻って来たとき、出迎えた藤堂貴行も塚田孫三郎も彼女の着ているものが変わっていることに気付いた筈《はず》である。しかし二人は、そのことを口には出さなかった。早苗の出かけた先が紅葉屋敷であることを、承知している二人である。それだけに、立ち入った問いかけを自制せざるを得ない藤堂と塚田であった。

「女将さん……」

と障子の外で控え目な声がした。塚田孫三郎の声であった。

「お入りなさい」

「失礼します」と、障子が静かに開けられた。

「町代《ちょうだい》の大坂屋弥吉様がお見えになりました」

「ここへ、お通しして下さい。それから、お付きの小僧さんには、別室にて茶菓など差し上げて下さい」

「承知いたしました」

塚田孫三郎が退がった。

早苗は、大坂屋弥吉が訪ねてくる用件をアレかコレかと考えてみたが、見当もつかなかった。

（ややこしい話でなければよいけれども……）と、早苗は心配した。むろん大坂屋弥吉の人柄は信頼できた。が、それだけに思いがけない事を持ち込まれる可能性があった。悪い意味ではなく良い意味として。そちらの方を早苗は心配した。京都《みやこ》に於いて自分たちが他処者《よそもの》であることを自覚している早苗である。しかも、単なる他処者ではない。

（胡蝶の負担になる話でなければ助かるのだけれど……）

そう思いながら、早苗は居住まいを正した。

塚田孫三郎に案内されて、大坂屋弥吉が笑顔で姿を見せた。

「これは町代様、ようこそいらっしゃいませ」

早苗は三ツ指をついて丁寧に頭を下げた。

「やあやあ女将。この離れが女将の部屋ですかいな。ええ座敷や。ほな、ちいと入らせて貰《もら》います」

小さな包みを手にした大坂屋弥吉はニコニコと上機嫌で座敷に入ると早苗が上座に用意してあった座布団を、彼女の前に——対等に——向き合う位置へ自分の手で移し腰を下ろした。

庭先で、秋鶯がひと声鳴いた。塚田孫三郎が一礼を残して退がっていく。

「へえ。こんなに人間のそばで鶯が鳴くとは、やっぱり女将の人柄に小鳥も安心してるんでんなあ」

「まあ町代《ちょうだい》様、そのようなことは……」と、早苗は白い手を口元に当てて微笑んだ。

「日当たりのええ、気持が清清《すがすが》しゅうなる座敷でんなあ。それにこの店は、誰も彼もに躾《しつけ》が行き届いていて、客への応対がええ。これも女将の人柄ですな」

「有難うございます」

「さてと、お互いに忙しい体やさかい、用件に入らせて貰いまひょか」

「はい。どのような事でございましょうか」

そこへ下働きの小娘が、「失礼いたします」と盆に茶菓を載せてやって来た。

町代が膝脇に置いてあった小さな包みを手に取った。

「これ、三条通の春栄堂はんで買《こ》うてきた葛餅《くずもち》や。少しやけど、みなさんで召し上がってんか」

「まあ、あたしの大好物です。遠慮のう頂戴《ちょうだい》いたします」

下働きの娘は、さも嬉《うれ》しそうに受け取ると、深深と頭を下げて座敷から出ていった。

その様子が、本当に嬉しそうだった。余程の好物なのであろうか。

とは言え、春栄堂の京菓子と言えば、下働きの小娘が簡単に買える値段ではない。

「ええ娘《こ》や。うちの孫《まご》の嫁《よめ》にしたいな」

「まあ、ご冗談を……まだ十三ですから」

「ほう、十三か。しっかりしてはるなあ。目がキラキラして、ええ娘《こ》や。あ、本題に入らなあかんな」

大坂屋弥吉は茶をひと口すすると、ひと膝のり出す姿勢を取った。

「どうでっか女将。この京都《みやこ》にはもう馴《な》れましたかいな」

「いいえ、まだまだ……私《わたくし》はなにしろ他処者《よそもの》でございますから、いろいろと学ぶことが沢山ございまして」

「そうやろなあ。ここは天皇《みかど》や法皇様の在《お》わす聖地やさかい、江戸とも大坂とも違う難しい習慣《ならわし》が色色とありますんや。町代のこの大坂屋弥吉もな、まだ京都《みやこ》の半分くらいしか判っておまへん」

「まあ、町代様がですか」

「そやからな女将。べつに慌てんでもよろし。ゆっくり、じっくりとこの京都《みやこ》について学んでゆきなはれ」

「はい。その積もりでおります」

「女将が胡蝶を手に入れるときですけどな、なんとか言う江戸の偉い御役所すじが直接動いたこともあって、京人《みやこびと》の常識では考えられへんほど簡単に所有者を変えることが出来ましたんや。けど本来はな、この京都《みやこ》で家屋敷の売買つまり所有者を変えることは大変でおまんのや。そう簡単にはゆきまへん」

「まあ……」

「知りまへんでしたか」

「はい」

「そうやと思てました。なんで江戸の偉い御役所すじが直接動いたのか、町代としては関心を持たんようにしてます。それは女将の人品人柄が並はずれて立派やさかいですわ」

「そのようなことはございません町代様」

「まあまあ聞きなはれ。いま言《ゆ》うたことは御世辞《おせじ》やおまへん。この大坂屋弥吉は御世辞は嫌いやさかいな。で、この京都《みやこ》に於いて家屋敷の売買をするとき、絶対に避けて通られへんのが、買主の身元を保証する推挙人がその町内に必要、と言《ゆ》うことでんねん」

「町内の推挙人……」

「そうだす。推挙人が存在して、はじめて町内の寄合は、その物件の売買が議題として取り上げられ厳しく審査されるんですわ」

「そうでございましたか。はじめて耳に致しました」

「その寄合の席でな、たった一人でも反対者がいれば、売買は成立しまへんのや」

「たった一人の反対者で……」

「そのかわりな、ひとたび売買が成立すれば、その購入者は町内の住人として、つまりや京人《みやこびと》としての資格を得て歓迎され、町政にも参加できまんのや」

「すると町代様、私《わたくし》の場合は……」

「ははは。安心しなはれ。江戸の偉い御役所すじが直接動いた、という手段は町代の誰もが気に入っておりまへんが、胡蝶の女将となってからのあんさんは、そりゃあもう大変な人気者《もん》ですわ。これ、内緒の話でっけどな、有力町代の一人で老舗呉服問屋の松屋市三郎《まつやいちさぶろう》はんなんぞは、六年前に御内儀を病気で亡くし、女将を後添いにと本気で考えてはりまっせ。五十の坂を越えてるっちゅうのにな。ははは」

「まあ、町代様ったら……」

「女将はそれほどの人気者《もん》やから、安心しなはれ、と言うことや。判りまんな女将」

大坂屋弥吉は、まるで孫娘にでも話しかけるようにニコニコと目を細めた。

早苗は、思わず目頭が熱くなり、こっくりと頷《うなず》いた。血まみれの激闘から幾刻《どき》も経っていないだけに、大坂屋弥吉の優しい言葉が、罅《ひび》割《わ》れた心に染《し》み込んだ。

「さあ、そこで本題や……」と、大坂屋弥吉が真顔になる。

「あのう……難しい本題でございましょうか」と、早苗の表情に小さな困惑が走った。

「うん、難しい本題でんな」と応じてから、大坂屋弥吉はまた茶をすすった。

「大事な難しい問題やよって順を追って話しまひょか。女将はすでに知ってはると思いますけんど、この京都《みやこ》から西にかけてはおよそ二年前まで、京都所司代が西の幕府と言われるほど絶対的な権力で睨《にら》みを利《き》かせておりましてな」

「はい。よく存じております」

「しかし京都所司代の役割が整えられ強化充実されるにしたがって、限られた人員のなか仕事の量が手に余るほど大幅に増えてきましたんや。そこで二代所司代板倉重宗《いたくらしげむね》様、三代牧野親成《まきのちかしげ》様、そして四代板倉重矩《しげのり》様と代が移るにしたがい、京都御支配の実務を分離しようとする準備が着着と整えられてきましてな」

「はい。それについても学ばせて戴きました」

「さよか。やっぱり私が睨んだ通り、女将は知識の面でも立派でんな。すると京都御支配の実務的な仕事を所司代から切り離すために、およそ二年前、何が設けられたか、むろん知ってはりますな」

「京都東町奉行所と西町奉行所と心得ておりますけれど」

「その通りや。で、それぞれに与力二十五騎、同心五十人が配置されましたけど、この京都奉行所の仕事が京都《みやこ》だけにとどまらず、また大変でしてな。山城、大和、近江、丹波《たんば》の勘定奉行を兼ねるわ、五畿内の寺社方を兼ねるわ、所司代様が江戸へ参府の際は所司代代行を兼ねるわ、で大童《おおわらわ》の毎日が続いておりますんや」

「胡蝶にお見えの東西両奉行所のお役人様方も、忙しい忙しいと申されておるようでございます」

「そうでっしゃろ。そやから京の奉行所は遠国《おんごく》奉行の中で最重要視されていますのや。一応は老中の御支配下に入っていますんやけど、役儀上は将軍直属である京都所司代の指揮下に置かれているんですわ」

「はい。存じております」

「へええ。なんでもよう知ってるんでんなあ。これは驚きや。本題が早《はよ》う進みますわ」

「え？」

「実はな女将。この大坂屋弥吉は町代の中でも一番広い地域を受け持っておりしてな、毎日何かと忙しい思いをしておりますんや。そこで、次第に色町の様子を整え始めている祇園一帯をこの際、私の手から切り離そうかと考えているんですわ」

「この祇園が町代様の管轄ではなくなる、と申されるのですか」

「この爺《じい》には、色町のことはあまり解りまへんからな。祇園が色町の様子を深めるにしたがって、習慣《ならわし》とか法とか御触れを、きちんと整える必要が出てくると思いますのや。しかし、男と女の色恋沙汰《ざた》や色町事情なんてものは、堅物《かたぶつ》の爺は立ち入らん方がええ」

「ふふふっ……」

「な、なんや女将。ふふふって、ドキリとするやおまへんか」

「だって、胡蝶へお見えになったときの町代様は、堅物には見えませんもの」

「ま、その話は横に置いといて、や。忙しい京都町奉行所の下に町割管理のために設けられているのが町代で、これには私のような上町代と、他に下町代、小番という二つの下役割がありましてな、上町代だけが世襲になっておりますのや」

「上町代、下町代、小番の三つの役割があることは存じ上げておりましたけれど、上町代が世襲だということは、いま初めて知りました」

「世襲になって、まだ歴史が浅いでっさかいにな。京人《みやこびと》の中にも知らん人が、いてはりますわ。さて、そこでや女将」

「はい？」

「この爺を、ひとつ助けてくれまへんか」

「と、申しますと？」

「そろそろ、この祇園界隈《かいわい》を一つの町割にして、下町代を置きたいと考えていますんや。祇園界隈が色町、いや、花街として大きく発展するにしたがい、必然的に下町代は上町代になりますやろ。どや、女将。ひとつ下町代を引き受けてくれまへんか」

「えええっ」と早苗は驚いた。心底から驚いた。下町代に就くということは、ある意味でその地区の〝顔役〟の座に就くことを意味する。いや京《みやこ》にあっては、むしろその地区の〝実力者の座〟と言い替えた方がいいかも知れない。

だから早苗は驚いたのだった。他処者《よそもの》を自覚しているだけに一層だった。

「町代様。私などよりも、もっと古くからこの祇園を生活の場としている適任者がいらっしゃる筈です。その方にお頼み下さいまし。私にはとても」

「祇園が花街として伸びるのは、これからでおます。この町にどういう品位が備わるか。それによって花街として大成するかどうかが決まりますんや。そやから誰が下町代になってもいい、という訳には参りまへん。高い知識教養を備えていること、優れた気位を備えていること、色町の誰彼の噂《うわさ》を捏造《ねつぞう》して言いふらさぬこと、金銭に厳格なること、この四つのどれを欠かしても下町代にはなれまへん。女将は、その四条件を豊かに備えていやはります。この爺は、女将の人間に惚《ほ》れましたんや」

「町代様……」と、早苗はうなだれた。刺客との激闘によって生じた心の罅割れが、まだ体深くに色濃く残っている早苗であった。

「どうしはりましたんや。いやでっか」

「町代様が、それほど私を認めて下さっていることが、とても嬉しいのです。でも私は、適任者ではございません。私は下らない人間でございます」

「ちょっと待ちなはれ」と、大坂屋弥吉の表情が険しくなった。

「私はあんさんの人間に惚れましたんや。陰湿なところの無い清楚《せいそ》な人柄のあんさんに惚れましたんや。裏と表を巧みに使い分けて他人《ひと》を偽《いつわ》ることのないあんさんの誠実さに強う引かれましたんや。こんな儂《わし》の見方が間違《まちご》うてると言いなはるのか」

「そ、それは……」と、早苗は返事に窮した。

「女将はん。下町代を引き受けておくんなはれ。何も心配せんでええ。この大坂屋弥吉が全力で後《うし》ろ盾《だて》になりまっさかいに」

「町代様……」

「祇園は華やかなええ町になります。ええ町には、それにふさわしいええ下町代が欠かせまへん。その下町代は近い将来、上町代になれる器《うつわ》の人間でなければなりまへん」
「ですが……」
「ん？　なんどす？」
「上町代にしろ下町代にしろ小番にしろ、女性がその立場に就いた例はございま
すのでしょうか。私《わたくし》の知る限り、殿方《とのがた》で占められているようですけれど」
「そこですねん。今日の寄合《よりあい》で議論の対象となりましたんは、そこですねん。そ
やけど、女の色香が満ちた町、女の喜びと悲しみが漂うた町、女の生き様《ざま》が主体
となって形造られた町、に男が管理統括で立ち入ってはなりまへん。血の雨が降
る結果を招いてしまいます。女の町の町代は、やっぱり女に限る。これで今日の
寄合は一人の反対者もなく一致しましたんや。意見は色色と出ましたけどな」
「では町代様。一日だけ考えさせて下さいまし」
「一日でも二日でも考えたら宜《よろ》し。それでな、気持よう引き受けなはれ。女将が
ウンと言うてくれたら、町割区分の変更について、町組代表の年寄でもあるこの
大坂屋弥吉が町御支配の京都町奉行所へ話を持ち掛けますよって」

「御奉行所で駄目と言われる恐れはないのでしょうか」

「ありまへん。祇園という花街のきちんとした今後の管理について心配しているのは、京都町奉行所も同じだす。恐らく一つ返事で御裁可が頂戴できますやろ。実はな、女将については、すでに奉行所へ根回しが済んでいますのや」

「まあ……」

「その結果として、大坂屋弥吉はこのように動いてますのや。そやから女将が首を横に振ったら、女将を強う推挙した呉服問屋の松屋市三郎はんや、この大坂屋弥吉の面目は丸潰《つぶ》れだす。その日から京《みやこ》の表通りは歩かれまへんわ。わははははっ」

闊達《かったつ》に笑い飛ばす、大坂屋弥吉であった。

早苗は正座していた位置から座布団一枚分退がると、畳に両手をついて深く頭を下げた。

「私《わたくし》はまだ二十一、二の若さでございます。その私《わたくし》に目をかけて下さいまして予想も致しておりませんでした町代という大役の御話をお持ちかけ下さいまして、この上なく名誉なことと心から御礼申し上げます」

「二十一、二の若さについては、誰もが承知してます。けんど女将の若さは、しっかりと大地に根を張っているかの如く輝いてます。まるで四十年、五十年の厳しい人生の苦労を一身に背負うてきたかのようにな。加えて、まれに見るその美しさや。もう言う事はおまへん」

早苗は畳に両手をついたまま続けた。涙が込み上げてきそうだった。

「明日、責任を持って御返事させて戴きます。本当に名誉この上もなき御話、心から厚く感謝申し上げます」

「そうでっか。返事を待ってまひょ。この祇園でパアッと花を咲かしなはれや女将。名町代《めえ》として花を咲かせるんや。大輪の花をな」

「大輪の花を……」

「そや、大輪の真っ白な花をや。さて、爺はそろそろ帰りましょか。用はこれで済んだ」

大坂屋弥吉は立ち上がると、早苗が腰を上げるのを待って右手を差し出した。

「足がしびれてもた。年やなあ。女将ちょっと肩を貸してくれまへんか」

「まあ、それはいけませんこと。お駕籠《かご》を呼びましょう」

と言いつつ、大坂屋弥吉に肩を貸す早苗であった。

「駕籠なんていりまへん。老人《としより》は歩かなあかん。歩くのをやめたら、余計に足腰が弱《よわ》あなってしまいますさかい」

「へえ……」

二人は広縁を店の方へと向かった。

「女将は一見ふんわりと柔らかそうな体してはりますのに、こうして肩を貸して貰うと、なんかこうビシッと鋼《はがね》の芯《しん》が体の中心に通ってるような感じですなあ。これはいよいよ下町代に就《つ》いて貰わんと」

それはそうであろう。紅葉屋敷で恐るべき手練れ二名を打ち倒した早苗なのだ。しかも下女のコウが、訪ねて来た常森源治郎を千秋の座敷へ案内する、ごく僅かな間にである。

早苗は、大坂屋弥吉の老いた背に触れた手に伝わる体温《ぬくもり》に、今は亡き父を思うのだった。そして、作法仕来たりに殊《こと》の外《ほか》厳しい京人《みやこびと》の思いがけない柔軟さ優しさ大きさに、胸を熱くさせた。

二

政宗は奥鞍馬の瑞龍山想戀院で二晩を過ごした。華泉門院の容態の安堵《あんど》を見届けるためと、愛馬疾風《はやて》の取り替えた蹄鉄《ていてつ》の様子を確かめるためだった。

「蹄《ひづめ》なくして馬なし」は古くから言われてきた。固く頑丈そうに見える馬の蹄だが、先の鋭い小石や金属片をうっかり踏みつけて、それに体重がのしかかると、蹄底部を傷つけ出血したりする。そうなると重量動物の馬は一歩すら進むのも困難となる。

馬にとっての、そういった不測の事態を防ぐのが、蹄鉄だった。が、街道を往き来する荷馬車馬《にばしゃうま》などの多くは高価な蹄鉄の代わりに、棕櫚《しゅろ》や茗荷《みょうが》といった丈夫な植物繊維で編んだワラジを履《は》いていた。

政宗の疾風の蹄には、奥鞍馬の剣僧たちによって開発された断面が四角い釘状蹄鉄が打ち込まれている。起伏の険しい山岳地帯を馬で走り回るため、剣僧たちが智恵を出し合い苦労して開発した、これは画期的な蹄鉄であった。

その日、昼九ツ半過ぎ、紅葉屋敷の前まで戻ってきた政宗が疾風の手綱を軽く絞ると、疾風は足踏みをしつつ嘶《いなな》いた。

すると四脚門の内側で、カンッと明らかに竹箒《たけぼうき》が石畳の上に倒れる乾いた音があって、門扉が少し開き老下僕の喜助が用心深い様子で顔を覗《のぞ》かせた。

「これは若様。お帰りなさいませ」

喜助は安心したように左右の門扉を一杯に開き、政宗は疾風から降りて「頼むぞ」と彼に手綱を預けた。いつもの政宗なら、二晩も留守にすると「何か変わった事はなかったか」と訊《たず》ねているところであった。

しかし政宗は喜助のいつにない用心深い様子から、すでに（何かあったな……）と読み取っていた。

政宗は玄関に入らず、まだ熟していないモミジの隧道を潜って庭の奥へゆっくりと向かった。

長い石畳を半程《なかほど》近くまで行ったとき、彼の足は止まった。視線は右手、モミジ並木の向こうに見えている白い土塀に向けられている。

彼は石畳から外れて、モミジの大枝の下を抜け、等身大の石灯籠《いしどうろう》の前を横切って、白い土塀に近付いた。土塀瓦に四つの足跡が、くっきりと付いていた。地面に視線を落とした政宗の口から「忍びの者あるいは忍び侍……」という呟《つぶや》きが漏れた。地面を覆っている青苔《あおごけ》の上に、踵《かかと》を着《つ》けていない足跡が石畳へ向けて点点と続いている。その青苔だが、足指でしっかりと挟まれたかの如く、めくれていた。

「見事な忍び歩行……」と、政宗がまた呟く。

が、政宗はべつだん慌てなかった。喜助の様子から、家人に大事は生じてはいない、と判断できていた。

彼は庭伝いに自分の部屋へ入って床の間の刀掛けに大小刀を横たえ、広縁に出た。

その彼が、思わず相好《そうごう》を崩した。なんと、彼がたった今広縁に上がるために頼った二段の踏み石の上に、桃太郎がきちんと座っている。

「そうか。お前が警護に付いていてくれていたのか。有難うな」

桃がクウンと低く鳴いて、鋭い牙《きば》を覗かせた。

政宗は桃の頭を幾度も幾度も撫《な》でてやってから腰を上げ、母の居室へ向かった。

桃が広縁に沿うかたちで、政宗に従った。この犬の、それが持って生まれた肉体的特徴なのであろう。四本の脚の付け根の筋肉が盛り上がっている。それに牙だけではなく、前肢の鉤《かぎ》状の爪《つめ》が異様に鋭い。まるで胡蝶を守るために、神仏がこの世に遣わしたかのような逞しい犬であった。

政宗は、モミジが障子に影絵を落としている母の居室の前に、正座をした。

「母上、ただいま戻りました」

「疾風の断《いな》きがここまで聞こえておりました。お入りなされ」

政宗は障子を開けて、二日ぶりに母千秋と向き合いその美しい面立ちを見た。何者かが侵入したにしては、いささかの翳《かげ》りも窺《うかが》わせぬ母を「さすが……」と思う政宗だった。

「やわらかな、よき日和です。障子は開けておきましょうか」

「さきほどまで少し風があったのじゃが……」

桃がまた二段の踏み石の上に座ったので、政宗も千秋も目を細めた。

「胡蝶の塚田孫三郎と申される御方《おかた》が早苗殿に頼まれたと、急ぎ連れて来てくれたのじゃ。それはそれは可愛く賢《かしこ》い犬でなあ」

千秋がそう言うと、見つめられた桃は尾を振った。まるで長くこの紅葉屋敷に飼われてきたかのように。

「と言うことは母上。早苗がこの屋敷にいる時に、二名の侵入者が襲いかかってきたのですね」

事件があったことを見抜《みぬ》いた政宗の言葉に、千秋はとくに驚きもせず「そうじゃ」と頷《うなず》いた。政宗は室内を見回しつつ、続けた。

「畳も障子も天井の張り板も真新しくなり、柱に刃が突き刺さった跡が残っているところを見ると、侵入者はこの座敷へ躍《おど》り込んできましたな」

「早苗殿が対峙《たいじ》してくれていなければ、この母の命は奪われていたやも知れませぬ」

千秋は淡淡とした語り口で、だが幾分《いくぶん》悲し気な表情で、二日前の出来事を打ち明けた。

まるで千秋の言葉が解《わか》るかのように、桃も真剣な顔つきで聞いている。

「そうでしたか。胡蝶の女将になりきろうとしている早苗にとっては、恐らく辛《つら》い闘いであったことでしょう。これは矢張り江戸に向けて旅発たねばなりませぬか」

「江戸に向けて?」

「はい。実は華泉門院様に早苗とその一党の哀れむべき存在について打ち明けましたるところ、そういった宿命の解決については四代将軍徳川家綱様に直接お目にかかるほかないのでは、と申されました」

「徳川家綱様にのう……お目にかかるまでは恐らく幾多の障害が横たわっているであろうが」

「はい」

「その難題を如何《いか》に処するかは政宗が自分で考え自分で決断するがよい。大いに迷うことじゃ。ところで華泉門院様の御具合はいかがであった」

「これはいけませぬ。報告が後先《あとさき》になってしまいました。お許し下さい。私《わたくし》が奥鞍馬を離れる時には食欲もすっかり戻られ、ほぼ回復なされた御様子でした。法皇様より頂戴いたしました妙薬も御手渡し致しましたゆえ、もう心配ないのではと思いまするが」

「それは何より。安心致しました。話を元に戻しますが、もし江戸へ旅発つ決意を固めたならば、明日塾の子供たちの教育についてどうすべきか、しっかりと対策を立ててゆきなされ。それを忘れてはなりませぬ」

「もとより」

「それと、江戸へはぜひとも早苗殿を同道なさるがよい。そなたが徳川家綱様にお目にかかる機会を得たとき、早苗殿も一緒にな……」

「なるほど。早苗は直参旗本の家柄であり、しかも幕府隠密機関の長官の地位をいまだ正式に解《と》かれてはおりませぬ。将軍に目通りする資格は充分に備えておりまするな」

「胡蝶は暫くの間、早苗殿の配下の者たちの手に委《ゆだ》ねることになりましょうが、その間、幕府の隠密刺客が胡蝶へ刃を向けることは、恐らくありますまい」

「ええ。私もそう思います。早苗が京を離れたことは直ぐに幕府の隠密機関は摑《つか》むでしょうから、東海道五十三次の要所要所で、我我の江戸入りを阻《はば》もうと狙《ねら》ってくるでしょう」

「何事もなく平穏に江戸入りが実現できる、ということは先ずありますまいのう」

「一気に馬を飛ばすことも考えてみまする」

「馬、歩行、船と旅の形を変化させれば、案外に相手も狙いを定め難《にく》いかも知れませぬぞ」

「なるほど……考えてみましょう」

「早苗殿に早く平穏《へいおん》が訪れるよう、出来る限り力を貸してあげることじゃ」

「彼女の苦痛は、私と対峙した結果、生じ始めたものです。手を差しのべてやるべき責任はあると思うております」

「江戸へ旅発つ場合は、幕府側の役人といえども京都東町奉行所の常森源治郎殿たちには、秘密にしておく訳には参りませぬなあ。あの御人《おひと》は常に政宗の立場を気遣《きづか》うてくださっているようじゃし、明日塾に対しても積極的に手伝って下さっておる。そうであろう政宗」

「まこと、その通りでございます。少なくとも只今現在に於きましては、京都所司代も東西両奉行所も、私《わたくし》に対して敵対的ではありませぬ。ですが幕府側の組織であることに変わりありませぬから、徳川の強圧的な指示命令次第では、彼等も苦しい決断を迫られることになりましょう」

「徳川幕府も現在《いま》のような将軍世襲のあり方、政治の仕方、人の操り方では、そのうちきっと行き詰まりましょうぞ。侍の世も案外、短いやも知れぬと申せば、言い過ぎであろうかのう」

「私も徳川の炎は次第に先細りになるであろう、と見ております。そのためにも次代を背負う優秀な子供達を明日塾で育てたいのです。その子供達は、また次の優秀な子供達を育てる役割を背負ってくれましょうから」

「そう言った草の根が、徳川幕府が息切れするかも知れぬ百年後か二百年後かには、きっと見事な花を咲かせましょう。明日塾はしっかりと続けなされ」

「はい」

母千秋と話し込んだあと、政宗は喜助が沸《わ》かしてくれた風呂に入って疾風《はやて》を走らせ続けた疲れを癒《い》やし、よろけ縞《じま》の着流しに無腰で紅葉屋敷を出た。

中秋の陽《ひ》は、まだ頭上高くにあって、そよとした風もなく、やわらかないい日和であった。

すこし先の辻を一本横切って幾らも行かぬ内に、東西に伸びている武者小路に出くわす。

政宗の足は更にそれを横切って、次の一条通に面した寿命院の山門を潜った。

住職の真開《しんかい》和尚がひとり銀杏《いちょう》の樹の下で、銀杏《ぎんなん》を拾っている。

どれほどか前、この寺院の境内で夜、三十余名の刺客に襲われたことのある政宗であった。

真開和尚とは将棋を楽しみ時には般若湯《はんにゃとう》を酌《く》み交わす間柄だ。また和尚は月に一、二度、明日塾で子供達に、修身道徳の講義をしてくれたりする。

「和尚……」と、政宗は静かに声をかけた。銀杏を拾い上げた真開和尚が振り向いて、「これは政宗様……」と目を細め、口元をほころばせた。

この真開和尚、政宗との交流かなり長きに亘っていたが、いまだ政宗の身分素姓を知ってはいなかった。また、知ろうともしていなかった。しかし〝やんごとなき御方《おかた》〟であろうとの見方、接し方は、それとなくしてきた。とは言え、その想像は、後水尾法皇の御落胤《ごらくいん》にまでは至っていない。

「今年の銀杏はどうですか」

「なかなかの大粒でしてな。ほれ、ご覧くだされ」

政宗に近寄った真開和尚は、掌を広げて見せた。

「ほう。確かに昨年のものよりは大粒ですな。ところで去年すっかり元気をなくしておりました本堂脇の銀杏、いつのまにやら切り株だけになっていますね」

「うん。あれは矢張り駄目でしたな。可哀そうじゃったが五日前に庭師総がかりで切り倒して貰いましたのじゃ。思うた通り中は空洞でスカスカじゃった。鎌倉、室町、江戸と生き抜いてきたと伝えられている巨木じゃから、まあ無理はありますまい」

「三つの時代を眺めてきたのですねえ。この境内で」

「そうですのう。おっしゃるように三つの時代を眺めてきた。雨に打たれ風に打たれ雪に打たれてなあ。えらい奴ですじゃ」

「人間には出来ぬことです」

「人間には出来ませぬ。とてもな。だから木は大事にしてやらねばなりませぬ。弱り果て大地から一滴の水も吸い上げることが出来なくなる最後の瞬間まで、人間は己れの独善によって幹《みき》に刃を当てるようなことをしてはなりませぬ」

「まことに」

「庭師の親方がな、灰にしてしまうには余りにも惜しいと言うて、倒した銀杏を何株にも切り分けて持ち帰ってくれました。そのうち立派な将棋盤と駒になって寿命院へ戻ってきますじゃろ」

「ほう。将棋盤と駒に」

「中がスカスカの空洞であったとは申せ、あの巨木ですからな。将棋盤も駒も手に余るほど出来ますじゃろうから、紅葉屋敷へも一組お届け致しましょう」

「それは楽しみですな。ところで和尚、今日は相談致したきことがあって、訪ねて参りました」

「おう。それでは庫裏《くり》で茶など進ぜましょうか」

「いや。今日はもう一軒、是非にも訪ねたき所がありますゆえ、出来ればこの場で話す無作法を許して戴けませぬか」

「そうですか。それならば此処でお聞き致しましょう。で？」

「はい。実は明日塾のことなのですが、塾生の数が増え続け神泉寺の本堂では次第に収まらなくなりつつあること、修身道徳を講義下さっている和尚は御存知のことと思います」

「そのことなら、六日前の講義の夜に、実は神泉寺の和尚からも話を持ちかけられましてな。神泉寺《うち》は小さな寺なので、子供たちに伸び伸び学ばせるためにも、寿命院の大本堂を開放してはくれぬかと……」

「え。それは知らぬことでした。六日前と言えば確か……」

「この真開と東町奉行所の常森源治郎殿が、講義を引き受けた日でした」

「それで、和尚のお考えは、いかがなものでありまするか」

「もちろんのこと、明日塾の子供たちのために大本堂を使《つこ》うて貰いまする。遠慮のう使うて下され。子は次の世の宝じゃ。その子を慈《いつく》しみ育《はぐく》まんとする務《つと》めならば、神も仏も喜びましょうぞ」

「有難や。助かります」

「なんの。水臭いことを申されまするな。それよりも政宗様、今日はまた何故、無腰でおられるのじゃな」

「時に二本の刀から無性《むしょう》に離れていたいときがあるのです。無腰で歩いておりますると、心が軽《かろ》やかに感じられます」

「お気持は判りますが、この境内で大勢の刺客に襲われたことのある御体《おからだ》であることを忘れてはなりませぬぞ。油断はいけませぬ」

「注意致しましょう。それでは和尚、この月のうちに塾生たちの学習の場を、寿命院大本堂へ移させて下され」

「いいですとも。喜んで」

政宗は重ねて礼を述べて寿命院を後にすると、御所を左手に見て室町通を南へ真っ直ぐに下った。この室町通は両替町《りょうがえまち》通に肩を並べる京を代表する〝経済通り〟であり、なかでも呉服問屋の多さが目立った。

政宗が、寿命院から半里と少しばかりの道程《みちのり》を歩いて、四条通の角を左へ折れようとしたとき、その向こうから勢いつけて走ってきた大八車が、「殿様あ……」と大声を上げながら止まった。

通りすがりの人たちが何事かと、振り向いたり顔をしかめて立ち竦《すく》んだりする。山のように荷物を積んだ大八車を肩ひも掛けて引いていたのは、いかにも荒くれらしい二人の男だった。

「やあ。徳《とく》さんに安《やす》さん。今日は車引きかね」

二人は高瀬船の船引き人夫で、胡蝶一階の常連客であった。

「いやなに。七の船入りへ着いた急ぎの荷を、新町《しんまち》通の長崎問屋まで運びまんねや。あそこは仰山《ぎょうさん》、運び賃をくれまっさかいな」

背の高い髭面《ひげづら》の男が煙草《たばこ》汚《よご》れした歯を覗かせて笑った。

「それは御苦労だな。気を付けて行きなさい」

「殿様、今日は胡蝶へは?」

「うん、少し用があるので、これから立ち寄る積もりだが」

「気を付けなはれや殿様……」と、髭面の男——徳さん——が、肩ひもを外して言い言い、真顔になって政宗との間を詰めた。

「気を付けろ、と言うと?」

「紀州徳川家京屋敷に詰めるいやらしい若侍が、胡蝶の女将にしつっこく言い寄ってまっせ」

「ほう」

「いやらしい、だけやおまへん。この侍、剣の腕が無限一刀流の免許皆伝ですねん。丸太町通に在《あ》るとかの剣術道場では四天王の一人らしいですわ」

「名は?」

「村山寅太郎。最近、胡蝶の常連客になった男《やつ》ですさかい、そのうち殿様と顔を合わせますやろ。凄腕《すごうで》の上に女将の体を狙《ねろ》てますさかい、くれぐれも御用心を」

「有難う。女将には、ようく言っておこう」

「女将はどの客にも優しゅう柔らこう接してくれますさかい、言い寄る村山侍はもう夢中でっせ。女将が首をタテに振る訳がおまへんから、その原因が儂《わし》らの憧れである松平の殿様にあり、と気付くと何処《どこ》でいきなり斬りかかってくるか……ともかく気を付けておくれやす」

「判った」

「判った、と言いながら、今日はまた、なんで丸腰でんねや。あんまし儂《わし》ら船引き達に心配かけんようにして貰わんと困りまっせ。きちんと二本差してくれはらんと」

「そうだな。すまぬ」と、政宗は苦笑した。一見悪人面《づら》ながら、心根のいい彼ら船引き人夫たちが大好きな政宗であった。何故だか気が合うのだ。

「ほんじゃ、ま、これで……」

「うむ」

二人の荒くれは政宗に対し丁寧に頭を下げると、大八車の車輪をうるさく鳴らしながら、四条通を勢いよく遠ざかっていった。

「無限一刀流か……」と呟きながら、鴨川に向けて政宗は歩き出した。その道場が西本願寺そば、七条通に面してある新伝一刀流道場と肩を並べる京都三大道場の一つであることを、彼は知っていた。

新伝一刀流道場と言えば、彼にはまだ記憶に新しい出来事が脳裏にあった。ほんの僅かな間だが、世話をした辻平内《つじへいない》という二十二歳の若い剣術修行者が、その道場で師範代の免許皆伝者、木河利蔵《きかわりぞう》を打ち負かしているのだ。

この辻平内が幾年月を経て、やがて江戸で「無外流」剣法を草創する大剣客になろうとは、さすがの政宗も、当の辻平内も、木河利蔵も知るよしもない。

鴨川の土堤まで来て、政宗は足を止めた。向こう岸の河原が賑《にぎ》わっていた。男達が声高に長い丸太を組み合せ、要所要所を縄で締《し》め括《くく》っている。

六分通り舞台が形を見せつつあった。子供たちが、その舞台の周囲《まわり》を甲高い声を張り上げて走り回っている。

「そうか……その時期か」と、政宗は優しい目をした。

彼は四条河原仮橋を渡って、舞台工事の方へ近付いていった。

「これは若様……」と、横合いから控え目な声が掛かった。政宗が「若様」と呼ばれるのを嫌っていることを、充分に心得ている者の声の掛け方だった。

「やあ権左《ごんざ》殿」と、政宗が柔和に応じる。

丸太や杉板が積み上げられた脇に立って政宗に対しにこやかに腰を折った五十半ばくらいの男は、河原に住《す》み処《か》を置く貧しい人たちの差配であった。鴨川の長大な河原の諸事庶行《しょじしょぎょう》に関し、強い影響力を有している人物である。

しかもこの権左なる人物は、大変な切れ者としても知られている。

「今年は舞台造りが少し早いのではないのかな権左殿」

「はい。御奉行所の許可が例年より十日ばかり早く下りたものですから」

「ほう。十日ばかりものう」

「若様。今年は我我の河原歌舞伎で武蔵坊弁慶を演ずるようになってから、ちょうど五年になります。それを記念いたしまして、天下一と評判の高い祇園歌舞伎の人気役者三人が、脇役で協力してくれることになりました」

「なんと、祇園歌舞伎の人気役者が三人も脇を固めてくれるとは凄いのう。楽しみな記念興行になるな」

「さようでございます。私どもも鼻が高うございます。御奉行所も、それやこれやに気を遣《つか》って下さいまして、例年よりも早く舞台造りの許可が出ました訳で」

「河原歌舞伎の優れた役者が、花形である祇園歌舞伎の役者へと、どしどし出世していって貰いたいのう。さすれば歌舞伎を演ずる者の層が、ますます厚くなる。今の世、決して明るくはない。祇園歌舞伎、河原歌舞伎の隆盛は、そう言ったくすんだ世に光を投げかけてくれようから」

「はい。歌舞伎を演ずることは、われわれ河原に居を置く者の活力の源《みなもと》ともなっております」

「うむ」

「ところで若様……」と権左がさり気ない顔つきで、政宗との間を少し詰めた。

「ん？　どうした」

「振り向かずに聞いて下さりませ。先程より若様の右手後方つまり四条河原仮橋の中ほどから、こちらを身じろぎもせずに見つめている御侍《おさむらい》がおります」

「侍が？　それは気付かなんだ。一人か？」

「左様でございます。年の頃は二十五、六、いや二十六、七と言うところでしょうか。きちんとした身なりですが、あまり宜しい目つきではありません」

「そうか。よく教えてくれた。有難う」

「何かお困りのことがあって、この権左に役立てることとあらば、遠慮なく申しつけて下さい。われわれ河原に住む貧しき者の目、耳は京《みやこ》の内外《うちそと》に網《あみ》の目のように張り巡《めぐ》らされておりますゆえ、多少のお役には立てましょう」

「そうよな。そのような時には、権左殿にぜひ助けて貰うことにしよう」

「あの御侍。このまま無視なされておいて宜しいので?」

「私には格別に心当たりはないゆえ、勝手に見つめさせておけば宜しかろう」

「左様ですか」と、権左は物静かに頷いた。

このとき「あ、先生やあ」と黄色い声がして、少し離れたところで河原の石を積んで遊んでいた子供たちが「わあっ」と一斉に、政宗と権左の方へ向かってきた。

先頭切って、石つぶてのように駈けてくる小さな体は、テルであった。

政宗は両手を上げて飛び込んで来たテルを、高高と抱き上げた。

「テルはいつも元気が良いのう。いい子じゃ」

「先生。うち今度、武蔵坊弁慶に出ることになったんやで」

「え……」と、政宗は権左に視線を戻した。

権左がにこやかに答えながら、四条河原仮橋の方へチラリと視線を走らせる。

「そうなんですよ若様。テルを子役で使おうと思っております」

「それはよい。この子は利発《りはつ》じゃ。びっくりするような演技を見せてくれようぞ」

「はい。私もそう思っております」

そう言いつつ、権左はまた仮橋の方へ一瞬だが視線をやった。

「気にすることはない権左殿。放《ほ》うっておくことだな」

政宗はテルの頭を撫でてやり、足元へ下ろした。

「先生、次は僕……」と、今度は五、六歳の男の子が両手を上げた。

「こらっ陣助《じんすけ》。お前は、もう抱《だ》っこの年じゃないだろが」と、権左が顔で叱り目で笑う。

政宗は「よしよし」と、陣助を抱き上げた。

「権左殿。この陣助は、このところ読み書きが大変上手になってなあ」

「若様のおかげでございます。本当に感謝に堪えません」

「子は次の時代の宝。権左殿も差配として大事に見守ってやって下され」

「それはもう」

「それからな権左殿。決して弱者であることを武器とするような考え方を、子供達に教え込んではなりませんぞ。弱者であることを武器とする考えが度を過ぎれば、それは権力者の独善と同じ形を呈することになる」

「仰せの通りかと存じます」

「子供達には何処へ出しても恥ずかしくない堂堂たる精神を、教え込むことじゃ。苦労に対し真正面から対峙できる精神をな。この政宗も明日塾では更に、そのように努めよう」

「弱者であることを武器として独善を欲《ほっ》すれば、それは自らの衰退を招く結果になりましょう。そうならぬよう子供達には、差配として常に細心の注意を払っております」

「結構……」と政宗は微笑み、男の子の頭をひと撫でして足元に下ろした。

「それでは権左殿。武蔵坊弁慶の成功を祈っているぞ」

「観《み》に来て戴けますでしょうね若様」

「近頃は何かと微妙な用を抱えることが多いのでな、それと重ならぬ限りは観《み》に来よう」

「それから……」と、権左が声を落とした。

「この権左、差配の立場にありますことから、若様ご存知のように御奉行所の許しを頂戴しまして、なまくらなれど両刀を備えております。見れば今日の若様は無腰。万が一のことがあってはなりませぬゆえ只今、私の両刀を持って参りましょう。少し御待ちになって下さりませ」

「いや、刀は要《い》らぬ。このままでよい」

「しかし……」

「たまには軽い腰で歩いてみたいのじゃ」

「なれど……この場を離れて後《のち》、御身《おんみ》にもしものことあらば、私は紅葉屋敷に対し顔向けが出来ません」

「ははは。心配し過ぎぞ権左殿」

政宗は権左の肩を軽く叩くと、「ありがとう」と言い残しその場から離れた。

権左は政宗の後ろ姿を見送らず、四条河原仮橋へ険しい目を向けた。

三

胡蝶へ足を向ける政宗の表情は、曇っていた。四条河原仮橋の中ほどから自分の方を見つめていたと言う侍は、もしや村山寅太郎ではなかったか、と想像した。（よからぬ事にならねばよいが……）と、政宗は心配した。

早苗にしつっこく言い寄っているとかの村山寅太郎は、徳川御三家の一つ紀州徳川家の侍であると言う。

言わば徳川幕府の一角に位置している、と言っても差し支えない性格を有する紀州徳川家である。幕府そのものではないにしても、「幕府徳川家」との絆《きずな》は軽視できない。

政宗は、そのへんのところを危惧《きぐ》し、早苗に対し新たなる困難が襲いかかりはせぬかと案じた。それが、表情の曇り、となって出ていた。

人の往き来で賑わう祇園歌舞伎の座の前を過ぎた辺りで、政宗は（なるほど、つけられている……）と感じ出した。

政宗は懐手で、ゆったりと歩いた。

（私をつけるという事は、私と早苗との間柄を、どれほどか把握しているな）

そう考える政宗であったが、そのこと自体は、さほど気にならなかった。ひっかかるのは矢張り、村山寅太郎が紀州徳川家の侍、という点だった。

いつもの道を右に折れた政宗は、穏やかな動きで傍《かたわ》らの路地にするりと体を吸い込ませた。

ひんやりと冷たい薄暗く狭い路地の奥に立って、彼は表通りを眺めつつ待った。

現われた。

村山寅太郎かと思われる、はじめて見る顔の侍が路地の前を足早に通り過ぎた。

（うむ……あまり心優しい者の顔つきではないな）

政宗は声なく呟き、路地から出た。七、八間《けん》先を、その侍が足を早めている。

そして、次の辻の角を右に――胡蝶の方へ――折れて見えなくなった。

政宗は再び、ゆったりと歩き出した。村山寅太郎が早苗に執着さえしていなければ、政宗にとっては、無視してもいい相手であった。だが紀州徳川家の侍となると、早苗のためにも捨てておく訳にはいかない。いやな予感が、付きまとった。

政宗は胡蝶の前まできた。まだ頭上に日があるので、店の表戸は閉まっている。だが、胡蝶の前の通りに、村山寅太郎らしい侍の姿は見当たらなかった。

政宗は早苗の居間――離れ――に通じている、裏木戸の方へ回ってみた。いた。件《くだん》の侍は、裏木戸に手を触れようとしているところであった。

「何をしている」

「おっ」と、政宗の声に驚いて、村山寅太郎と思《おぼ》しき侍は裏木戸に触れようとしていた手を反射的に引っ込め、政宗の方へ向き直った。向き直る動作も、素早かった。

「何をしている、とは如何なる意味か。御主《おぬし》、この家《や》の主人《あるじ》か」

いきなり声をかけられムッときているのか、険ある目つきとなった相手であった。

政宗は、静かに笑った。

「左様。素浪人の分際ながらこの家の主人《あるじ》だ」

「なに。嘘《うそ》を申すな。この家は料理茶屋胡蝶とは棟続きぞ」

「それゆえ我が家《や》であると申しておる」

「馬鹿を申せ。この塀の向こうにあるのは、胡蝶の女将の居間だと知っておるわ」

「ほう。では御主、そうと承知の上で押し入ろうとしていたのか」

「ぶ、無礼な。き、貴様……何者か。名乗れ」と、相手は顔面を紅潮させ肩を力ませた。

「これは笑止千万。私が何者か知った上で後をつけていたのではないのか」

「なんの事だ」

「ま、よいわ。そなた、紀州徳川公に仕《つか》える京屋敷詰めの村山寅太郎殿であろう」

「うっ」と、紅潮していた相手の顔から、血の気が引いた。

「矢張り村山寅太郎殿であったか」

「私が村山寅太郎ならどうした」

「京屋敷詰の侍衆は、どの藩も七ツ半頃までは何かと務《つと》めがあると聞く。それが今頃、祇園あたりを徘徊《はいかい》していてよいのか」

「余計な御世話だ」

「その様子では、無限一刀流免許皆伝とか噂されている腕前も、たいしたことはなさそうだのう。はははっ」

政宗の口調、態度は、終始やわらかであった。

「言《ゆ》うてくれたな貴様。無腰のやせ浪人の分際で私と立ち合《お》うてみたいか」

村山寅太郎の左手が鍔に触れた。

「いや。私は剣には自信が無いのでな。血生臭い争い事は御免蒙《こうむ》る」

「では、さっさと私の前から消え去れい」

「そうよな。では、そう致そう」

政宗は懐手のまま村山寅太郎に、穏やかな足どりで近付いた。

鍔に左手を触れたままの村山侍が怪訝《けげん》な顔つきで体を横に開き、政宗に道をあけるかたちを取った。

裏木戸の前で足を止めた政宗は懐から右手を出し、村山侍に見られぬよう仕掛《からくり》造りになっている把手《とって》を僅かに右へ滑らせ、次に下へ軽く押し、更に左へ戻した。

ほんの、ひと呼吸もせぬ間の、仕掛《からくり》はずしであった。これで裏木戸は開く。

「待て」

政宗が裏木戸を開けて庭内へ入ろうとすると、村山侍が眦を吊り上げ慌て気味に刀の柄を左手で前へ押し出して、政宗の帯のあたりを突ついた。

政宗は振り向いて、間近に迫っている村山侍の目を見た。

村山侍が思わず息を止める。政宗の目に射るような光を感じて、ゴクリと喉《のど》仏《ほとけ》が上下した。

「御主。いま刀の柄頭《つかがしら》で私の腰を突いたか」

「ならば、どうした」

「そのような無作法、二度とするでない」

「二度としたら、どうだと言うのだ」

「三度目がない」

「なにい……」と村山侍が鼻腔を広げる。

政宗は庭内に入って静かに裏木戸を閉じた。まるで村山侍を問題にしていないかのような動き方であった。

村山は政宗のその冷ややかな動き方が癇《かん》に障ったのか、裏木戸を拳《こぶし》で一度ドンと殴《なぐ》りつけてから舌打ちをし踵《きびす》を返した。

裏木戸の内側では、政宗が苦笑していた。

「厄介な奴ではあるな」

政宗は呟いて、ツツジの間に敷き込まれた石畳を踏んで、早苗の居間がある離れへ近付いていった。

「御出《おいで》なされませ」

早苗が広縁に三つ指をついて、政宗を出迎えた。美しい笑みを見せてはいるが、明るい表情ではなかった。

「紀州徳川家京屋敷詰めの村山寅太郎とか言う侍が塀の外に訪れていたこと、知っておったのか」

「はい。政宗様との遣《や》り取りも耳に届いておりました」

「余程ねばついた性格の男のようだな」

「金ばなれのよいお客様ですけれど、店の内外《うちそと》お構いなしに執拗なものですゆえ、いささか困り果てております」

「早苗の心と姿の美しさが、あの男を強く惹《ひ》きつけておるのだろう。それゆえ、無下《むげ》に追い払うことが難しい」

政宗が座敷に入って鉄瓶《てつびん》の乗った長火鉢のそばに座ると、早苗はその横間近《まぢか》で茶を点《た》てはじめた。

「もう長火鉢がおかしくない季節になりつつあるか。一年は早いものじゃ」

「まだ秋口に入ったばかりで長火鉢には少し早《はよ》うございますけれども、熱燗《あつかん》がそろそろ美味しい季節ゆえ、徳利を温《あた》めるには便利かと」

「そうよな。この庭のモミジが色付くのも、間もなくであろう」

「肌寒くはございませぬか。障子を閉めた方が宜しゅうございましょうか」

「風情じゃ。開けたままでよい」

早苗の白い手が、長火鉢の卓《たく》の上に、そっと茶をのせた。その手を政宗が、ふわりと摑む。

べつに引き寄せた訳ではなかったが、早苗の上体が政宗の方へ、ほんの僅かに傾いた。

「早苗の手は、表は透《す》き通るように白くやわらかく優しいのに、掌《てのひら》は剣胝《けんだこ》で痛痛しいばかりじゃ。この剣胝を早く消してやらねば、と思うておる」

「紅葉屋敷が襲われましたること、いえ、紅葉屋敷を訪ねた私《わたくし》が襲われましたること、母上様からお聞きでございましょう」

「聞いた。刺客は早苗だけでなく母の命も奪おうとしたそうじゃの」

「はい」

「よくぞ母の命を守ってくれた。そして、よくぞ早苗も無事であった。神仏に心から感謝せねばなるまい」

政宗はそう言って、早苗の手を放した。

「政宗様、今日は無腰でいらっしゃいますが、どうかお気を付けなされませ」

「たまには無腰もよい」

「でも……」

「心配致すな」

「心配致します。早苗にとっては、大切な御方《おかた》でございまするもの」

茶をひと口、味わうように静かに含んだ政宗の肩に、早苗は恥じらいを見せつつゆっくりと頬を寄せた。心許した男の肩の温もりが頬に伝わり、大きな安心が体の中に広がっていくのを、彼女は感じた。心も緩んだ。体も緩んだ。夢見るような安心を与えてくれる、政宗の体の温もりであった。

早苗はこらえ切れずに、政宗の腕を強く摑んだ。小さな涙の粒が目元に湧き上がってくるのを、抑《おさ》えることが出来なかった。

「いつか申したであろう。その方《ほう》の全てを、私が守ると」

「はい」

「安心致せ」

「はい」

「私は近いうちに江戸へ発つやも知れぬ。はじめて見る江戸へな」

「江戸へでございますか」と、早苗は驚いて政宗の肩から離れ、居住《いず》まいを正した。

「早苗も一緒について参るがよい」

「え……」

「嫌か」

「政宗様。江戸入りの目的をどうか、お聞かせ下さいませ」

「将軍徳川家綱公に会うつもりじゃ」

「なんと申されます」

「早苗のために将軍に会う。隠密機関解体のためにも会う。目的はその二つじゃ」

「私《わたくし》と隠密機関解体のために……」

早苗は愕然《がくぜん》となった。予想したことさえない政宗の言葉であった。自分の江戸入りが、いや政宗の江戸入りがどれほど危険であるか、誰よりも判っている早苗であった。これは止《と》めねばならない、と彼女は思った。

「お止《よ》し下さりませ政宗様。あまりにも危険でございます」

「危険は百も承知」

「私《わたくし》如き者のために、政宗様に危険な江戸へ行って戴く訳には参りませぬ。お体に万一のことあらば、母上様に申し訳が立ちませせぬ。なにとぞ、お止しになって下さりませ」

「母も承知じゃ」

「母上様も……」

「知力を尽くして早苗を救うてやるように、と母から強く言われておる」

「誠でございますか」

「誠じゃ」

「なれど……」

「もう一度先の言葉を言わせるつもりか早苗。いつか申したであろう。その方《ほう》の全てを、私が守ると」

早苗は返す言葉がなかった。肩を落とし、うなだれ体を小さく震わせた。涙の粒が膝にのせた白い手の甲の上に落ちて細かく弾《はじ》けた。この御方《おかた》は……この御方《おかた》は一体どのような身分であられるのか、と早苗は体を震わせながら思った。

やんごとなき上流貴族の血を受けた御方《おかた》、との見当をつけつつ今日まで接してはきた。常森源治郎たち奉行所役人の政宗に対する接し方からも、そうと見当をつけてきた。その見当だけで満足であった。

だが今政宗は、「将軍徳川家綱公に会う」と事も無げに言ってのけた。万石大《まんごく》名と言えども、そうは簡単には会えぬこの国の支配者徳川家綱である。

松平政宗様とは一体何者であられるのか、と改めて思わざるを得ない早苗であった。

やや経って気持を鎮めてから、早苗は「御供《おとも》させて下さいませ」と答えた。

政宗は「うむ……」と頷いたあと続けた。

「胡蝶は藤堂貴行ら店の者がしっかりしているので、うまくやってくれよう。私と早苗が京を離れている間は、刺客が胡蝶に近付くこともあるまい」

早苗は涙で濡れた目尻に軽く指先を当ててから言った。

「私《わたくし》もそう思います。けれどもこの早苗は少し困ったことを背負わされてしまいました」

大坂屋弥吉の皺《しわ》深い顔が、脳裏に浮かんできた早苗であった。

「少し困ったことを背負わされた?」

「はい。実は政宗様……」

早苗は大坂屋弥吉から、新しい町割となる祇園の下町代に就くよう勧められたことを、打ち明けた。

「ほほう、それはよい話ではないか。これからの時代、女は堂堂と男社会を相手に輝かねばならぬ」

「本当によい話だと、お思いでしょうか」

「うむ、思う。引き受けるがよい。そうして、自分からこの町に溶け込んでいくがよい」

「でも自信がございませぬ」

「大坂屋弥吉と言えば、この京《みやこ》では名の知られた上町代じゃ。しかも、なかなかに出来た好好爺《こうこうや》、との噂がある。その大坂屋弥吉が後ろ盾になると言ってくれておるのだ。心配なかろう。京人《みやこびと》になるよい機会ぞ」

「でも私《わたくし》は今もって幕府から命を狙われる身」

「それは必ず私が防ぐ。いや、そのために江戸へ発とうと言うのだ」

「私が江戸へ発ち、そして戻ってくるまで、大坂屋弥吉様はこのたびの件を待って下さいましょうか」

「むろん気持よく待ってくれよう。早苗がおらぬと形にならぬ話だからの。だが……待てよ……早苗は、いつだったか胡蝶が使用しているこの家屋敷は、店賃《たなちん》を払っての借り物だと申さなかったか」

「はい。政宗様にそう申し上げた時は確かに借物でございました。ですが、その直後でしたか、幕府筋が動いて買い取っていることが判明致しました」

「なに……幕府筋とな」

「私《わたくし》とその一党を排除殲滅《せんめつ》し、新たな隠密機関の永久拠点にしようとしたに相違ありません」

「なるほど、そういうことか。で、買取人名義は誰になっておるのだ。江戸幕府の役人筋か」

「いいえ。買取人名義は、私の名になっておりました。私とその一党を排除殲滅さえすれば、新しい隠密機関の長が私の名を名乗ろうとも、さして不自然ではございませぬから」

「うむ。権力行使の怖さというものが、そういったところにあるのう。けれど早苗、そのことをどうして直ぐに私の耳に入れなかったのじゃ」

「申し訳ございませぬ。政宗様のお耳に入れる程のことではない、という判断が働いておりました。この早苗にも、藤堂貴行ら配下の者たちの間にも……迂闊《うかつ》でございました」

「そうか……なれど今後は、何事も私に聞かせてくれるように」

「はい」

「町代というのは、この京《みやこ》に土地を持ち家を持って京人《みやこびと》として周囲《まわり》から認められぬ限り、容易には就《つ》けぬ立場じゃからのう。それゆえ、はて？　と気付いた訳じゃ」

「この家屋敷で、今後も胡蝶の営みを続けていて宜しいものでしょうか」

「構わぬ構わぬ。ご親切にも幕府筋が早苗名義で買ってくれた家屋敷ではないか。これまでの辛《つら》い任務の報酬だと割り切って、遠慮のう貰っておけ」

「でも、そのうち幕府の指示を受けた京都所司代や町奉行所が動き出すような気が致します。この家屋敷から立ち退《の》くように、と」

「それは恐らくあるまい。早苗とその一党の隠密任務は、幕府上層部の、しかもごく一部の連中しか知らぬ事なのだ。それら権力者にしたところで、早苗たちに命じた隠密任務の冷酷さ苛酷さ非条理さは誰にも知られたくない筈。彼等が所司代や町奉行所を動かすことは、まずあるまい」

「それならいいのですけれど」

「大坂屋弥吉が持ち込んだ下町代就任の話は弥吉の一存で出来る事ではない。恐らく寄合いの意見一致を得た上のものであり、町奉行所への根回しも終えていると思うのだが弥吉は、そうは申さなかったか」

「ええ。寄合い合議の上であり、町奉行所への根回しも済んでいることゆえ、ぜひにも引き受けてほしい、と申されました」

「そうであろう。ならば町奉行所が急に掌《てのひら》を返したような実力行使に出ることは、考えにくい。それよりも、進んで下町代に就くことを引き受け、新しい町割である祇園の顔となり、胡蝶をこの京で一番の大料亭に育て上げ豊かな人脈を築いていくことだ。さすれば権力者と言えども容易には手出し出来にくくなる」

「有難うございます。政宗様のお話で、胸の内の曇りが取れたような気が致します」

「だがな。村山寅太郎には気を付けなさい。あ奴の目つき、尋常ではない。ネバネバと薄気味の悪い目つきじゃ。それに剣の腕も、無限一刀流の皆伝だと言うからのう」

「用心いたします。徳川御三家の一つに仕《つか》える侍ゆえ、とくに気を配る必要がある、と藤堂貴行も申しております」

「うむ」

「まだ外は明るいですけれど、一本お付け致しますか。さきほど魚河岸から生きのよい鯛が入りましたゆえ」

「いや。早苗はこの明るい内に大坂屋弥吉を訪ね、下町代に就く件たしかに承知、と腰を低うして伝えてくるがよい。人柄よい大坂屋弥吉といえども作法・律儀・伝統には特に厳しい京人《みやこびと》の老顔役だ。腰を低うする気持を忘れてはならぬ。よいな」

「心得ております。で、江戸へ発《た》つ件につきましては、どのように申せば宜しゅうございましょうか」

「京を発《た》つ日については、秋がもう少し深まってから、と少し余裕を見て暈《ぼか》しておいた方がよい。また、慌ただしく不意に発つことがあるかも知れぬのでその場合は挨拶に立ち寄れぬ、とやんわり伝えておくことも忘れぬようにな。江戸行きの目的は、早苗がいま一番しておきたいことがあろう」

「高柳家の菩提寺《ぼだいじ》に詣《もう》で、亡き父と母に声をかけとう存じます」

「それでよい。菩提寺を京へ移す気持が生じた時は、また相談に乗ろう」

「はい」

「で、高柳家の菩提寺は江戸の何処にあるのだ」

「江戸城南のほど近くに、溜池《ためいけ》と称しまする大きな沼がございます」

「知っておる。文献でだがな」

「その溜池の直ぐ西側にございます紀伊大納言家上屋敷そばの小寺が、高柳家の菩提寺となっております」

「なに。またしても紀州徳川家か。早苗は、よくよく縁があるのう」

政宗は思わず苦笑し、早苗も口元を緩《ゆる》めた。

「で、その菩提寺の名は？」

「草東《そうとう》宗宝山《ほうざん》派の末寺、玉仙寺《ぎょくせんじ》と申します。玉《ぎょく》は玉串《たまぐし》の玉《たま》、仙《せん》は仙人《せんにん》の仙でございます」

「そうか。ともかく、これより急ぎ大坂屋弥吉を訪ねるがよい。胡蝶《みせ》もあろうから余り遅くならぬうちに戻ってくるようにな。京《みやこ》を騒がせておる凶賊女狐の雷造一味も未《いま》だ捕まっておらぬし……」

「日没までには戻るように致します」

「私も明日塾の件で、神泉寺の住職と相談せねばならぬ事がある。早苗は、用心のためだ。懐剣くらいは忍ばせて行きなさい。目立たぬように」

「はい。そう致します」

「京発ちは馬を走らせるやも知れぬ。そのつもりでいなさい」

「承知いたしました」

政宗は、静かに立ち上がった。早苗は、すうっと真っ直ぐに立ち上がる政宗の姿が好きであった。まるで男白百合《おとこしらゆり》のようである、と思った。優美で気品に満ち、それでいて一分のスキも無い。動きは常にやわらかく自然で、それだけに、その奥に潜んでいる一撃必殺の剣技の凄さが察せられた。考えただけで、ゾクリとき た。

早苗は座った姿勢のまま政宗を見上げ、体の内を流れる情念が急激に熱くなっていくのを抑《おさ》えられなかった。この御人《おひと》こそ、わが心の人、と思った。恋慕《れんぼ》であった。

第七章

一

この夜、東町奉行所の「同心教育掛《かかり》」で且《か》つ筆頭同心格の立場で事件取締方を差配する常森源治郎は、銀座や両替商、呉服屋などが多い室町通、両替町通、下《しも》立売通《たちうり》を見回って、二条城南に位置する東町奉行所へ六ツ半ごろ得次と共に戻ってきた。

「ご苦労だったな得次。歩き通しで疲れただろう」

「なあに、馴《な》れてまさあ。それより常森様の方こそ大丈夫ですかい。ときおり空《から》咳《せき》をしておられやしたが」

「うん。年齢《とし》なのかねえ。空気が秋冷えになってくると空咳が出るようになってなあ」

「お気を付けて下せえ。一度、順庵先生に診て貰《もら》った方が」

「心配ねえよ。飯《めし》も酒も旨《うま》いんだから。それより得次。同心風呂で疲れを取って、これで一杯やってきねえ」

「こりゃあどうも。遠慮なく頂戴《ちょうだい》いたしやす」

常森源治郎は江戸目明し得次の手に、いくらかの小銭を握らせた。

冷酷非情の凶賊女狐の雷造一味が市中を徘徊《はいかい》するようになってから、東西両奉行所は京都所司代の指示を受けて連日、「事務方」与力同心まで繰り出し探索と警戒に当たっている。

昼夜を問わぬその務めで与力同心たちは疲労困憊《こんぱい》を極めていることから、東町奉行所と西町奉行所のひと隅には、急拵《ごしら》えながら同心風呂なるものが設けられていた。

入浴は夕刻七ツ半以降、夜四ツ亥ノ刻までであったが大変評判がよく、同心が「よし」と言えば配下の目明しの入浴も認められている。

常森源治郎は同心風呂の方へ足早に遠ざかっていく得次の後ろ姿を見送りながら、「そろそろ江戸へ戻してやらねばいかんな」と呟《つぶや》いた。

「鉤縄《かぎなわ》の得《とく》」こと江戸目明し得次の恋女房シノは三歳の女児を抱えながら手伝いの若い女二人を使って、江戸神田紺屋町、金山神社そばで一膳飯屋「とくじ」をやっていた。

これが結構繁盛していて、幸い母子の生活の不安はない。

そうと知ってはいる常森源治郎であったが、色白でむっちりとした体つきのシノをこれ以上放って置くのは夫婦のためにもよくない、と気になっていた。それでなくとも江戸は、男の数に比べて女の数が極端に少ない。男は餓《う》えまくっている、と言っても過言ではない男子の過剰社会だった。

常森源治郎は奉行所の玄関を入り、長い廊下を奉行宮崎若狭守重成の執務座敷へ疲れ切った足を向けた。今日一日の務めの報告をする積もりだった。

常森源治郎には上席与力はいない。職務報告は奉行へ直接行なうことになっている。

「お疲れ様です。常森様」

「よ、お互いにな……」

常森と小脇に厚い書類を抱えた若い事務方同心が、行灯《あんどん》の点る薄暗い廊下ですれ違い、双方軽く頭を下げ合った。

創設後まだ歴史の浅い京都町奉行所であったが奉行から末席者まで相当に激職であった。職務範囲は京《みやこ》だけにとどまらず、山城、大和、近江、丹波の勘定奉行職を扱い、更に五畿内の寺社方の職をも任されていた。

しかも京都町奉行所は、「西の幕府」と言われている京都所司代と強固につながっており、それだけに地方の幕府直轄地に置かれている遠国《おんごく》奉行の中では重い存在として見られている。

「御奉行。常森源治郎、見回りより只今戻りました」

奉行宮崎若狭守重成の執務座敷の前まで来た常森源治郎は、廊下にきちんと正座をして障子の向こうへ声をかけた。

行灯の炎《ひ》がふた揺れして、「お、常森か。入りなさい」と少し疲労含みの声が返ってきた。

「失礼いたします」と、常森は障子を開けて浅く腰を上げ、座敷の中へ体を移した。奉行は文机《ふづくえ》の上やその周囲《まわり》に積み上げられた書類の中に、埋まっていた。

「朝早くから夜遅くまで御苦労であったな。疲れは大丈夫か常森」

「御奉行こそ、これはまた山のような書類で……如何《いか》がなされました」

「過去三十年のな、五畿内に於ける勘定、寺社、並びに治安上の諸問題について、東町奉行自らの手で箇条書に一冊の文書に纏《まと》めよとの指示があったのだ」

「過去三十年のですか……この忙しい時に大変ではございませぬか。お手伝いさせて下さい」

「いや、必ず奉行自らの目で過去帳を調べ、自ら判断を加え、自ら筆記するようにと言われておるのでな」

「いやに厳しゅうございますな。所司代からですね」

「所司代を通じての、幕府老中会議からの指示だ」

「老中会議の……それでは致仕方ございませぬな。お手伝いできず申し訳ございませぬ」

「なに。常森が謝ることはない。それよりも、見回りの方はどうであったか」

「室町通、両替町通、下立売通と見回って参りましたが、どこの商《あきな》いも日没前には表を閉じまして、淋しいものでございます」

「そうか。我我が凶賊女狐の雷造一味を未《いま》だ捕《とら》えられぬのだから仕方ないのう。早く京の町に活気を取り戻させねばならぬ」

「誠に……なにしろ押し込んだ先の者は皆殺しの上、一文のカネも残さず根こそぎ奪うという残虐《ざんぎゃく》さでございますから」

「そのうえ女となると五十、六十の者までも陵辱してナマスのように斬《き》り刻むという異常さだ」

「まったく鳥肌立つ異常さでございます」

「五度目の押し込みがあって、確か今日で……」

「ちょうど二十日《はつか》になりましょうか。五度目に襲われた綾小路《あやのこうじ》通の呉服商亀屋では三千両が奪われ、美人で知られた内儀が殺され、全裸で橋の欄干に括《くく》りつけられるという残酷さでした」

「あれは許せぬひどさであったな。女狐のふた文字が書かれた折り鶴ならぬ〝折り狐〟が、口にくわえさせられていた」

「亀屋は住み込みの奉公人を加えますと、二十人近い大世帯。それが皆殺しにされたのでございますから凶賊一味も相当な数で組織されていると思わねばなりませぬ」

「そうよな。亀屋が襲われて二十日が経つとなると……」

「六度目は、そろそろやも、と不安が募《つの》りまするる」

「皆、要所に出張っておるのだな」

「はい。出張っております。今月は西の奉行所は当番ではありませぬが、かなりの人数を応援に出してくれております」

「当番だの非番だのとは言っておれぬ状況だからのう。西が当番の時は非番の我我も応援を出さぬといけぬぞ」

「もとより……」

「さきほど少し庭先へ出てみたが、今宵《こよい》は月も星も見えぬドロリとした嫌《いや》な感じの夜じゃのう」

「このような夜が危ないやも知れませぬな。私は深夜四ツ半過ぎから丑三《うしみ》ツ刻《どき》にかけて、もう一度見回ってみまする」

「大変だろうが、ひとつ頼む」

「ところで御奉行。私の手足となって働いてくれております得次のことでありまするが……」

「おう。腕利きの江戸目明し〝鉤縄の得〟だな。どうした？」

「京への出向を命ぜられました私の後を追うようにして、得次も京入り致しましてから、すでに二年の月日を数えるようになりました。一度は事件探索中に斬られて命を危うくしましたが、全快しましてからは以前にも増して精力的に立ち働いてくれております」

「うむ。何か褒美《ほうび》でも考えてやらぬといかぬか」

「得次には江戸に、三歳の女の子を抱えて一膳飯屋を営んでおります恋女房シノがおります。私もよく知っておりますこの恋女房、なかなかのしっかり者で、得次とは頻繁に文《ふみ》を交わして夫婦の絆《きずな》にいささかの揺らぎもありませぬが、しかし……」

「わかった常森。皆まで言わずともよい。得次をそろそろ江戸へ戻してやれ。京の治安に貢献してくれた得次の家庭が壊れるようなことがあってはならぬ。急ぎ手続きをしてやりなさい」

「宜《よろ》しゅうございましょうか」

「よい。褒美も路銀《ろぎん》も私が充分に考えよう」

「有難うございます。本人に代わりまして、厚く御礼申し上げます」

「で、いずれ再び京へ戻すつもりでおるのか得次を」

「いえ。できれば彼には、恋女房シノのそばで、江戸の治安を守る務めに就いて貰いたいと思っております」

「そうか。では私から、江戸の奉行筋へその旨《むね》、文《ふみ》を出しておこう。常森も江戸では〝検視の源治〟と言われた辣腕《らつわん》同心だ。心を通じ合えた江戸の与力同心たちへ、得次をよろしく、と文を出しておいてやれ」

「は、そう致します。それではこれで……」

「常森はもう暫く京で辛棒してくれるな」

「もとより……」

「うむ。深夜の見回り、くれぐれも用心いたせよ。呼《よ》び子《こ》を忘れぬようにな」

「心得ました」

常森源治郎は、奉行の執務座敷から退がった。

二

「いつも御贔屓《ごひいき》に有難うございます。今宵《こよい》は月も星も出ておりませぬゆえ、どうぞ足元にお気を付けなされて、お帰り下さいませ」

早苗が最後の座敷客である新伝一刀流道場の主人《あるじ》高崎左衛門《たかさきさえもん》と、師範代《しはんだい》木河利蔵を見送ったのは、夜四ツ亥ノ刻過ぎであった。

客間に於ける高崎左衛門と木河利蔵の話は、

「どうじゃ利蔵。娘の菊乃《きくの》を娶《めと》って、道場を引き継がぬか」

「いえ。三十三歳になります無骨者の私など、とてもとても御嬢様にふさわしくございません」

「菊乃のような女は嫌いと申すか」

「滅相もございませぬ。十五も年上の無骨な男を亭主に迎えるなど、美しい御嬢様が気の毒すぎます」

「では、菊乃の方に異存がなければ、この話、受けてくれるのだな」

「ですが……何と申しますか……それは余りに……」

といった風な遣《や》り取《と》りであった。

早苗は高崎左衛門に乞《こ》われて終始、二人の横でにこやかに、その遣り取りを聞いていたが、「女将はどう思うかね」と左衛門に問われ「夫婦の年の差など信頼や愛情のさまたげにはならないかと……」と答えて、二人の話は一段落したのであった。

早苗が四半刻前まで職人達で賑《にぎ》わっていた店の一階へ戻ってみると長床几《しょうぎ》の上で、酔っ払った高瀬船の船引き人夫二人が寝そべって高鼾《いびき》をかいていた。他の客は引き揚げて、ひっそりと静まった一階であった。胡蝶の一階は士農工商の差別がない大衆客の溜まり場である。

「気持よさそうな高鼾だけれど、風邪を惹《ひ》いたりすると力仕事にこたえましょうから、目を覚ましてあげなさいな」

調理場の誰にともなく早苗が声をかけると、前掛けをした藤堂貴行が「そうですね」と微笑みながら調理場の外へ出てきた。

「おい、徳さんに安さんよ。もう朝陽《あさひ》が登っているが、今日は仕事は無《ね》えんですかい」

二人の耳元に口を近付けて、藤堂貴行がその頑丈そうな体を揺さぶった。

高鼾だった割には浅眠りであったのか、徳さんと安さんは殆《ほとん》ど同時に驚いたように勢いよく上体を起こした。

「朝陽があ?」と徳さんの素《す》っ頓狂《とんきょう》な声に、調理場でドッと笑いが生じる。

早苗が白い手を口に当て、笑いをこらえた。

徳さんと安さんは立ち上がって、まだ浅眠りを残した目で店の中を見回した。

「なんや。松平の殿様《とのさん》やっぱり来《け》えへんかったんやな女将」

「ええ。お見えになっていませんよ」

早苗はさり気なく、にっこりと答えて、調理場脇の暖簾《のれん》をゆっくりとした身のこなしで潜った。ここから先は居宅部分に通じており、客は立ち入れない。

「ちえっ。つまらんなあ」と言う徳さんの声だけが、早苗の後を追った。

船引きや駕籠《かご》舁《か》きなど気性の荒い人夫たちに訳もなく慕《した》われる政宗を、はじめのうち早苗は不思議に思えたものだった。早苗から見れば、政宗は明らかに高い教養品位を備えた、どことなく近付き難い公家風の侍であった。いや、侍風の公家と言った方が正しいのか。

だが政宗を想う日が重なるにしたがって、その謎は次第に解《と》けていった。その謎こそが政宗の人品そのものであると判ってきた。

早苗は離れの居間に戻って、ひとり茶を点《た》てた。胡蝶の一日を終えた、このひと時が早苗は好きであった。接客に次ぐ接客で連続する緊張が、この居間でのひと時、すうっと体の芯から抜けていく。

今宵は特に、ホッとする気分だった。大坂屋弥吉が、墓参を名目とした江戸行きを、快く承知してくれたのだった。

「せっかくご先祖様の墓詣《まい》りで訪ねる江戸や。半年でも一年でもゆっくりとしてきたら宜《よろ》し。その間に、祇園の区割りを、あとでモメ事が起こらんよう、きちっと決めておきますさかい」

さすが大坂屋弥吉の肝《きも》は据わっていた。

茶を飲み終えた頃、障子の外で人の気配がした。

「冷《つ》めたいお眠《ねむ》り、を御持ち致しましたが」

藤堂貴行の声であった。お眠り、とは冷《ひ》やの寝酒のことである。接客中はどれほど客に勧められても、一滴の酒も口にしない早苗であったから、胡蝶の忙しい一日が終ると、疲れを取るために、冷酒《ひや》でほんの少し喉《のど》を湿《しめ》らせることがあった。

「藤堂。ちょうどよかった。お入りなさい」

早苗の口調が、少し凛《りん》となった。

「はい」

盆に徳利をのせた藤堂貴行が座敷に入って、障子を閉めた。

二人は座卓を間にして、向き合った。

「そなたには、まだ打ち明けてはいなかったけれど、私は大坂屋弥吉殿から、新しい町割りとなる祇園の下町代に就くよう、強く勧められていました」

「その件でございましたら、チラリとですが、大坂屋弥吉殿が私の耳へも入れて下さっております」

「そう」

「それで如何がなさいますので」

「引き受けることにしました。随分と迷ったけれども、政宗様に相談したところ、よい話であるから退《ひ》いてはならぬ、と強く申されたので」

「それは宜しゅうございました。私も内心は、引き受けて戴《いただ》きたい、と思っておりました」

「だが、私には片付けねばならぬ難しい問題が、肩に乗っています」

「承知しております」

「その難しい問題を一気に片付けんがために、政宗様は私を伴って江戸へ旅発たれることになりました」

「えっ」と、さすがに藤堂貴行は、驚いて大きく目を見開いた。

早苗は江戸行きについて政宗と話し合ったこと、江戸行きを大坂屋弥吉にも墓参名目で話し了解して貰ったこと、などを淡淡とした口調で藤堂に打ち明けた。

「左様でございましたか。松平の御殿様が我等《われら》のために江戸行きを御決意下さるとは……しかし、それに致しましても……公方様に目通りを乞う、などとサラリと言ってのける政宗様の真の御素姓《ごすじょう》は一体……」

「藤堂。それを口にしてはなりませぬ。政宗様との対決に敗れ、政宗様に救われし我等が口にする言葉ではない。気を付けなさい」

「は、はい。誠にその通りでございます。申し訳ございませぬ」

「それにしても藤堂。徳川幕府の命はいつまで持つのでしょうかのう」

「え？」

「諸藩に対し常に嫌疑の目を向けて些細《ささい》なことで取り潰《つぶ》そうとするような、おぞましい姿勢では諸藩の尊敬は、とても徳川幕府には集まりますまい」

「はい。恨《うら》みだけが重なってゆきましょう」

「その恨みの力で、幕府はいずれは叩き伏せられましょう。根こそぎ」

「諸藩に対してだけならまだしも、朝廷に対しても、でございますから」

「そうですね。徳川幕府の最大の弱点は、朝廷を置く京より遥かに遠い江戸へ政権の基盤を置いてしまったことです。幕・朝の完全分離とも称すべきこの地勢的構図は、そのうち必ず幕府側に災《わざわ》いを齎《もたら》しましょう。必ず」

「私も同じ考えです。徳川幕府は二条城にこそ政権の基盤を配し、江戸には東国所司代を置くべきでした。東国諸藩の性質から見て、この所司代で充分に事足りた筈です」

「朝廷にとっては最悪の法とも言うべき禁中 並 公家諸法度《きんちゅうならびにくげしょはっと》が、徳川家康様、秀忠様によって元和元年七月に公布され、以来この法によって天皇の行動範囲、親王と大臣との席次、武家と公家の官位、朝廷の財政、そして天皇以下の服装までが統制・管理の対象となってしまいました。朝廷にとって、これほどの侮辱はありますまい」

「ええ。その辺りに同情を示し、改革を謳《うた》う諸藩、おそらく西国の列強諸藩が、そのうち朝廷に接近し連携して、打倒徳川幕府の狼煙《のろし》を上げることになりましょう。五十年後か……あるいは百年後か」

「ともかく私は、政宗様に従って危険覚悟で江戸へ旅発つことになりましょう。留守を藤堂に預けますから、塚田孫三郎らと協力し、胡蝶のことくれぐれも頼みましたよ」

「ええ。お任せ下さい。この藤堂貴行しっかりと留守を護りますゆえ、ご心配ありませぬよう」

「お眠り、は今夜は止しましょう。ゆっくりと湯を浴びて休みますから、徳利はさげて下さい」

「わかりました」

「今宵は月も星もなき不快な感じの夜。戸締りを怠りなく頼みましたよ」

「はい。それでは、お休みなさりませ」

「ご苦労さま」

徳利がのった盆を手に、藤堂貴行が退がっていった。

早苗は離れに付属している、こぢんまりとした風呂に入った。いつもこの刻限に入ることを心得ている下働きの老爺《ろうや》が沸《わ》かしてくれる、いい湯であった。

早苗は両の手を、湯の中の白い乳房に、そっと当ててみた。

こうしていると、自分が女であることを、意識できるのだった。文武に激しく打ち込んできたことが、過去へ流れ去っていくようにも思えた。

「おおきな、お乳だこと」

早苗は呟《つぶや》いて、ひとり含み笑いを漏らし、弾力に富んだやわらかな乳房を、軽くひと撫《な》でした。

まだ男を知らぬ躰であった。この躰を誰に花咲かせて貰うかについては、すでに固い決意を秘めている早苗であった。それまではひと指の先さえも、誰にも触れさせせぬ積もりでいる。

肌を薄桜色に染めて、早苗は湯から上がった。誰に見られている訳でもなかったが、それでも両の手は、しとやかな仕草というか、まだ花開いておらぬ初初しさで体毛ひろがった前を隠していた。湯気避《よ》け傘をかぶった一本の蠟燭《ろうそく》の薄明りの中で、露《あらわ》になった豊かな乳房が、ゆさりと弾むようにしてひと揺れする。その刹那《せつな》、妖《あや》しき色が飛び散った。湯気満ちる朧《おぼろ》の妖しき世界から生まれ立った、女《にょ》神《しん》の如くであった。

肌を拭《ふ》き清め、綿の入っていない軽い夜着で躰を包んで、早苗は居間へ戻った。

夜着と言えば綿の入った体の自由が利かない大形の着物のようなもの——まるで蒲団——が普通であったが、早苗は絶対にそれを用いなかった。夜中、刺客に不意打ちされれば、瞬時の防禦、反撃に影響が大き過ぎるからである。

で、下働きの老婆に綿の入っていない薄手の軽い寝巻を縫い上げて貰い、床に就く時はいつもそれを着ていた。掛け蒲団も、真冬であっても薄手である。

早苗は心地よく眠りに引き込まれていった。意識を次第に遠のかせてゆき乍《なが》ら、そうだ桃は紅葉屋敷へ行っているんだった、と気付いた。

しかし、そのまま安らかに「無」の闇《やみ》へと入っていった。

やがて、夢が訪れた。美しい山河が続く明るい何処かを歩いている夢であった。道の両側には色とりどりの花が咲き乱れていた。

遥かに前方を、深編笠の政宗がゆったりと歩いている。早苗は追いつこうと足を早めるのだが、政宗の後ろ姿は、どんどん遠ざかっていく。声をかけても、振り向いてくれない。

そのうち二人の間へ、カラスの群《む》れがガアガアと鳴き喚きながら割って入り、早苗の頭上にたちまち夜が広がった。

早苗は目を覚ました。どれほど眠ったのか判らなかったが、少し寝汗をかいていた。

(いやな夢……)と寝返りを打つと、目の前すこし先で行灯の炎《ひ》が揺れた。

いつ何時《なんどき》暗殺者の訪れがあるか知れないから、行灯の炎は夜が白むまで落ちないように気遣っている彼女だった。

再びの眠りに入ろうとして、早苗は目を閉じた。

しかし、その目は直ぐに開かれた。何かに集中するかのように、じっと天井を見つめている。

そして形のよいその唇の間から、「来た……」と呟きが漏れた。

早苗は静かに起き上がって、桐《きり》の箪笥《たんす》の一段目の引き出しを開け、右手を差し入れた。

視線は、障子へと向けられている。

早苗が桐の箪笥から取り出したのは、今は亡き父高柳正吾郎《しょうごろう》の遺刀《いとう》である観世《かんぜ》正宗《まさむね》二尺一寸三分であった。〝忍び刀〟として手頃な長さである。

できるだけ刀は手にしたくない早苗だった。だが、このような刻限に訪れる客に対し、無防備でいる訳にはいかない。しかも相手は尋常の訪れようではなかった。気配が全く無いのだ。

その〝無い気配〟を、早苗は捉えたのである。気配なく訪れる奴が凄《すご》いのか、その不気味な奴を捉えた早苗の方が凄いのか……。

(雨戸が……開けられた)

耳を研ぎ澄ませて、彼女は胸の内で言葉なく呟いた。座敷の直ぐ前の雨戸ではなかった。開けられた、とする無の気配は、ずっと右手の方から漂ってきた。おそらく渡り廊下のあたり、と早苗は読んだ。日中、渡り廊下は開放的になっているが、夜ともなると雨戸は閉ざす。

むろん、からくり閂《かんぬき》も掛ける。何者かは苦もなく、それを外したようであった。

早苗は観世正宗二尺一寸三分の鞘《さや》を穏やかに払って、帯にその鞘を通した。鞘とて武器となりうるから、手放せない。

(近付いてくる……そろりと……)と、早苗は感じた。足音もなく、実にそろりと、だが滑るが如く淀《よど》みなく近付いてくる。尋常の足さばきではない、と彼女には判った。

〝無《む》〟の気配が、座敷の前で止まった。

早苗は腰を下げつつ、左足を引いて観世正宗を腰高正眼に身構えた。

ところが彼女は直ぐ様、「ん？」と怪訝《けげん》に思った。

障子を通して、攻撃の気配いや殺気が向かってこないのだ。微塵《みじん》も。

障子の外に何者かがいることは、確かだった。

早苗は、構えを崩さずに待った。相手もこちらも身じろぎ一つせぬ長い対決は、これまでに数数経験してきている。しかも一度として、敗れたことはない。天地ほどもの実力差を感じたのは、ただ一人。松平政宗だけである。対決らしい対決までゆかぬうちに、敗北——それも完全な——を認めざるを得ない〝いとおしい人〟であった。

時が過ぎてゆく。

早苗は、油断なく待った。

が、そのうち、奇妙な気配が伝わってきた。

（こ、これは……）と、早苗は思わず戸惑った。感情のうねり、であった。いかにも狂おし気な感情のうねり、であった。それも熱い、この上もなく熱い、そしてヌラリとした粘稠質《ねんちゅうしつ》な感情のうねりであった。それが障子をまるで突き破るようにして、向かってくる。熱せられて向かってくる。次第に激しく。

殺気の含みはない。

たまりかねて「誰じゃ……」と早苗は誰何《すいか》し、刀を下ろした。

と、障子にバシャッと何かの当たる音がした。

「誰じゃ……名乗らずば斬る」

早苗は、もう一度静かに声をかけた。威《おど》しではなかった。斬るつもりであった。

するとうしおが退くように、粘ついたうねりは遠ざかっていった。

早苗はそれでも油断なく障子に近付き、二尺ばかりの間を取って、観世正宗の切っ先を用い障子を開いた。

誰もいなかった。

彼女が行灯を広縁に移してみると、薄明りの中に、渡り廊下の方からやってくる足跡と、渡り廊下の方へ去っていく足跡が、点点と残っていた。

（この足跡はワラ草履ではなく……雪駄）

　侵入者は侍であったか、と想像した早苗の脳裏に、なぜか村山寅太郎の顔が浮かんだ。

　このときになって早苗は、微《かす》かにだが臭いを感じた。何の臭いであるかを識別するには、余りにも微《かす》かであった。

　嗅覚《きゅうかく》は配下の塚田孫三郎が格段に優れている。

　早苗は足音を殺して広縁を、渡り廊下の方へ向かった。矢張り渡り廊下の雨戸が人ひとりが入れる程度開けられていた。柱に掛けられた防火作りの小さな行灯の炎《ひ》が、せわしく揺れている。

　雨戸を閉め、からくり閂《かんぬき》を掛けた彼女は、調理場と接するかたちである塚田孫三郎の四畳半の部屋へ向かった。

　塚田の居室も、障子を通して行灯の薄明りを漏らしていた。胡蝶で働く早苗の配下たちの部屋は、それが常となっていた。自分たちにとっての、真の平穏が訪れるまでは。

「塚田……休んでいるところを、すみませぬが」

早苗は、そっと声をかけた。優しい響きであった。

直ぐに障子が開いた。文机の上に、何やら書きものが載っている。

「おや、邪魔をしましたか？」

「いやなに。明日の煮物を何にしようかと、あれこれ考えていたのですよ」と、塚田も小声。

「そう、ご苦労さま」

「で、どうなさいました」

「ちょっと塚田の嗅覚を貸してはくれぬか」

「判りました」と塚田孫三郎の表情が、硬くなった。一を聞いて十を悟《さと》る、なのであろう。

二人は足音を忍ばせて、渡り廊下の方へ向かった。

その渡り廊下の直前で、ふと塚田孫三郎の足がとまった。

「どうしました？」

「血……」

「なに、血とな」

「はい。微《かす》かに……血の臭いがします。人の血の臭いが……間違いありませぬ」

そこで早苗は、薄暗い渡り廊下の中ほどを、黙って指差した。

塚田は、その方へ目を凝らした。防火作りの小さな行灯の炎《ひ》の下に、彼は点点と続く足跡を認めた。

「侵入者があったとは……全く気付きませんでした。申し訳ありません」

「完全に己れの存在を無《む》と化した、見事と言うしかない侵入でした。渡り廊下の雨戸を細目に開けてな」

「なるほど。からくり門を破られましたか」

「からくり門の考案は藤堂が好みとするところですから、仕掛けを改めるようにと塚田から伝えておきなさい」

「承知しました」

二人は渡り廊下を渡って、早苗の居間へと近付いた。

と、またしても塚田の足が、居間の手前で止まった。

「また血の臭いがするのか」

「ええ、微かに致しますが、それとは別に……」

「別に？……なんじゃ」と早苗の語尾が少し険しくなった。

「はあ」と塚田は、口ごもった。早苗は、いぶかし気に塚田を見つめた。

「長官《おかしら》は……いえ、女将は暫くこの位置から、動かぬようにして下さいますか」

「どうしたのです」

「ともかく、此処にいらして下さい。宜しいですね」

「そうせよ、と言うなら」と、早苗は解《げ》せぬ風に頷《うなず》いた。

塚田孫三郎は姿勢を低くして足元を眺め眺め、そろりと歩を進めた。そして早苗の居間の前までくると、「あっ」という表情をつくって、いきなり障子を破り出した。

そこへ、気配を感じたのであろう、藤堂貴行が忍び刀を右手に足音もなくやってきた。

彼は早苗に軽く一礼すると、そのまま塚田孫三郎に近寄った。

「何事だ」と、藤堂は囁くようにして塚田に訊《たず》ねた。

「侵入者があった」と、塚田も囁き声で応じた。

「なにっ、何処からだ」

「渡り廊下の、からくり門が破られてな」

「それで、その障子はどうしたと言うのだ。なぜ破った」

「侵入者は、長官《おかしら》の居間の前で、手淫《しゅいん》を放ちおった。障子に、べ、と、りとな」

「なにいっ」と、藤堂の声がうっかり高くなって、塚田が慌てた。

「長官《おかしら》は、清楚《せいそ》な美しい御人柄だ。このことは知らせない方がよい。言ってはいけない」

　塚田が早口で囁き、藤堂が「う、うん」と狼狽《うろたえ》気味に応じたところへ、早苗が
「障子に何があったのです」と近付いてきた。

「血の臭いが一段と強く感じましたので、その部分を破り取りました。朝のうちに張り替えますので、それまでこのまま御辛棒ください」

「それは構わぬが……」と、早苗のうかぬ表情は一段と美しい。

　藤堂は早苗に気付かれぬよう、奥歯を噛《か》み鳴らした。藤堂にとっても塚田にとっても、早苗は一党の差配として絶対的な存在であった。その強さ、その優しさ、その美しさ、そして時に見せるハッとするような妖しさに配下の誰もが心酔していると言ってよかった。

その早苗の居室の障子へ手淫を放ち汚したということは、侵入者が淫《みだ》らな欲望を抱いていたことの証しである。その目的のみで侵入した可能性があった。

(許せぬ……)と、藤堂は体の奥で怒りを泡立てた。

早苗が塚田孫三郎に向かって訊ねた。

「侵入場所である渡り廊下から私の部屋の前に至るまで、血の臭いが続いておるのですか」

「そうではありませぬ。侵入場所とこの座敷の前だけです」

と、塚田は答えた。事実そうであった。

「もしや、その侵入者は、何処ぞで人でも斬ったのではありませぬか」

藤堂が口を挟んだ。

「そうかも知れぬ。朝、日が昇ったなら、広縁や庭の石畳に血痕《けっこん》がないか調べてみなさい」

「承知しました。今夜は塚田と私で、寝ずの番を致します」

「私なら大丈夫です。明日の仕事もあろうから、もう休みなさい」

「なれど……」

「私の身は私が護る。心配ない」

早苗はそう言い残して、破れ障子の居間へ入った。

三

京都東町奉行所の常森源治郎は見習同心奥山栄作と、生っ粋の京目明し〝蛸薬師の三次〟の二人を従えて、深夜丑ノ刻の下立売通を西から東へ――御所方面へ――向かって見回っていた。

この下立売通及び、これと交わって南北に走る油小路通、西洞院《にしのとういん》通など何本かの通りには、呉服屋や両替商が目立った。とくに、呉服屋は下立売通と室町通に密集していると形容しても言い過ぎではないほど、軒を並べている。

「いやな夜ですねえ常森様。月は疎《おろ》か星一つ見えまへんがな」

足元提灯を持つ目明しの三次が、不安気に夜空を仰いだ。

「まったく何か起こりそうな夜だな」と常森源治郎が答えると、矢張り足元提灯を持つ見習同心の奥山栄作が顔をしかめた。

「くわばらくわばら、ですわ」

「何がくわばらだ奥山。そう言えば、お前はまだ切り刻まれた死体というのを、見たことがないんだったな」

「は、はい。幸か不幸か、小さな事件ばかりに縁がありまして」

「喜べ。ひょっとすると今夜あたり大人になれるかも知れんぞ」

「大人に？」

「本物の同心になれるかも知れん、ということだ」

常森が冗談半分、本気半分の口調でそう言ったとき、目明しの三次が「常森様あそこ……」と指差した。声が緊張している。

女狐の雷造一味が京の夜を震撼《しんかん》させるようになってから、辻灯籠《つじとうろう》の数が主だった通りの角に増やされていた。

三次が指差したのは、下立売通と西洞院通が交差する角に設けられた、辻灯籠の方角だった。距離にして八間《けん》か九間といったところか。

その辻灯籠の脇で、二匹の野良犬が唸《うな》り合いながら、何かに食いついていた。

常森、奥山、三次の三人は目を凝らした。どこかで夜烏《よがらす》が不気味に鳴く。

「あれは……人間の腕だ」と、いきなり常森が走り出した。「えっ」と驚いた奥山と三次がその後を追う。足元提灯の炎が今にも消えそうに、大きく揺らいだ。キバを剝《む》いて立ち向かってこようとする野良犬二匹を、常森は「こらっ。行けっ」と十手を振り回し足を蹴《け》り上げて追い払った。

彼の足元近くに転がっている無残なものは、確かに人間の右腕だった。それを間近に見た奥山栄作は、夜空を仰いで何度も大きく息を吸い込んだ。

「見ねえ三次。こいつあ肩の付け根から断ち切られているぜ」

「へえ。それも斬り落とされて、それほど経ってまへんね」

「その通りだ。野良犬に食い破られたところから、少しだがまだ血が垂れている」

「常森様。この腕、ひょっとすると……」

「その、ひょっとだ。この辺りの商家を三人手分けして、虱潰《しらみつぶ》しに当たってみよう。表戸が蹴破られていたり、裏木戸が開け放たれたままの商家を見つけたら、呼《よ》び子《こ》を鳴らせ」

「合点……」

三人は三方へ分かれた。凶悪事件を見馴れてきた三次は韋駄天《いだてん》の如くであったが、見習同心奥山栄作の動きには勢いがなかった。野良犬に食いちぎられた人間の右腕を見て、心臓も胆も縮んでしまったのであろうか。

常森源治郎は商家の表戸や裏木戸がしっかりと閉じられているかどうか、一軒一軒確かめて回った。

何軒目かで両替商の表戸に手をかけようとしたとき、右手斜めの方角から呼び子が鳴った。けたたましい鳴り様《よう》だった。近い。

常森源治郎は身を翻した。

二つ目の辻を左へ駈け込むと、向こうから三次が走ってくる。そして、直ぐ先左手の道から見習同心奥山栄作が飛び出した。

呼び子を鳴らしたのは、三人のうちの誰でもなかった。目と鼻の先に二条城御用達の老舗の呉服屋「泉屋《いずみや》」があって、その前で仁王立ちとなった小柄で小肥りな同心藤浦兵介が、夜空に向けた呼び子を力強く吹き鳴らしていた。

「どうした兵介」と、声をかけながら常森源治郎が駈け寄る。

「あ、常森さん、やられました」

「なにっ」

藤浦兵介の背後の暗がりで、「泉屋」の表戸が開け放たれていた。

四人は肩をぶっつけ合いながら店内へ、雪崩《なだ》れ込むが如く飛び込んだ。

が、常森も奥山も目明し三次も、思わず棒立ちとなった。

屋内では藤浦兵介が使っている下っ引二人が動き回り、足元提灯で血まみれの現場を、ぼんやりと浮き上がらせていた。

逃げまどう店の者を、背後からめった斬りにしたと判る血の池の地獄絵であった。

「女狐の雷造一味か兵介」

「はい。ともかく主人夫婦の部屋を見て下さい」

「足跡などは？」

「雪駄とワラ草履のものらしい足跡が、廊下や広縁に入り乱れて残っています」

「よし、行こう。栄作と三次は、隠れて生き伸びている者がいないかどうか、その辺りを調べてみてくれ」

言い残して常森源治郎は、藤浦兵介の後について店——と言うよりは屋敷——

の奥へと足を運んだ。

薄暗く長い廊下であった。柱に掛けられている防火行灯の炎が、惨劇を物語るかのようにゆらゆらと揺れている。

途中の女中部屋は、正視できない酷さであった。十三、四の者から五十を過ぎたと判る者までが、全裸状態で胸をひと突きであった。

辱《はずか》しめを加えたのち、殺したのであろう。

「くそっ。許せねえ」

眦《まなじり》を吊り上げて、源治郎は奥へ急いだ。怒りで体が激しく震えていた。

「ここです」

藤浦兵介が足を止めた廊下は、雨戸が二枚左右に開いていた。座敷の障子は破れて、血に染まっている。

兵介に促されるようにして、源治郎は夫婦の居間——寝室——へ入った。

「な、なんと……」

死体を見馴れている源治郎ほどの者が、顔をそむけた。血を吸った蒲団の上には夫婦の首無し死体が仰向けとなっていた。内儀は全裸で肢体を大きく開いた状態だった。

夫婦の首から上は、これ見よがしに文机の上に並べて置かれ、内儀は折り鶴ならぬ折り狐を口にくわえていた。目はカッと大きく見開かれ、なんとその目には、涙が浮き上がっている。

「旦那の泉屋宗衛門《そうえもん》は五十五歳で三年前に連れ合いを流行り病で亡くし、後添いになったのは女中頭のセイ三十八歳です」

兵介が、文机に並ぶ夫婦の首から上を見つめながら、言った。

「そうか。ここの地割りは兵介の見回り区域だったたな。宗衛門やセイとは話を交わすこともあったのか」

「ありました。二人とも誠実な人柄で、店の者たちにも慕われていましたよ」

「それにしても兵介よ……」

源治郎は首の切り口へ目を近付けていった。

「ちょいと行灯を持ってきてくれるか」

「はい。ただいま」

兵介は柱に掛かった防火行灯を外すと、文机に近付けた。この防火行灯は炎の先端の少し上に鋼の傘をかぶっており、更に一寸ほどの間を空けてもう一枚鋼の傘をかぶっていた。一枚目の傘は行灯の炎が何かに直接燃え移るのを防ぐためのもの。二枚目の傘は熱せられて熱くなった一枚目の傘の熱を防ぐためのものだった。非常によく出来た二重構造で、とかく火災の多い京《みやこ》では、経済的に余裕のある大店などがこの防火行灯を好んで用いている。その日ぐらしの町人の手にはとうてい入らない、高価な物だ。

行灯の油が燃えるチリチリという音を右の耳に入れながら、腰をかがめた源治郎は鋭い視線を文机の上の生首二つに注いだ。

「この切り口を見ねえ」と、源治郎が指差す部分へ、兵介も顔を近付けた。

「一刀のもとに首を断つ、という迷いのねえ斬り方だ。なまくらな腕と刀じゃあ、こうはいかねえ」

「その通りだ源さん」と、二人の背後から不意に声がかかった。

生首に神経を集中させていた源治郎と兵介はびっくりして、振り向きつつ腰を上げた。

目の前になんと、無腰の松平政宗が懐手で飄然《ひょうぜん》と立っている。

「こ、これは若……いや、政宗様。一体どうして此処《こちら》に？」

「神泉寺の住職とつい話し込んでしまってな。般若湯を勧められるうち、このような刻限になってしもうたのだ」

「左様でございましたか」

「和尚に庫裏《くり》へ泊まるよう言われたが、紅葉屋敷が気になった。泉屋の前を通って帰るところだったのだ。あ、紅葉屋敷に侵入騒ぎが生じた時は源さんや得次に大層世話になったと、母が申しておった。心から礼を言わねばならぬ」

「何を水臭いことを申されます。役所に於ける事後の処理は、きちんと済んでおりますので御懸念ありませぬように」

「すまぬ……」

「ところで政宗様。泉屋夫婦のこの酷い斬られ様ですが……」

「亭主の首は後方から斜め上に向かって、一刀のもとに斬られたと見るべきだろう」

「と言うことは、抜刀術」

「うむ。居合いで抜き放ちざま斬られた、と見て間違いなさそうだな」

「それも相当の凄腕……免許皆伝並の……ですか？」

「そうかも知れぬ。源さんや藤浦兵介がうっかり真正面から立ち向かうべき相手でないことは確かです。用心した方がよろしい」

「一撃のもとに殺《や》られましょうか」

「おそらく」

さらりと答えた政宗に、源治郎と兵介は顔を強張らせて、お互いを見つめた。

「それにしても許せぬ奴」と、政宗が呟き、源治郎も兵介も黙って頷いた。

「で、源さん。いか程のカネが奪われたのです？」

「実は私も、つい今しがた駈けつけたばかりでして……おい兵介、その点はどうなんだ」

「金蔵《かねぐら》の扉は開け放たれ、中には一文のカネも残っておりません」

「うむ」と、政宗は懐から両腕を出して、血蒲団へ近寄っていった。

彼は首なし遺体の足や腹部に手先を押し当てながら、言った。

「惨劇があって、まだそれほどの刻限は経っておらぬな。そう遠くない場所に息を潜めているのではあるまいか」

「私もそう思いまする」と、常森源治郎は答えた。

「廊下や広縁に残されている足跡のうち、雪駄と思われるものは一種類、その他は全てワラ草履と見られる。どうやら凶賊の頭は侍で配下はゴロツキ共《ども》のようだが、過去の事件現場での足跡はどうであったのです源さん」

「それが、過去の事件現場の足跡は、全て綺麗《きれい》に拭き消されておりまして」

「ほう。それはまた」

「今回、足跡を残したのは、我我の探索能力を余程馬鹿にし始めたのか、それとも単なる消し忘れか、あるいは何か急ぐべき次の行動予定があって拭き消すことを省いたのか……ちょっと見当がつきませぬ」

常森源治郎は下唇を噛みしめた。

「急ぐべき次の行動予定……か。ふむう、そいつが気になるなあ」

「実は私もでございます。一晩のうちに二つ三つの大店を、矢継ぎ早に襲うつもりではないかと心配です」

そこへ呼び子を聞きつけた同心、目明し達が次次と泉屋に駈け付け、目にするその余りの残酷な光景に騒然となった。

四

何事もなく三日が過ぎて四日目の朝巳《み》ノ刻ごろ、政宗は紅葉屋敷を出て西の方角ほど近くにある朝峯神社に参拝した。安産とか健康の神様で、日課になっている訳ではなく、気が向くと、ぶらりと訪れるのだった。秋から冬にかけて、この神社のそう広くない境内には、全身が真っ白な小さな野鳥が、たくさん飛び集まってくる。うるさく囀《さえず》ることもなく、必ず二羽が寄り添うようにして枝にとまり、お互いの白い毛並を嘴《くちばし》で梳《す》き合ったりする。ときおり、どちらかがチチチッと短く鳴く。夫婦《つがい》なのであろうか、仲がいい。

その穏やかな光景を眺めるのが好きで、秋になると政宗はやってくるのだった。今朝も彼は無腰であった。境内のモミジは、だいぶ色付き始めていたが、落葉樹はまだ緑の葉を多く残していた。

朝峯神社へ参拝することは、母千秋には伝えてある。むろん下働きの喜助やコウにも。

「人間は汚れた醜《みにく》い心のかたまりを持っているが、お前たちは美しく輝いているのう」

政宗は枝に止まって羽をすり合わせている二羽の小鳥を見上げながら、ほほえましく囁いた。

身なりから百姓と判る若い母親が、赤子を背負って、拝殿に向かって手を合わせ深く頭を下げている。働き過ぎて体をこわした夫の身を案じているのであろうか。それとも来年の豊作を神頼みしているのであろうか。

その隣では、少しばかり裕福そうな身なりの老爺が、じっと拝殿を見つめながら何やらブツブツ言っている。

静かな光景であった。

政宗はモミジの下を通って、神社の境内を西に出た。

目の前を小川が流れている。この小川というのは、川の名前であったが、なるほどその通りのかわいい流れであった。水は透き通っていて、岸の両側には薄紅紫色のレンゲに似た花が密生していた。が、今はレンゲの季節ではない。

政宗は、ゆっくりと小川を下った。

彼は紅葉屋敷を出る前から、一人の侍の顔を脳裏に思い浮かべていた。

村山寅太郎である。

胡蝶の裏木戸の前で村山寅太郎と一触即発であったあの時、実は政宗は相当に圧倒されている自分を捉えていた。無腰であったからではない。人を斬り馴れているかのような村山寅太郎の身構え——気迫を一点に集中させた見事な身構え——に、鳥肌立っていたのである。

（あの侍、一体どのような家柄なのか……）と、政宗は考え続けた。もし真正面から立ち合えば、よくて互角、下手をすれば遅れを取る相手かも知れない、と思った。

（まこと厄介な奴が、早苗に惚《ほ》れこんだものよ）と、政宗にしては珍しく小さな溜息《ためいき》をついた。

「無腰の姿で何を悩んでおるのじゃ」

突然、政宗の背後から声がかかった。聞き忘れる筈もないその声に、政宗は反射的に振り向いた。

「こ、これは御師匠様……」と、政宗は深深と頭を下げた。思いもしていなかった小柄な大人物、夢双《むそう》禅師が目の前に立っていた。政宗の大恩師、そして禅宗の高僧であり守護剣法の草創者である孤高の大剣聖である。年齢《よわい》八十八歳。

「これこれ、この小道は職人や商人も通れば、脇の田畑では百姓たちが仕事に勤《いそ》しんでおる。固苦しい姿形《すがたかたち》を取るでない」

「はい。それに致しましても御師匠様……」

「何用あって奥鞍馬からわざわざ下りてきたのか、と申すか」

「余程の御用あってのことでございまするか」

「ははは。さる御方に是非にと招かれてな。それで昼餉を共に致すことになったのじゃ。これ迄にも二度三度と御招き下さったのじゃが、遠慮申し上げてきた。だが、もう断わり切れぬ」

「左様でございましたか。では、お訪ねなされます屋敷の前まで御供仕《つかまつ》ります」

「いや、よい。三林坊が付かず離れず従ってくれておるのでな。気にせずともよい」

「三林坊が……」と、政宗は大恩師の後方へ視線をやった。

二十間ばかり離れた道の脇に、取り残されたように楢《なら》の古木が二本並び立っていて、その陰から黒毛の馬の手綱を引いた仁王の如き巨漢、三林坊が姿を見せ、うやうやしく頭を下げた。

「三林坊が一緒でございましたか。ならば安堵《あんど》いたします」

「まだまだ私を年寄り扱いするでないぞ政宗。あははは っ」

「そう言う訳ではございませぬが、何があるか判らぬ物騒な昨今の京《みやこ》でございますから」

「その方、何やら考えごとをしておる顔つきじゃったな。とんでもない剣客から勝負を挑まれ、敗れるのではないかと怯《おび》えておるのか」

相変わらず鋭い大恩師の眼力に、政宗は一瞬息を止めたが、直ぐに笑みで繕《つくろ》った。

「べつに怯えるような問題は生じてはおりませぬが……」

「そうか。ならばよい。その方《ほう》の唯一の欠点はな、己れの剣の程を知らぬ事じゃ」

「己れの剣の程を?……」

「この夢双禅師がその方に剣について、あるいは柔《やわら》について教えることは、もう何一つない。あとは精神《こころ》の鍛練を欠かさぬことじゃ。精神《こころ》の鍛練を日日、積み重ねよ政宗。よいな」

「肝《きも》に銘《めい》じまする」

「うむうむ。それでよい。さすれば己れが見えてくる。奥鞍馬は暫くすると雪に美しく覆われよう。また雪見酒に戻っておいで」

「はい。有難うございます」

「母者を大切にな」

そう言い残して、孤高の大剣聖は静かに歩き出した。政宗は動かず、大恩師の後ろ姿に向かって深く頭《こうべ》を垂れた。

馬の手綱を引いた三林坊が、古檜の陰から現われ近付いてくる。

政宗は頭を上げて、近付いてくる三林坊の方へ体の向きを変えた。

奥鞍馬の想繼院を守護する剣僧は二百二十二名。その剣僧たちの頂点に立って差配する三林坊は六尺三寸を超える大男であり、守護剣法の皆伝者でもあった。

だが未《いま》だ、政宗と打ち合って勝った例《ため》しがない。

「ご苦労だな三林坊。御師匠様を頼むぞ」

「お任せあれ。細かいところにまで、気を配っておりまする」

「で、どなたの屋敷へ招かれておられるのだ」

「夢双禅師様から、お聞きではなかったのですか」

「さる御方、としか聞いておらぬ」

「左様でございましたか。実は法皇様から招かれておられまして」

「なに。仙洞御所へ向かわれると言うのか」と、政宗はさすがに驚いた。

「これ迄にも幾度か御昼《おひる》を共にと招かれておられたのですが、恐れ多いことだと辞退なされておられました。しかし、三度も四度も断わりを重ねては、かえって非礼になると……」

「そうであったか。しかし、父上いや法皇様は一体何用あって……」

「いやあ。用というよりは、政宗様が奥鞍馬で育ってこられた足跡とか、剣の修行に明け暮れていた様子とかについて、夢双禅師様にあれこれお訊ねになりたいのでございましょう」

「なるほど……それにしても三林坊。お前の今日の姿形はまた凄《すさ》まじいのう」

「似合ってはおりませぬか」

「御師匠様は、その恰好でよし、と申されたのか」

「苦笑なされておられましたが」

「そうであろう。六尺三寸を超える仁王のような巨体を黒の僧衣で包み、腰に黒鞘の大小を帯びたる姿は、まるで武蔵坊弁慶ぞ」

「こ、この姿で仙洞御所に御供致すは、非礼になりましょうか」

「なあに。法皇様は豪胆な方であるから恐らく、かえって気に入られよう。場合によっては、お前も一緒に御昼を共にすることになるかも知れぬなあ」

「め、滅相も。それは困りまする」

「いいではないか。法皇様と膳を挟む機会など、そうあるものではないぞ」

「とんでもございませぬ。そのような恐れ多いこと、申して下さいまするな政宗様」

「ははは。肩が凝ってしもうて、せっかくの料理の味が判らぬわなあ」

「左様でございますとも。控えの間で一人、がつがつと大飯を食らっている方が楽でございまする」

「ともかく三林坊。くれぐれも御師匠様を頼むぞ。お疲れなどが残らぬようにな」

「はい。心得ましてございます。それでは、これで……」

「うん」

政宗が黒毛の馬の首筋を掌でポンポンと軽く叩くと、馬はゆっくりと歩み始めた。

政宗は次第に遠ざかっていく夢双禅師と三林坊の後ろ姿を、暫くの間見送った。

父後水尾法皇が、わが大恩師を幾度となく招いていたとは意外であった。

だが、考えて見れば不思議でも何でもない。自分の幼少年時代を厳しく教育し鍛練してくれたのは夢双禅師である。その夢双禅師に、わが子の知らぬ部分について訊《き》きたいと思うのは実の親の情と言うものであろう、と思った。

政宗は、紅葉屋敷へ引き返し始めた。

「ほう。秋蝶か……」

呟いて政宗は目を優しく細めた。川岸を埋めている薄紅紫色のレンゲ様《よう》の花の上を、二匹の黄蝶が戯れるように舞っている。

(あの二匹は夫婦か、それとも好いた者同士か)

そのようなこと考えて政宗は、ひとり苦笑を漏らした。

早苗の品のある笑顔が、ふっと脳裏をかすめた。その直後、村山寅太郎の顔も。

第八章

一

政宗は再び朝峯神社の境内へと入っていった。

参拝する者の姿は、一人も見当たらなくなっていた。静まりかえった境内で、ときおり野鳥が囀《さえず》った。

「おう。お前達はまだいたのか」

先程目にとまった仲のよい二羽の小鳥は、まだ直ぐそこの小枝にとまって、嘴《くちばし》を触れ合わせていた。

「人間とは愚かなものじゃのう。妬《ねた》み、嫉《そね》み、はては疑《うたぐ》り憎《にく》しみ合《お》うて殺し合う。お前達のように優しく美しい心だと、京の都も平穏なのじゃが」

政宗が二羽の小鳥を眺めながら語りかけると、二羽の小鳥は揃って下を見てチチチッと小さく鳴いた。まるで政宗に対し「本当に人間は愚《おろ》かですねえ」と答えているかのようだった。

「ははは。お叱りを受けたのかな。いつまでも元気でな」

笑みを残して政宗は歩き出した。

境内を東の方へ抜けようとすると、小駈けにやってきた常森源治郎とばったり出会った。

「お、源さん」

「あ、若……いや政宗様。出会えてようございました」

「随分と急いでおるようだな。どうしました」

「御屋敷を訪ねましたるところ、御門前の掃除をしておりました喜助の爺《と》っつぁんが、政宗様は朝峯神社へお散歩に、と申したものですから」

「女狐の雷造一味でも捕えましたか」

「いやあ、それはまだ……実は例の、霊体とも思われる津山早苗なる娘に関し、廃寺光明院や大和・三笠藩について幾冊もの過去帳を調べ合わせましたるところ、ようやくのこと色色な事が判って参りました」

「ほう」

「先ず、津山早苗なる娘の父津山玄市郎が、大和・三笠藩に京詰め家老として実在していた最後の年は、今より三十二年前と判明しました」

「三十二年前……」

「はい。この年に津山家に悲劇が生じております」

「三十二年前と言えば、そう遠い昔ではないのう」

「その通りでございます。当時の大和・三笠藩の石高は四万八千石。藩主は京《みやこ》出身で菩提寺《ぼだいじ》を光明院に置く青山和泉守信邦様」

政宗は黙って頷《うなず》いた。早苗から報告を受けている内容と違っていなかった。

常森は辺りへ気を配りながら小声で話を続けた。よく整理され、要点に順序をつけた聞いていて実に判り易い報告であった。

「……そういう訳で津山早苗に邪《よこし》まな想いを抱いていた藩主青山和泉守様は、三十二年前光明院で催した茶会で、光明院の修行僧の一人に策を手伝わせて、なんと本堂で津山早苗を凌辱《りょうじょく》。このときの彼女は五日後に婚儀を控えておりました」

政宗は、またしても黙って頷いた。早苗の報告と違っていなかった。

源治郎の話が続く。

「結果、津山早苗は遺書を残して自死。悲しみにくれる京詰め家老の父と許嫁《いいなずけ》は藩主の無謀を書面で幕府に訴えた後《のち》、青山和泉守様に斬《き》りつけて切腹。青山家は御取潰《とりつぶ》しとなりました。そして光明院も廃絶」

「酷い話だ。馬鹿が権力を持つと、下が困るのう」

「まこと、その通りでございます。今回の調べでは、所司代や西町奉行所に保管されております過去帳にも目を通したのですが、所司代及び西町奉行所の事務方が非常に協力的でありましたので助かりました」

「源さんの人柄だな」

「いや、そんな……ところで政宗様。藩主に斬りつけた津山玄市郎と許嫁については、亡骸《なきがら》がきちんと墓所に埋葬されたと判明できておりまするが、自死した津山早苗の亡骸については、どの過去帳にも記録されておりません」

「廃寺光明院だよ源さん」

「矢張り……でございますか」

「うむ。彼女の亡骸は今も光明院跡の何処かに、必ずある筈《はず》。それを探し出し供養してやれば、津山早苗の魂は安まろう」

「承知しました。早いうちに目明しや下っ引の手を借りて、大がかりに探してみます」

「それがいい」

「最後に一つ、仰天するような報告が残っております」

「仰天するような？」

「はい。私も大きな衝撃を受けたのですが、津山玄市郎と津山早苗の許嫁に斬りつけられた青山和泉守様は瀕死《ひんし》の重傷を負ったものの、その後六年間、身柄預かり先の紀州徳川家で生き長らえておりました」

「なに。青山和泉守は即死ではなく一命を得て紀州徳川家にお預けとなっていたと」

はじめて知った事実に、政宗もわが耳を疑った。

「しかもでございます。紀州徳川家に預けられて六年目に、ご正室お芳《よし》の方《かた》さまが青山家にとっての初めての若君をお産みになり……」

「若君を……」

「記録によればかなり難産であったらしく、お芳の方さまは若君誕生七日後に御逝去。その後を追うようにして青山和泉守様も一か月後に御逝去」

「残された若君は？」

「判りませぬ。青山和泉守様を藩主とした旧大和・三笠藩についての記録は、青山様の死によって終了致しております」

「そうか……」

「なんとか調べてみまするか。青山家の遺児につきまして」

「紀州徳川家の京屋敷に、遺児について誰か知った者はおらぬのかな。産《う》まれし後無事に生き続けておれば、今年で二十六、七というところであろうか」

「所司代か東西奉行所の上席与力なら、紀州徳川家に一人や二人、縁故を有しているやも知れませぬ。ひとつ上席与力に、さり気なく当たってみましょう」

「あくまで、さり気なくな。おおっぴらは拙《まず》い」

「そうですね。もし上席与力の縁故が判明すれば、なるべく私が直接動いて、紀州徳川家に接するように致します」

「相手は徳川御三家の一つだ。下手をすると首が飛ぶ。それを忘れぬように」

「はい。用心致します」

「では早速に動いてみて下さい源さん」

「心得ました。それでは……」

常森源治郎は一礼すると踵《きびす》を返そうとして、思い出したように足を止めた。

「政宗様。昨夜胡蝶にて高瀬船の船引きたちと少し呑んだのですが、彼等、御腰に刀を帯びぬ政宗様の身の安全を、ことのほか心配致しておりました。私からも御願い致します。御屋敷から一歩外に出ると物騒な出来事の多い昨今の京でございます。大小は必ず御腰に帯びて下さいませぬか」

「判った。余計な心配をかけてすまぬな」

「ではこれで……」

検視の源治こと常森源治郎は、境内の西に向かって足早に立ち去っていった。

政宗は紅葉屋敷へ、ゆっくりとした足取りで引き返した。

道の脇の畑で秋野菜の収穫に勤《いそ》しんでいた老いた百姓夫婦が、政宗と顔を合わせて、こぼれるような笑みを見せた。

「若様。のちほど野菜をお届けに参ります。喜助さんに、そう御伝え下さいまし」

「有難う。この秋も見事に豊作で、ほんに良かったのう。松三《まつぞう》さん夫婦の作った野菜は格別に美味しい、と母がいつも申していますよ」

「恐れ多いことでございます」

「無理をして明日に疲れを残さぬようにな」

「はい。そう心得ておりますから、あくせくしないで立ち働いております」

「うん。なによりなにより」

政宗は頷き微笑《ほほえ》みつつ、百姓夫婦から遠ざかった。紅葉屋敷へしばしば野菜などを届けてくれる、明るく元気な老百姓夫婦であった。その作法教養などから、かつては一角《ひとかど》の侍ではなかったか、と政宗が想像している松三とその妻チイである。が、政宗はこの人の善《よ》い老百姓夫婦の過去に、関心を持ったことはない。また、持つ積もりもない。

紅葉屋敷の四脚門が、向こうに見えてきた。

門前で女中のコウが、清楚《せいそ》な身なりの小柄な男と立ち話をしている。月に一、二度の割で松平家の馬の蹄《ひづめ》を検《み》てくれている、三条の馬蹄鍛冶《ばていかじ》段平《だんぺい》であった。四十の時から、松平家に出入りするようになって十二年が経つ、信頼の出来る名職人である。

「あ、若様。お帰りなさいませ」

段平がコウより先に政宗に気付いて、腰を折った。

コウが笑みで迎える。

「やあ、来てくれていたのか段平」

「はい。疾風《はやて》も流星もじっくりと検《み》させて戴《いただ》きました。異常はございません」

「有難う。ご苦労だったな」

政宗は段平の肩に軽く手を置いてから、四脚門を潜ろうとした。

コウが横合いから言った。

「お客様が居間でお待ちです」

客の名は言わなかった。

「わかった」

頷いて政宗は四脚門を潜った。

馬蹄鍛冶段平が口にした疾風は雄《おす》の黒毛。短距離の全力疾走に適した気の荒い闘争的な気性の馬であった。もう一頭の流星はその名の通り流れ星のあった夜に生まれた雌《めす》の栗毛。何里もの長距離をじっくりと走ることに耐える優れた体力を有している。

　四脚門から真っ直ぐにモミジや楓《かえで》の下を自分の居間へと向かった政宗は、庭池を覆うほどに広がった落ち葉を、網で抄《すく》っている下働きの喜助を認めて立ち止まった。

「これはお戻りなされませ若様」と、池面《いけも》に差し出していた網を手元に引き寄せた喜助は、自分から政宗のそばにやって来た。

「段平さんが来まして、疾風と流星の蹄を非常に丹念に検《み》てくれました」

「うむ。門前で彼に会《お》うてな。異常なし、と言うておったが」

「左様でございましたか」

「段平は寡黙《かもく》じゃのう。奥鞍馬の双海坊が手入れしてくれた疾風の蹄が、自分流の蹄とは違うと気付いたであろうに彼は何も言わぬわ」

「はい。それどころか奥鞍馬の蹄の技術を参考に、自分の職人技に新たな工夫を凝らそうとしているかに見えました」

「いいことだ。職人技というのは、そうでなければ伸びぬな」

「居間に、胡蝶の藤堂貴行さんがお見えでございます」

「私が戻るまで待つ、と申したのか」

「はい」

政宗は頷いて、自分の居間へ近付いていった。

日当たりの良い障子は閉じられていて、広縁では桃太郎が姿勢正しく座って尾を振っていた。

政宗は広縁に上がって、桃の頭を撫《な》でてやった。

「桃、ここは大丈夫じゃ。母上の部屋の前でな、のんびりと寝そべっていてよいぞ」

政宗の言ったことが理解できるのか、桃はのっそりと立ち上がって広縁を千秋の座敷の方へと移動し始めた。

政宗は「入るぞ」と声をかけてから、障子を開けた。

「お帰りなさいまし」と、藤堂貴行が頭を下げる。

二人は向き合った。

「明るい表情ではありませんな。何がありました」

「胡蝶に侵入者がございました」

「なに……幕府の手の者か」

政宗の目が一瞬光ったが、言葉はゆったりと物静かであった。

「いえ。幕府の手の者ではないと思われます」

「で、早苗は無事だな」

「大丈夫でございます」

「早苗が、幕府の手の者ではないと判断したのか」

「長官《おかしら》……女将はとくに判断を示してはおられませぬ。私と塚田孫三郎の判断でございまする」

「詳しく聞かせて下さい」

「はい」と、藤堂貴行は抑《おさ》え気味の声で、事の顚末《てんまつ》を打ち明けた。

聞き終えた政宗の表情は、暗く沈んだ。

「手淫《しゅいん》を放つとは、そのうち必ずお前の肉体《からだ》を奪ってみせる、という粘《ねば》ついた通告とも取れるのう」

「私と塚田も、そうではないかと思っておりまする」

「こうして私に知らせに参ったのは、その方と塚田の考えだな」

「左様でございます」

「侵入者はおそらく奴であろう」

「私と塚田の想像も、たぶん政宗様と一致しているのではないかと」

「村山寅太郎」

「はい。その通りでございます。胡蝶にとっては金離れのよい上客でございますが、女将に対する想い入れようは尋常ではありませぬ。目つきなどは、まるで発情期に入ったオスの狼」

「あの男、剣も出来るぞ」

「承知しております。数日前でしたか、胡蝶一階で駕籠《かご》舁《か》き二人と一悶着《ひともんちゃく》を起こしまして」

「村山寅太郎は上客用の二階座敷ではなく好んで一階で飲んでおるようだな」

「それゆえ町衆の客たちに嫌われておりまして、私共も手を焼いておりまする」

「で、駕籠舁き相手に、どうなった」

「摑《つか》み掛かった瞬間、二人の駕籠舁きは箸《はし》で眉間《みけん》を突かれ、昏倒《こんとう》致しました。幸い大事には至りませんでしたが」

「困ったものよのう」

「胡蝶への出入りを禁ずる、と本人に申し渡しとう存じます」

「申し渡されると、荒《あれ》るぞ、あの男」

「荒ましょうか」

「店中《みせなか》で剣を抜き放って暴《あば》れ回《まわ》ることぐらい、平気で出来る気性の荒い男と見た」

「性質が暗く汚なく歪《ゆが》んでおりますようで……よほど育ちが悪いのでしょうか」

「あの男が剣を抜いて本気で身構えれば、藤堂貴行ほどの者でも太刀打ち出来まい。相手にせぬ方がよい」

「ですが……」

「あ奴のことは、ひとつ私が考えてみます。今日はよく知らせてくれたな」

「お屋敷を訪ねましたること、女将は知りませぬ」

「黙っていよう。これからも早苗の身辺に気配りを欠かさぬように」

「もとより……それでは、これで失礼致しまする」

「帰り道、村山寅太郎と出会《お》うても、気付かぬ振りをした方がよいな」

「わかりました。うまく避けてみます」

藤堂貴行は帰っていった。

二

翌日の昼下がり、政宗は秋の陽《ひ》が差し込む母千秋の座敷で、村山寅太郎について話し合っていた。

ときおり秋鶯《あきうぐいす》の囀《さえず》りが聞こえてくる、穏やかな日だった。

「そのように恐ろしい侍が、早苗殿の身の回りで日夜うろつくなど、あの人は身も心も休まりませぬなあ。それにしても早苗殿には、どうしてこうも嫌な事が度重なるのであろうか。可哀そうでならぬ」

「胡蝶の客としての村山寅太郎をよく知っている藤堂貴行は彼のことを、暗く汚なく歪んだ性質と申し、幼き頃の育てられ方に原因があるのでは、と言《ゆ》うておりましたが」

「育てた二親《ふたおや》の影響を受けたばかりに、村山寅太郎とやらの性質が暗く汚なく歪んだとすれば、彼も哀《あわ》れと言えば哀れじゃ。これは偏《ひとえ》に育てた二親《ふたおや》の責任」

「が、哀れだとか二親の責任だけでは、すまされませぬ。いやしくも彼は二本差しの侍。心身に対する自己鍛練は侍の常なる務め。しかも御三家の一つである紀州徳川家の京屋敷に詰めておるのですから」

「そなたの申す通りじゃ。紀州藩二代藩主、徳川光貞《みつさだ》公の御体面を傷つけるようなことにならねばよいがのう。光貞公の御正室は伏見宮家第十代・貞清《さだきよ》親王の姫君であられる安宮《やすのみや》様。そしてその御妹《おいもうと》君、麻宮《あさのみや》様は四代将軍家綱様へ輿《こし》入れなされておられる」

「ええ。現在の伏見宮家第十三代・貞致《さだゆき》親王と、この松平家とは付き合い浅からぬ仲です。それだけに将軍家はともかく紀州徳川家や伏見宮家の名誉体面を考えると、村山寅太郎をおおっぴらには懲罰し難《にく》うございます」

「まったく世の中には困った人間が多いものじゃ。とくに近年侍の精神《こころ》は地に落ちたのう。侍とは武士道に於て遅れを取らぬこと、主君の御役に立つこと、親孝行すべきこと、そして大きな慈愛の心で弱き者に接すること、この四本の柱を幼き頃より二親《ふたおや》から教えて貰わねばならぬのじゃが」

「子に教えを説くべき二親が、その四本の柱を理解していなければ、子は真っ直ぐとは育ちませぬ。わが恩師夢双禅師様は〝子の愚《おろ》かなるは親の愚かなり。子の優《すぐ》れたるは親鏡《かがみ》なり。これ一つにして家格なり〟と教えて下されたことがございました」

「まこと、その通りじゃなあ」

二人はそこで口を噤《つぐ》み、秋鶯の囀りに耳を傾けた。

このとき政宗の身に、まさか、の事態がジリジリと迫りつつあった。が、彼も母千秋も、そのことに気付こう筈もなかった。

そして、その訪れを知らせる慌ただしい足音が、ついに長い廊下の向こうから伝わってきた。

「コウの足音よのう。何事であろうか」と、千秋は眉《まゆ》をひそめた。

政宗は母が点ててくれた茶を、静かに飲み干した。

「御方《おかた》さま……」と、女中のコウが座敷の前、広縁で正座をした。政宗が五歳の時より、つまり二十三年もの長きに亘って政宗に仕えてきたコウである。常に落ち着いた、しっかりとした気性の女中、として千秋を支えてもきた。

「どうしました。コウらしくない慌てようじゃのう」

「所司代永井伊賀守尚庸《なおつね》様が、目つきの鋭い三人の侍を従えて御見えでございます」

「まあ。この屋敷の誰を訪ねて御見えなのじゃ」

「御方様にお目に掛かりたいと」

「わかりました。丁重に客間へ御通しなされ」

「あのう。若様も御一緒の方が宜しいのではございませぬか。コウは、そのような気が致します」

「そうですね。そう致しましょう」

コウが玄関の方へ急ぎ戻っていった。

「政宗。無腰ではいけませぬ。脇差は帯びなされや」

「ええ」と頷いた政宗は、自分の居間に引き返し粟田口久国の脇差を腰に帯びた。

彼が広縁に出ると、来客者が何者であるか表門まで確かめにでも行ったのか、桃太郎がゆっくりと戻ってくる。前脚の肩のあたりの筋肉が、歩くたびに盛り上がっている。

「所司代永井伊賀守様だ。心配はいらぬ」

政宗の言葉に、桃は低く唸って答え、裏庭の方へと回って行った。

ときおり、こうして桃は庭内を見回っている。誰が教えた訳でもない。

「まこと、たいした犬じゃ」

政宗は口元をほころばせると、客間へ向かった。

客間の前より少し玄関の方へ退がった広縁には三名の侍が控えていて、政宗の姿が「型の廊下の角から現われると一斉に平伏した。

客間では下座に位置する所司代永井伊賀守が、床の間を背にして座する千秋と何やら話し合っている。

政宗が「これは伊賀守様……」と、座敷へ入っていくと、「西の幕府」を統括する永井伊賀守も従者の侍三人と同様うやうやしく平伏した。

「確か神泉寺本堂でお目に掛かって以来でございますな」

政宗は、母千秋と伊賀守の間に位置するかたちで、腰を下ろした。

「あの折は所司代の役目とは申せ政宗様に数数の無礼な問い掛けを致し誠に……」

「あ、いや。それを申されますな伊賀守様。お役目とは、そういうものでございますから」

「そう言って戴けますと、この伊賀守、何やら肩が軽うなりまする」

と、永井伊賀守は平伏していた上体を起こし、政宗と目を合わせた。

「ところで政宗様。神泉寺の明日塾、その後いかがな様子でございましょうや」

「はい。子を学ばせたいとする貧しい家庭の親の数は増えるばかりで、もう神泉寺の本堂では収まり切れぬようになりました」

「それはまた……あの神泉寺は格式が高い割には規模が小そうございますからな」

「そこで伊賀守様、近いうちに寿命院の本堂へ教室を移すことに致しました。手続きは町奉行所内寺社方へ、きちんと済ませておきまする」

「ならば政宗様。奉行所の方へは私からも口添えしておきましょう」

「助かります。ただ私の身分素姓については、奉行所は知らぬ筈ですから、その点はくれぐれも御配慮ください」

「心得ております。しかし政宗様、奉行所とて探索能力も権限も有している組織でございまするゆえ、政宗様の身分素姓につきましては、現在《いま》では恐らく〝もしや……〃と考えてはおりましょう」

「なにしろ幕府の密命を帯びて京入りした誰彼をこの政宗、容赦なく叩き伏せてしまいましたからね。それゆえ伊賀守様を、苦しい立場に追い込んでしまい申した。ははは っ」

「政宗様、それについては何卒、あまり声高には申して下さいませぬように。この伊賀守、立場上知らぬ振りを装《よそお》えぬようになって参りますから」

「左様でございましたな。失礼いたしました。で、西の幕府を総督なさる伊賀守様が本日自らこの紅葉屋敷をお訪ね下さいました御用は？」

「政宗……」と、千秋の澄んだ声が政宗に向けられた。

「伊賀守様は重要な任務について、そなたに頼みたいと申され、この母の同意を得に参られたのじゃ」

「重要な任務？」

「母としては、政宗本人が同意すれば異存はない、とお答えしておきました。あとは伊賀守様とよく意見を交わして、御自分で決めなされ。この母は退《さ》がりまするゆえ」

すると伊賀守が「いや、それは……」と、軽く右手を上げた。

「恐れながら、御方《おかた》様も御同席下さいませぬか。言葉を飾らずに率直に申し上げますると、普通の御人《ごじん》でない方《かた》にお頼みする任務にしては、いささか危険ゆえ」

「危険がともないまするのか」と、千秋は美しい表情を曇らせた。

「はい。時と場合によりましては……でございますが」

「判りました」と、政宗が頷いた。

「母上の申されるように、私と伊賀守様で直接に話し合いまする。母上はどうぞ、お退がりになって下され」

「そうですね。そなたのことじゃ。自分で正しい判断が出来ましょう程に」

伊賀守に会釈を残して、千秋は客間から退がっていった。

「で、そのいささか危険な任務と申されまするのは?」

「それについて御依頼申し上げまする前に、なぜ私が政宗様をお訪ねしたのか、その経緯について、御承知いただかねばなりませぬ」

「うかがいましょう」

「政宗様ご存知の通り、一見すると平穏と見られがちな朝幕関係はその内実決して穏やかではございませぬ。公家衆の徳川幕府に対する不満はもとより、天皇並びに法皇の徳川将軍家に対する御不満も根強く燻《くすぶ》っておりまする」

「燻っておる、という想像を幕府首脳が大きく膨らまし過ぎるゆえ、それを耳にした将軍家の朝廷に対する不安と不信が一層のこと強まるのではありますまいか」

「朝廷に対する不信感を、幕府首脳が徒《いたずら》に煽《あお》っている、と申されまするか」

「煽っている、とは申しておりませぬ。そういった一面はないか、と質《ただ》しておるのです。朝廷にしろ公家衆にしろ、幕府から強い不信の目を向けられれば、それに沿った動きを次第次第に取るよう追い詰められるやも知れませぬ。相互不信という言葉は、まさしくそう言った事態に用意されたるもの……違いましょうや」

「この伊賀守、政宗様のおっしゃる意味、ようく判ります。ま、それは暫く横へ置いておくと致しまして、内実ぎくしゃくしております朝幕関係を修復せんがため、このたび江戸よりある重要人物が京入りなされることとなりました」

「もちろん四代将軍徳川家綱様の直命を受けてでございまするな」

「はい。将軍家ご名代として上洛《じょうらく》なされます」

「どなたが……」

「大老酒井忠清様《さかいただきよ》」

「ほう。それはまた……」と、政宗の表情が少し険しくなった。

　酒井忠清と言えば、幕府の最高実力者の地位にある門閥大老であった。今や政治の実権は、この人物に集中していることを、知らぬ者はない。広大な大老邸が江戸城大手門外の下馬札の前に在《あ》るところから、忠清のことを「下馬将軍」と囁く者さえいた。つまり「将軍ほどの権力を握っている人物」なのであった。しかも改易《かいえき》、閉門に容赦なき大老、として大名旗本たちから恐れられている。

「政宗様は大老酒井様を、どのように眺めておられまするか」

「さあて……江戸は遠《とお》うございますから、風評程度のことしか私には判りませぬ。無用心な人物評は避けておきましょう」

「これは余計なことを、お聞き致しましたな。実はこの大老酒井様の御一行は、すでに東海道五十三次目の宿大津まで参っておりまして」

「なんと。誠ですか」

　政宗は驚くと言うより、目つきを鋭くして伊賀守を静かに見返した。

「大老ご一行の江戸発ちは、東海道二次目の宿である川崎を抜ける迄は、行列を幾つかに分け、なるべく目立たぬよう秘密のうちに実施されました。幕府の記録にさえ残さぬようにと」

「何ゆえに」

「暗殺者の目を欺《あざむ》くためでございます」

「暗殺者？……」

「酒井様は為政者としては非常に有能な御方です。しかしながら、何かに付けて厳しい御判断を示す御方であることから、大名旗本の中には快《こころよ》く思わぬ者もいる、と聞いております。京都所司代は江戸幕閣とは緊密な関係を保たねばならぬ間柄ゆえ、当然色色な江戸の情報が耳に入って参ります。酒井様の身辺に不穏な影がチラつき出したのは、半年ほど前からと言われておりまする」

「いか程の人数の不穏な影が？」

「少なくとも両手では数えられぬほどの数、と聞いておりまするが」

「ふむう」

「そこで所司代では、腕の立つ与力十騎に鉄砲足軽五十名を付けて大津へ入らせております」

「して、伊賀守様はこの私に何を頼もうとなさっておられるのです。順を追って、お聞かせ下さい」

「酒井様の身の安全は、警備厳重なる道中ではなく、二条城に入ってからが問題になると所司代や町奉行所は見ております」

「大津に入られたという大老御一行の規模は？」

「騎乗の侍三十、弓隊三十、鉄砲隊三十、長槍隊二十、その他足軽など併せて総勢三千の数です」

「将軍名代の御一行ともなれば、格式としてそれくらいの規模にはなりましょうな。尤《もっと》も儀式としての数でござろうが」

「徳川家綱様が御年《おんとし》十歳で将軍宣下を受けられましたのは、今より十九年前の慶《けい》安《あん》四年八月十八日。その約一か月後の九月十一日、酒井様は将軍宣下の勅使を派遣下された朝廷へ返礼のため、将軍名代という重責を負って京へ向け江戸を発っておられます。そのとき酒井様は二十七歳。その頃から才能の豊かさを買われておられました訳で」

「つまり酒井様の上洛は二度目でございますな」

「はい。一度目の上洛も、所司代の記録によりますれば総勢約三千名。今回の上洛も一度目の時と同様二条城に入られることになっております。しかしながら城内で起居する酒井様の身辺に儀式隊三千名の多くを警備で張り付ける訳にも参りませず……」

「うむ。現実的ではありませぬな。一人の重要人物を多勢《たぜい》で警護すればするほど、妙なことに必ず間隙《かんげき》が生じまする。できれば四、五人の剣に優れたる者を酒井様の身辺に、昼夜を問わず張り付けるのが宜しかろうと思います」

「実は……」

「ん?」

「実は政宗様……」

「いかがなされました」

「酒井様の身辺には人間的にも信頼のおける剣法の皆伝者六名が張り付いていたのですが、東海道四十六次目の宿亀山《かめやま》へ入った直後に三名が何者かによって斬殺《ざんさつ》されまして……」

「ほう……」と、政宗の目が一瞬光った。が、べつだん衝撃を受けているようでもない。

「それも一刀のもとに、でございます」

「剣法の皆伝者が……一刀のもとにですか」

「はい。酒井様の早馬が所司代へ詳細を報告に参ったのですが、三名の剣法皆伝者は僅かに鯉口を切った程度で、正面から袈裟《けさ》斬《ぎ》りにされていたとのことでした」

「恐るべき手練れ、と思われまするな。で、下手人の目星は付いておらぬのですか」

「今のところまったく……」

「もしや伊賀守様は、大老酒井様の身辺を私に警護してほしい、と申されるのではありますまいな」

「そのもしや……でございまする」

「なにゆえ一介の素浪人である私に頼まれに参られましたか」

「酒井様を警護する六名のうち無事な三名が、所司代与力、鉄砲隊の大津入りと入れ替わるかたちで本日、紅葉屋敷へ参上致しております。ご面倒をお掛け致しますが、会ってやって戴けませぬか。政宗様に警護をお助け戴く理由《わけ》は、その者から話させまするる」

「わかり申した。お呼び下され」

「その前に政宗様。御座を母上様のおられた上座へお移り下さいませ」

「いや。この紅葉屋敷で上座に座れるのは、母だけでございますゆえ」

「あ、それが仕来たりでございましたか。これは失礼いたしました」

伊賀守は軽く頭を下げて詫びると、広縁に向かって三名の侍の名を呼んだ。

返事があって、三人の侍が客間の前に揃った。

「松平政宗様じゃ。唐木得兵衛《からきとくべえ》からご挨拶申し上げよ」

伊賀守に促されて、「はっ」と平伏した四十前後かと思われる精悍《せいかん》な印象の侍が、「警備番頭《ばんがしら》の……」と最初に名乗った。

続いて三十半ばくらいの二人が「落合五郎太《おちあいごろうた》」「鶴牧芳之進《つるまきよしのしん》」と丁重に挨拶をした。

政宗はいちいち頷いて、唐木得兵衛に視線を戻した。

「警備番頭の唐木得兵衛殿は、剣術は何流をお修めですか」

「新伝一刀流の皆伝を修めましてございます」

「なに。新伝一刀流を……では、西本願寺南の七条通に面した、あの新伝一刀流神妙庵で修行なされたと？」

それは政宗との因縁《いんねん》浅からぬ、京で一、二と言われる大道場である。

「はい。今は亡き新伝一刀流二代目宗家・高崎久衛門《きゅうえもん》先生は私の大恩師であり、現三代目の高崎左衛門先生とは二代目先生に手厳しく扱《しご》かれた仲でございます」

「なるほど。すると唐木殿は京の御出身ですな」

「いえ。私は若狭の生れでございまして、小浜《おばま》藩主でありました先の大老酒井忠《ただ》勝《かつ》様の家臣として仕え、二条城の南、東町奉行所与力同心組屋敷に隣接する小浜藩京屋敷に長く詰めておりました」

「そうでござったか。名大老として天下にその名を轟《とどろ》かせし小浜藩十一万三千五百石の藩主酒井忠勝様が老身であることを理由にその職を辞されたのは確か……今から十四年前の明暦《めいれき》二年五月。お亡くなりになられたのが八年前の寛文二年七月。この年、忠勝様と共に将軍家をよく補佐なされた〝知恵伊豆《いず》老中〟こと松平信綱《のぶつな》様が亡くなられたり、それまで廃止されていた若年寄制度の復活があったりしたので、よく覚えてござる」

「こ、これは……まこと、その通りでございまする」

政宗の博識ぶりに驚いた唐木得兵衛が思わず頭を下げ、伊賀守が満足気に目を細めて小さく頷いた。

「つまり唐木殿は、小浜藩京屋敷に詰めている間、新伝一刀流神妙庵で修行されていたのですな」

「はい。皆伝を得て京屋敷の剣術指南に位置付けられた私が、大老辞職後に京へ御来遊なされた酒井忠勝様の推挙を得て、上野厩橋《こうずけうまやばし》藩十三万石の藩主酒井忠清様に仕官致すことになりましたのは、九年前の寛文元年五月のこと」

「酒井忠勝様から見て甥に当たる忠清様は、その能力を生前の忠勝様に高く買われていたと聞いておりますが」

「ええ。非常に高く評価されていたようでございます。そのため今から十七年前の承応《じょうおう》二年六月には二十九歳の若さで老中首座に。四年前の寛文六年には大老へと登り詰められました」

「唐木殿と新伝一刀流とのつながり、小浜藩から上野厩橋藩へ転出なされた経緯など、よう判り申した。所司代永井伊賀守様より伺《うかが》いしところによれば、御大老警護の侍六名のうち三名が、亀山宿にて何者かに斬殺されたとのこと」

「三名はいずれも念流の皆伝者でございました。そのため私自ら所司代へ早馬を飛ばして急を報《し》らせ、その足で新伝一刀流道場へ駈けつけ高崎左衛門先生に手練れ三、四名の支援を求めました」

「だが新伝一刀流道場に通う手練れの侍たちは、それぞれが主人《あるじ》をいただく身。それゆえ大津へ支援に出せば、忠清様の身辺不穏なることが諸藩に広がりかえって厄介《やっかい》な事態を招く恐れあり。それゆえ支援は難しい……そう言い渡されましたか」

「恐れ入ります。一言一句、違いはございませぬ」

「その結果、高崎左衛門先生は一介の素浪人である私に、白羽の矢を立てられたのですな」

「はい。恐るべき正なる剣の使い手、と申されて。但し厳しい条件をお付けになりました」

「ほう、条件を？」

「先ず、ご身分ご素姓を絶対にお訊ねしてはならぬこと、次に、剣の流儀についてもお訊ねしてはならぬこと、そして松平政宗様の行動、考えを束縛せざること」

「その条件を承知して此処へ参られたということは、私について未だ何一つ知ってはおられぬのですね」

と、政宗は相手の目を、じっと見つめた。相手も、しっかりと見返した。

「存じ上げませぬ。存じ上げる積もりもございませぬ。高崎左衛門先生の御言葉は私にとっては絶対的なるもの。なにとぞ我等三名にお力をお貸し下されませ」

妙なことになってきた、と政宗は内心、苦笑した。早苗ほか一党の苦難を救わんとして、老中会議へもの申すため江戸へ旅発つことを考えていた矢先である。その老中会議の上に君臨しているのが大老酒井忠清だ。粛清《しゅくせい》、改易、閉門などに容赦なきその大権力者を「守ってほしい」と乞《こ》われたのである。

政宗は腕組をし、目を閉じて考え込んだ。だが、長い時間ではなかった。

「宜しい。お引き受け致しましょう」

「おおっ。かたじけない。有難うございまする。これぞ天の助けでございまする」

酒井忠清を警護する三名の侍は、額を広縁に触れんばかりに平伏した。

所司代永井伊賀守が口を開いた。

「私からも御礼を申し上げまする。実は所司代与力の中にも新伝一刀流道場へ通う者もおりますことから、私個人と致しましても高崎左衛門先生を存じ上げております」

三人の侍が「え」という表情をつくり、政宗が「左様でしたか」と応じた。

「ま、そのようなことから、政宗様がお引き受け下さり、私もホッと致しました。先程も申し上げましたが、大老酒井様が二条城へ入られてからが大変と私は見ております。ご存知のように京には東国諸大名の京屋敷が二十以上、西国諸大名の京屋敷が五十以上ございます。大老酒井様の一行が二条城へ入られましたなら、それら諸大名の京屋敷からは、挨拶や付け届けのため大勢の者が入れ替わり立ち替わり登城いたしましょう」

「うむ。確かにそれら登城者の捌《さば》き方は難しゅうございましょうな。その混雑を利用して城中に忍び込む者がいないとも限りませぬから」

「はい。また京とその周辺には寺院の本山が百五十もありますことから、それら本山の高僧たち多数も挨拶や陳情に訪れるものと思われます」

「訪れましょうねえ。酒井忠清様は、仏教思想を大事になされた前《さき》の大老酒井忠勝様の影響力もあって出世なされた御方ですから、高僧たちの挨拶陳情は丁重にお受けになりましょう」

「ええ。そう言った事情を考えますれば城内をあまり物物しく警備する訳には参りませぬ。むしろ酒井忠清様の身辺は、出来るだけひっそりとさせておいた方が異変を捉えやすくて宜しいのではないかと思うております」

「同感です。その方向で、唐木殿たちと打ち合わせてみましょう」

そう言う政宗に見つめられて、唐木得兵衛は深深と頷いて見せた。


（中巻につづく）

この作品は光文社より二〇〇七年五月に刊行された上巻と二〇〇八年五月に刊行された下巻を加筆修正し、上中下三巻に再編集したものです。

徳間文庫

ぜえろく武士道覚書

一閃《いっせん》なり［上］

2021年5月15日 初刷

著者 門《かど》田《た》泰《やす》明《あき》

発行者 小宮英行

発行所 株式会社徳間書店

東京都品川区上大崎三-一-一
目黒セントラルスクエア 〒141-8202

電話 編集〇三(五四〇三)四三四九
販売〇四九(二九三)五五二一

振替 〇〇一四〇-〇-四四三九二

印刷 製本 大日本印刷株式会社

ISBN978-4-19-894643-2 (乱丁、落丁本はお取りかえいたします)